9
Satoshi Wagahara
Illustration Oniku
和ケ原聡司
插畫 029
打工吧！魔王大人
Kadokawa Fantastic Novels

# 序章

艾夫薩汗是支配安特．伊蘇拉東大陸全境的大帝國。

統治國家的絕對皇帝——統一蒼帝居住的城堡與周邊城鎮，除了雄偉的外觀和建築上的美麗之外，更因為那僅憑一個國家便支配廣大大陸的偉業，被比作覆蓋安特．伊蘇拉全境的藍天，冠以「蒼天蓋」之名。

過去不只東大陸的艾夫薩汗，魔王軍讓安特．伊蘇拉全境都陷入了恐懼。然而據說就連魔王心腹的四天王、鎮壓艾夫薩汗的惡魔大元帥艾謝爾，都被此處的美麗與偉大感動，將蒼天蓋城與居住於此的統一蒼帝一族當成自己的戰利品誇耀。

「最近一年編撰的史書上是這麼寫的，那是真的嗎？真要說的話，感覺你應該會討厭這種莫名豪華、維護管理起來又花錢的東西才對。這麼寬廣的地方，打掃起來會很辛苦吧。」

一部分也是因為防衛上的問題，使得蒼天蓋城內部化為複雜的迷宮。

在城內上層只有王公貴族能夠進入的場所，一名於纖塵不染的長袍底下套了件寫著「I LOVE LA」的廉價T恤的高大男子，從旁邊開口搭話。

雖然有位健壯的鎧甲武士隨侍在側，但長袍男子搭話的對象，是另一位被扛在鎧甲武士肩上的人物。

「……」

那位人物全身穿著設計樸素的服裝，即使被人攀談依然默不作聲，不予回應。看來似乎是失去了意識。

「還沒醒啊。畢竟之前實在太勉強他了。這樣吧，總之先把人帶到『王座』那邊並限制他的行動。等醒來後就讓他稍微鬧一下也沒關係，但你們可千萬別想自己處理，一定要通知我喔。」

長袍男子如此對身著鎧甲的男武士下令，鎧甲武士邊點頭邊反問道：

「加百列大人，這位男子究竟是什麼人？他跟惡魔大元帥艾謝爾有關嗎？」

叫加百列的男子冷笑地搖頭回答：

「你還是別知道比較好，要是知道他的身分就沒辦法做事了。這麼一來我就得自己搬他，那樣很累啊。」

鎧甲武士因為加百列的回答而不悅地皺起眉頭：

「雖然您這麼說，但在下好歹也是艾夫薩汗八巾騎士團的頂點，榮耀的正蒼巾騎士團其中一員。無論發生什麼事，都不可能無法完成職務。」

「是嗎？那我就告訴你好了，你扛著的那個男人就是惡魔大元帥艾謝爾本人……你看，我就說吧。站好一點啦。」

鎧甲武士立刻違反自己幾秒前才說過的話，就這樣扛著穿著樸素的男子，難看地癱倒在走廊上了。

「雖然現在透過特殊手段封印了魔力，但等他醒來後應該馬上會被破解，所以我才要你們通知我……這下沒救了，所以我才不想說啊。」

結果剛才明明還誇下海口說自己是正蒼巾騎士團的鎧甲武士，眼神卻已經因為恐懼而顯得游移不定。

「啊～啊，真想讓害怕艾謝爾到這種程度的你們，看看他在超市認真煩惱要買六顆裝還是十顆裝雞蛋時的身影。嘿咻。」

加百列從陷入不省人事的鎧甲武士手中抱起艾謝爾——亦即蘆屋四郎後，便直接快步走向蒼天蓋上層。

然後，他抵達了位於蒼天蓋頂端的王座之間。

他將全身穿著UNI×LO的魔王城主夫蘆屋四郎，安置在原本應該是屬於統治艾夫薩汗的統一蒼帝的王座上。

「很懷念對吧？不過接下來應該還會發生更讓你懷念的事件，好好期待吧。」

這裡是城堡頂樓內的大寺院。在把蘆屋放進這將近有運動場那麼大的巨大王座之間後，加百列笑著說道。

「唉，雖然我很想針對那個事件搗亂呢。再也沒什麼比抄襲暢銷作還要無聊的事對吧？」

加百列聳聳肩，輕聲地自言自語，接著一道與這擺滿極盡奢華物品的房間完全不相稱的電子音響起。

「啊，喔喔，終於打來啦。」

加百列從長袍裡拿出聲音的源頭。

那是隻接到來電的手機。

「究竟是一流，還是一流的一家之主打來的呢？」

來電的電話號碼顯示為隱藏。

加百列難掩興奮地接起電話說道：

「喂喂喂，這裡是越後屋。啊，不對，是三河屋……嗯，抱歉抱歉，我只是想說說看而已。對對對，我是加百列啦。」

看來開頭講的笑話並未獲得好評，對方奮力對著電話怒吼。

「喔，你居然知道我在東大陸……咦？是他說的？了不起！智將的名號果然並非浪得虛名。嗯？不，這就不能透露了。不過確實是在東大陸的某處沒錯，還有這個應該也能告訴你

們。艾米莉亞也馬上就會過來我們這裡。」

徹底我行我素的加百列，期待著對方的反應。

魔王，決定親征

抵在耳朵上的手機於發出第四次撥號聲時接通。

「喂，小川？現在方便講電話嗎？呃，那個，不好意思，雖然有點突然，不過大後天的班你能跟我換一下嗎？沒錯，嗯，不用全部，就算只有半天也沒關係！白天或晚上都行。喔喔，真的嗎？謝啦！有機會我再好好報答你……咦？不不不，那種事你自己去拜託本人啦，就算是我也……嗯、嗯，那就拜託你啦，真是太感謝了，好、好……」

掛斷電話後，說話者在被爐上的排班表寫下一個「ＯＫ」。

「很好，再來還剩下誰？小香已經麻煩她兩天了，孝太、亞紀跟小健他們最近忙著準備考試……應該是不行吧……」

排班表旁邊放了一張寫著「員工通訊錄」的紙張，上面也跟排班表一樣，用只有寫的人看得懂的記號分類人名。

「再來是……偏偏在這種時候排了星期天晚上的班……阿重哥說過週末絕對沒辦法，陽子姊跟小見的班也大多重複。」

說話者這也不是那也不是地嘟囔著，交互瞪向排班表與員工通訊錄。

「……像這樣重新看過後，真虧在這種狀況下還有辦法經營咖啡廳業務呢……之後開始外送服務後到底會變怎樣啊。」

思緒瞬間偏了一下後，說話者立即搖頭重新看向排班表。

「所以才必須在一個星期內做個了斷！呃，龍太晚上不行……」

在煩惱不已的青年耳邊——

『好像很辛苦呢～』

響起一道聽起來完全無法感同身受的年輕女性笑聲。

不過房間裡只有青年一個人。那麼發出這道笑聲的人究竟在哪裡呢？

「實際上真的很辛苦啊！因為有很多店長不在而我必須待在店裡的時候，如果我一休息，店裡就沒負責人在啦！」

『那個叫負責人的不在不行嗎？』

「我說啊。」

黑髮青年真奧貞夫，不悅地對從剛才開始就一直嘲弄自己的隱形聲音吼道：

「就是因為不在不行，所以才叫做『負責人』啊！我現在很忙，妳稍微安靜一下啦！」

『壞心眼～』

「唔嘎啊啊啊啊啊！」

明知道是無謂的抵抗，真奧還是搔著頭大喊，試圖讓那道聲音閉嘴。

『真奧，這樣會給鄰居添麻煩喔。』

不過那道聲音依然若無其事地發出愉快的笑聲。

「……總之只要再想辦法搞定這兩天跟半天的班，就能確定行程了！」

『那種事怎樣都好啦～真奧，快點去找姊姊……』

「稍微冷靜一下後，就再發動一次電話攻勢吧！拜託快來人跟我換班啊！」

『我還以為魔王是更有威嚴的存在，沒想到意外地軟趴趴呢～』

要是愈去理會，對方就愈覺得有趣。真奧決定不去吐槽那不知有意還是無意、充滿語病的誹謗中傷。

打算稍事休息的真奧起身活動僵硬的腰部，打開廚房冰箱的門。

「咦？我之前買的馬鈴薯泥口味的喀滋喀滋君……」

『啊，抱歉，被我吃掉了。』

「妳這傢伙啊啊啊啊啊！那可是因為太受歡迎而來不及生產，短期內都買不到的商品耶，可惡啊啊啊啊！」

才剛決定不理睬對方的五秒後，惡魔之王就因為先前買來放在冰箱裡的冰棒被吃掉而難得生氣地怒吼。

「真奧哥？真奧哥，你沒事吧！發生什麼事了？」

因精神過於錯亂而打算用頭撞柱子的真奧，在聽見從房間外傳來的慌張聲音後猛然回過神。

「是、是小千嗎？」

「嗯，那個，我剛才好像聽見很誇張的聲音，呃，沒、沒事吧？」

從外面傳來的是真奧打工處的後輩，同時也是經常見識到真奧真面目、異世界的存在，以及地球神祕的日本高中女生——佐佐木千穗的聲音。

「沒、沒事。不、不對，也不能算沒事，不過沒什麼大不了的，小千，我現在開……」

『有別人跟千穗在一起呢。』

「啊？」

準備前往玄關開鎖的真奧，雖然發現腦中那身為騷動原因的聲音語氣嚴肅，但還是因為剛才的爭執而不自覺做出粗魯的反應。

「那、那個，真奧哥，如果現在不方便，我可以晚點再來……」

「咦？啊，沒有啦，不好意思小千，真的沒什麼，不是妳的問題，總、總之妳先進來吧！」

或許是因為聽見真奧不悅的聲音，千穗似乎顯得有些膽怯，真奧邊安撫她邊打開門。

「真、真的沒關係嗎？」

接著便看見戰戰兢兢地望向房間內的千穗——

「你……你好……」

以及站在千穗旁邊、同樣以狐疑表情看向這裡的鈴木梨香的身影。

「喔，是妳啊。那個，妳的身體還好吧？」

「嗯、嗯。雖然給千穗添了不少麻煩。」

梨香看著真奧與千穗的眼睛，明確地回答真奧的問題，千穗則是害羞得漲紅了臉。

真奧在心裡感到意外。

畢竟梨香三天前造訪魔王城時遭遇的事件，實在只能以一場災難來形容。

不像千穗那樣習慣打鬥場面或超常現象（雖然這也是理所當然）的梨香，在首次被捲入安特・伊蘇拉的事情後完全一蹶不振，這三天都躺在自己家裡。

千穗在那三天裡又是打電話又是傳簡訊，還不時造訪梨香的公寓協助她打起精神……

「太受歡迎而來不及生產，是什麼意思？你先前買的喀滋喀滋君被誰吃掉了嗎？」

「喔……」

被人這麼直接地一問，真奧不自覺語塞。

「咦？喀滋喀滋君怎麼了嗎？」

「千穗不知道嗎？喀滋喀滋君有種類似馬鈴薯、不像冰棒的口味對吧，那好像因為太受歡迎而供不應求喔？」

「原來如此！」

身為上班族的梨香似乎對社會的流行非常敏感，但千穗並不清楚這方面的資訊。

冰棒被吃掉的悲傷、被別人聽見自己慘叫的恥辱，以及兩位女性在眼前針對喀滋喀滋君大發議論，讓真奧感到無地自容。

「總、總之妳們來這裡應該是有什麼事吧？雖然沒什麼能招待的，但先進來再說。」

在真奧催促之下，千穗率先走進魔王城。

「打擾了。啊，真奧哥，不介意的話請收下這個。」

由於擔心背後的梨香，千穗刻意發出開朗的聲音走進魔王城，並將提在手上的購物袋遞給真奧。

「這是我在路上買的，不介意的話……」

「喔，謝謝……？喀、喀滋喀滋君！而、而且還是馬鈴薯泥口味！」

「咦？真的嗎？」

真奧在從袋子裡認出那款自己剛剛才失去的傳說中的冰棒後發出驚嘆，梨香也驚訝地看向真奧手上的冰棒包裝。

「不過我買的時候不知道這個缺貨。」

千穗指向印在塑膠袋上的店名。

「只是因為家裡附近的酒行剛好有進貨才買來的。」

「真的假的！這東西最近真的很受歡迎，到處都買不到呢！謝啦，小千！」

「這樣啊。不過你喜歡真是太好了！」

梨香以一副難以言喻的表情看著露出笑容的千穗，以及立刻撕破包裝、幸福地吃起冰棒的真奧。

「那、那個，真奧先生。」

梨香向因冰棒而分神的真奧搭話。

「喔、喔喔，不好意思，總之妳們先進來吧。」

發現自己冷落客人的真奧催促梨香進屋，但後者卻以嚴肅的表情回望他說道：

「惠美跟蘆屋先生……果然都不在對吧？」

「……嗯，沒錯。」

真奧珍惜地拿著冰棒，以認真的表情點頭。

沒錯，那位平常絕對不會讓真奧的冰棒擅自消失、掌管廚房與冰箱的男人已經不在了。

自從真奧開始進行統一魔界的大業以來，這還是蘆屋四郎——惡魔大元帥艾謝爾首次沒陪在他的身邊。

真奧與惠美共同的敵人，安特．伊蘇拉的大天使加百列綁走了蘆屋。

蘆屋是連真奧征服安特．伊蘇拉失敗，漂流到異世界日本時都總是隨侍在側的忠臣，他的消失讓真奧有種宛如喪失了左右手般的感覺。

此外按照加百列的說法，阻止真奧征服安特．伊蘇拉並追著他來到日本的宿敵，勇者艾米莉亞．尤斯提納亦即遊佐惠美，也同樣被囚禁在安特．伊蘇拉的某處。

「結果我從蘆屋先生跟惠美的父親那裡什麼都沒聽到，在那之後也不是方便說話的狀況……所以我今天才拜託千穗跟我一起來聽取事情的真相。」

「真相？」

「鈴乃的事情、漆原先生的事情、蘆屋先生的事情、真奧先生的事情，還有最重要的惠美的事情。我聽千穗說真奧先生後天就要去某個地方尋找惠美。」

「嗯、嗯嗯……不過鈴乃跟漆原的事情是指……？」

千穗到底告訴梨香多少了呢？

真奧斜眼瞄向千穗，少女發現後搖頭回應。

「我親眼目睹漆原先生跟鈴乃衝向雨中並發揮超越人類的跳躍力，也看見了真奧先生用飛的消失在空中。在那之後，我聽蘆屋先生說惠美不是地球人。接著蘆屋先生就被一群奇怪的人抓走不見了。」

從這件事情就能看出無論真奧，還是住在魔王城隔壁Villa．Rosa笹塚二〇二號室的安特．伊蘇拉聖職者，克莉絲提亞．貝爾──鎌月鈴乃，至今都仍未對梨香進行任何的記憶操作。

於是梨香今天就在千穗的帶領下過來了。

來到這棟位於東京一隅，聚集了許多奇妙居民的公寓。

「如果你知道什麼關於惠美，關於我朋友的事情，就請你告訴我。」

梨香想知道自己重要的朋友，遊佐惠美的真相。

真奧因為梨香的話看向二〇二號室的牆壁，輕輕嘆了口氣。

「唉，不用那麼緊張。想聽的話，我會好好告訴妳。不過請妳再稍等一下。晚點鈴乃跟天禰小姐……就是救了妳的那位小姐會回來，到時候再說明會比較清楚。」

「……我知道了。那我就先在這裡等。」

梨香毅然回答，看來她已經克服了之前的打擊。

她在聽完真奧的話後坦率地點頭走進房間，然後緩緩在被爐旁邊坐下。

「妳也挺有膽識的。」

「這已經夠造成心靈創傷了。別看我這樣，我可是整整發燒躺了兩天呢。」

梨香露出苦笑。

儘管那副笑容看起來多少有點勉強，但真奧也沒不識相到加以指摘。

「鈴乃小姐出門了嗎？」

然而在梨香冷靜之後，反而換千穗靜不下心來了。

「嗯？啊，她今天早上好像跟天禰小姐去某個地方囉？」

「是、是醫院嗎？」

「嗯？啊。」

真奧在察覺千穗面露憂心的原因後搖頭回答：

「不，她的傷好像已經沒什麼大礙了，今天早上看起來還很有精神喔？」

「咦咦咦咦？」

千穗難以置信似的大喊出聲。

這也難怪，畢竟住在魔王城隔壁的鎌月鈴乃在三天前那起與梨香也有關的事件中，為了在激烈的戰鬥裡保護千穗，受了遭惡魔之爪從肩膀撕裂到胸口的重傷。

即使鈴乃在異世界安特．伊蘇拉是位精通法術的聖職者，按照千穗的常識，那樣的傷口實在不可能在三天內就痊癒。

「唉，關於這部分，天禰小姐反而還讓人覺得比較奇怪，不過那個人什麼重要的事情都不肯說。」

「……嗯。」

千穗點頭。

兩人所指的天禰全名為大黑天禰，真奧與千穗等人過去曾在千葉縣銚子市的海之家「大黑屋」工作，天禰不但是那裡的店長，而且還是這棟魔王城進駐的公寓Villa・Rosa笹塚的房東，志波美輝的姪女。

房東志波與其姪女天禰雖然都是日本人、或進一步來說是地球人，但不可思議地打從一開始就知道真奧等人的真實身分，特別是天禰還曾經數次展現出連身為魔王的真奧都難以想像的強大力量。

「天禰小姐……真的會回公寓來吧？」

「嗯，因為她的行李一直都放在鈴乃房間裡。」

天禰這三天都住在鈴乃的房間。

千穗擔心的是天禰又會像之前在銚子時那樣，展現完神祕力量後突然消失。

天禰至今仍未說明她來到笹塚的理由，其真實身分也依然不明，因此真奧與千穗都無法全面地信賴她。

「她們說預定中午過後會回來，總之我們就先等一會兒吧。」

「我、我知道了……啊，話說我被鈴乃小姐的事嚇得都忘了。真奧哥。」

「嗯？」

「那孩子現在在哪裡啊？」

千穗的語氣裡隱約帶著一絲怒氣，而這應該不是真奧的錯覺。

「……妳是指艾契斯嗎？她在這裡喔。」

真奧厭煩地指向自己的太陽穴。

聲音的主人從剛才開始就在腦中大吵大鬧，要真奧將正在吃的馬鈴薯泥口味喀滋喀滋君分一口給她。

「這裡是指……真奧哥！」

「我、我也沒辦法啊，因為原理好像就是這樣！坦白講雖然現在也很吵，但要是放出來她真的會為所欲為，很麻煩啊。」

千穗的表情明顯變得很不高興，儘管真奧試著找藉口搪塞──

「跟鈴木小姐解釋時，也需要，提到艾契斯妹妹的事情！請你，讓她出來！」

千穗還是憤然地揪著真奧的胸口，配合說話的節奏開始搖晃真奧。

「啊嘎嘎嘎，小千，別搖，冰要掉下去了！我知道，我知道了，別搖啦！我還沒習慣，這樣無法集中！」

在將還沒發生什麼事就氣得火冒三丈的千穗拉開後，真奧扶著有些意識不清的腦袋，朝空無一人的空間伸出手。

「嗯……出來吧，艾契斯！」

在說出這句話的同時，真奧的身體瞬間發出淡紫色的光芒。

雖然近距離看見那副場景的梨香嚇得縮了一下，但遺憾的是千穗就只有那個瞬間沒有關心梨香的餘裕。

「真奧，那個冰也分我吃一口。」

從真奧身體發出的淡紫色光芒並非前往他手伸向的地方，而是在真奧背上凝結成實體。

對方的年紀比千穗略小。

一名在日本人不可能擁有的美麗銀髮前方留了一撮紫色前髮的少女，突然從空無一物的地方現身。

問題在於她從出現的瞬間開始，就以四肢緊纏著真奧的背。

不只如此，她還就這樣直接從背後咬向真奧嘴邊的冰，對真奧抱持好感的千穗，實在無法忽視這樣的狀況。

「艾、艾、艾契斯妹妹，妳在對真奧哥幹什麼啊？」

「嗯～與搭檔進行肢體交流？」

「艾、艾契斯，妳幹什麼啦！快放開我！」

召喚出艾契斯的真奧也同樣感到驚訝。

雖然艾契斯至今從來沒照真奧想像的狀態現身過，不過應該也不必特地以這種方式出來。

「嗯～真奧真是容易害羞！」

「才不是這個問題！我一口都不會給妳！妳不是已經擅自吃掉我的點心了嗎！」

「那個跟這個是裝在不同的胃喔！」

「別只在對自己有利時才把日語講得那麼溜！我絕對不給妳！」

就在惡魔之王與神祕少女針對一支冰棒吵得難分難解，醜惡地爭鬥時——

「到、此、為、止！」

「唔喔！」

「哇啊啊！」

千穗強硬地介入，硬是將艾契斯從真奧身上拉開。

「千穗，妳幹什麼啦！」

「我也有買艾契斯妹妹的分，所以妳不可以搶真奧哥的冰！」

「欸～可是從別人那裡搶來的東西特別好吃……」

「就算那樣也不行！」

「嗚嗚……我知道了。」

或許是對千穗拚命的樣子感到恐懼，艾契斯老實地退讓，從千穗帶來的購物袋中找出跟真

奧吃的一樣的東西。

「喔喔，艾契斯居然乖乖聽話了……小千真厲害……」

真奧看著千穗的背影，佩服地說道。

「……真奧哥。」

「是、是？」

雖然千穗應該不是想責問真奧剛才說的那句話，但在從她回過頭露出的表情上感覺到某種類似殺氣的氣氛後，真奧還是忍不住端正姿勢。

「要是太寵艾契斯妹妹，等阿拉斯・拉瑪斯妹妹回來後，她可是會因為吃醋而討厭你喔。」

「喔、喔？」

「而、而且，那樣不太好啦！儘管或許有很多複雜的因素，但艾契斯妹妹再怎麼說也是女孩子！」

「呃，雖然這樣講也許有點卑鄙，但艾契斯真的不聽我的話……」

「不是這個問題！」

「唔喔？」

即使真奧拚命抗辯，還是深深地感覺到自己與紅著臉瞪向這裡的千穗根本牛頭不對馬嘴。

「居、居然大白天的，就、就跟女孩子進行那麼激烈的肢、肢體交流，這、這個樣子非常不好！」

「小、小千？喂，妳是不是誤會什麼了，我並沒有……」

「這也是無可奈何的啊。畢竟我跟真奧已經身心交融了！」

「唔～！」

「小、小千！冷、冷靜點，妳應該知道那只是語病！艾契斯，妳也一樣，明明對日語就只有一知半解，為什麼偏偏就只有對這方面那麼純熟啊！」

雖然艾契斯的話怎麼聽都像是在挑釁千穗，但姑且不論內心如何，兩人的身體已經合而為一這點倒是事實。

艾契斯銀色的頭髮中混了一撮紫色的毛髮。

這是從構成安特・伊蘇拉世界的寶珠——「質點」誕生的孩子們的特徵，而在真奧與千穗身邊，還有另一個擁有相同特徵的人物。

那就是與勇者艾米莉亞所持的「進化聖劍・單翼」融合，並將魔王真奧與勇者惠美當成父母般愛慕的小女孩，阿拉斯・拉瑪斯。

儘管從雙方的成長程度來看實在難以置信，但據說艾契斯相當於是阿拉斯・拉瑪斯的妹妹。

身為姊妹，艾契斯與阿拉斯・拉瑪斯似乎是同等的存在，她不但順利比照惠美與阿拉斯・拉瑪斯的關係和真奧融合，還協助解決了三天前的某起事件。

就結果而言，艾契斯在那之後依然與真奧處於融合狀態，而且果然像惠美跟阿拉斯・拉瑪斯那樣變得一旦顯現在外，就無法離開身為憑依的真奧一定以上的距離。

所以原本似乎就不太怕生的艾契斯，在融合後對真奧的態度突然大幅轉變。

就連平常對接近真奧的女性，都不會表現出如此露骨嫉妒的千穗也無法保持冷靜，可見艾契斯黏真奧黏得有多緊。

原本應該是這樣才對──

「妳叫梨香對吧？梨香也要吃冰嗎？」

但她馬上就乾脆地對困擾的真奧與氣得發抖的千穗失去興趣，轉而將冰棒遞給不知所措地看著三人爭吵的梨香。

「我、我不用了，謝謝。」

而且她在被拒絕時還稍微沮喪了一下。

「真奧哥。」

「是、是！」

在千穗冰冷的視線注視之下，真奧不自覺地端正坐姿。

「要是遊佐小姐跟蘆屋先生能早點回來就好了呢！」

「妳說的沒錯！」

真奧不自覺地以恭敬的語氣回答。

梨香在一旁看著三人奇妙的權力關係。

「……真是完全搞不懂。」

就在她頻頻歪著頭如此嘟囔時——

「喔，是鈴乃的簡訊。她們好像快回來了。」

真奧那隻感覺有些跟不上時代的手機收到了一封訊息。

那是外出的鎌月鈴乃通知再過三十分左右會回到公寓的簡訊。

「喔，太好了。我早上有拜託天禰買冰回來呢～」

「妳到底想吃多少冰啊。要是吃壞肚子我可不管喔。」

即使知道對方不會回答，真奧還是忍不住吐槽。

「唉，那麼等鈴乃跟天禰小姐回來後，我們就開始討論要怎麼救出惠美、阿拉斯・拉瑪斯、蘆屋跟惠美的爸爸。排班表的事情等晚點再想好了。」

就在真奧整理著被爐上的排班表，開口打圓場時——

「我說啊……」

「呀啊！」

房間裡響起一道不屬於現場任何人的虛弱聲音，讓梨香忍不住驚訝地起身。

除了艾契斯以外的所有人，都將視線集中到壁櫥上。

「就算大家都忘了我的存在也沒關係……但能不能麻煩你們稍微安靜一下。我跟貝爾不同，我還沒痊癒。要是周圍的聲音太大，傷口會很痛啊。」

只見壁櫥微微開啟，魔王城的不良債權惡魔大元帥路西菲爾、自稱一流尼特族的漆原半藏從裡面露出哀怨的表情。

※

惠美與蘆屋目前被囚禁在安特・伊蘇拉。

本來這樣的說法並不算適當。

畢竟惠美是為了追趕身為魔王的真奧才從安特・伊蘇拉來到這裡，而蘆屋也是曾在那個安特・伊蘇拉進行征服活動的惡魔。

真要說的話，安特・伊蘇拉才是兩人應該待的地方。

不過兩人目前無疑正被囚禁在這應該回去的場所。

事情的發生，要從惠美為了確認自己的雙親究竟在安特．伊蘇拉居於什麼樣的立場，以及擁有什麼樣的過去，而決定回到故鄉開始。

當時就連身為宿敵的真奧，都沒想過就算被稱為世界最強人類也不為過的惠美會遭遇危險。

然而惠美在過了預定歸還的日子後依舊沒有回來，而跟惠美持有的「進化聖劍．單翼」融合的阿拉斯．拉瑪斯當然也是如此。

隨著職場即將導入新營業形態而打算取得機車駕照的真奧，也因為過於擔心——主要是針對阿拉斯．拉瑪斯——而在學科考試上慘遭滑鐵盧。

之後真奧在惠美依然未歸的情況下，準備前往府中駕照考場接受第二次考試的途中，遇見了一對奇妙的父女。

這對自稱佐藤廣志與佐藤翼、看起來明顯還不習慣日本的父女，是從三鷹的天文臺前公車站搭上真奧乘坐的公車。

由於不小心和他們扯上關係，真奧在參加令人焦慮的第二次學科考試時也一直被兩人糾纏。

然而儘管並非出於本意，真奧還是意外發現佐藤廣志其實是原本以為死於魔王軍侵略的惠美之父，諾爾德．尤斯提納；而佐藤翼則是誕生自「基礎」質點的阿拉斯．拉瑪斯之妹，艾契斯・阿拉。

就在真奧忙著處理圍繞佐藤父女急速展開的狀況時，最近經常以各種形式在真奧周圍出沒的魔界高等惡魔，馬勒布朗契一族的頭目也幾乎在同一時刻於千穗就讀的笹幡北高中現身，讓千穗陷入不得不與惡魔對峙的困境。

儘管鈴乃與漆原立刻前往救援千穗，但兩人卻被對安特・伊蘇拉一無所知的惠美友人——鈴木梨香親眼目睹了出發現場，使得她開始向蘆屋逼問真相。

就在蘆屋死心打算坦承一切時，為了拯救千穗的危機而借助艾契斯的力量、真的如同字面描述從駕照中心飛回來的真奧，將諾爾德寄放在魔王城後便再度飛走了。

結果，就只剩下梨香、蘆屋以及諾爾德這幾位莫名其妙的成員留在魔王城。

即使如此，三人還是打算開始討論發生在彼此身上的真相，但就在這個時候，加百列居然率領鑲蒼巾騎士團襲擊了Villa・Rosa笹塚。

雖然在銚子的海之家「大黑屋」店長大黑天禰的介入之下，只有梨香一個人平安獲救，但諾爾德與蘆屋皆被加百列擄走，鈴乃與漆原也因為馬勒布朗契頭目利比科古的同伴，大天使卡邁爾的力量受了重傷。

如同惠美透過與阿拉斯・拉瑪斯融合獲得強大的力量般，晚鈴乃與漆原一步抵達千穗學校的真奧，也在與艾契斯融合後順利擊退了卡邁爾與利比科古。

不過也僅只於此。

千穗、鈴乃和漆原因此負傷，蘆屋和諾爾德被人帶走，對得知惠美和阿拉斯·拉瑪斯在安特·伊蘇拉遭俘的真奧而言，這狀況根本就是徹底的敗北。

真奧是魔王。

若Villa·Rosa笹塚二〇一號室是魔王城，那麼笹塚就是以魔王城為中心發展的城邑。

蘆屋四郎、漆原半藏、佐佐木千穗、鎌月鈴乃以及身為宿敵的勇者遊佐惠美，全都是魔王撒旦親自任命的惡魔大元帥。

為了以新的方式征服世界，他們都是真奧本人認為必要的「部下」兼「夥伴」。

保護部下，是身為上司與主人的真奧的責任。

必須讓那些與真魔王軍為敵的愚蠢之徒，付出應有的代價才行。

魔王撒旦決定借助日本的「夥伴」們的力量，率領新生魔王軍從日本出發，親征聖十字大陸安特·伊蘇拉。

※

「騙人……」

真奧的視線茫然地在空中游移。

「怎麼可能會有這種事情！」

「真奧哥……」

真奧難掩包含在聲音裡的悔恨，讓千穗忍不住為了安慰真奧而將手放在他的肩膀上。

「不過，這就是現實。雖然對你而言或許是個殘酷的現實。」

克莉絲提亞·貝爾，鎌月鈴乃對悵然自失的真奧投以冷酷的言語。

「這表示你現在的力量，終究就只有這點程度。」

「鈴乃小姐！妳說得太過火了！」

「千穗小姐，無論妳再怎麼袒護魔王，現實都不會改變。」

「可……可惡啊……」

悔恨至極的真奧搥打榻榻米的聲音，靜靜地在室內迴響。

「為什麼……為什麼……！」

真奧咬緊牙關，以悲壯的眼神瞪向鈴乃，用盡全力喊道：

「為什麼妳比我先考到駕照啊！！」

「真奧，吵死了。」

壁櫥裡傳出漆原感到相當痛苦的聲音，但真奧現在根本沒有在意那種事的餘裕。

這是因為一臉平靜地承受真奧視線的鈴乃，手上正拿著一張閃閃發光的卡片——那是記載了鎌月鈴乃的名字與大頭照的駕照。

「我只是因為覺得有需要才去考而已。畢竟看你這個樣子，在出發前應該是不可能有辦法接受重考。」

「就算是這樣……就算是這樣……」

真奧猛然轉身衝向窗邊，指著眼前底下的庭院喊道：

「為什麼妳拿到駕照後，就直接騎機車回來啊！是想找我的碴嗎！這是在諷刺我嗎！」

在Villa・Rosa笹塚的庭院內，真奧的愛騎杜拉罕二號旁邊，停了一臺車體光鮮亮麗、在陽光下閃閃發光的機車，而且那還是在營業用車領域聲名遠播的本田GYRO ROOF。

做為標準配備的車篷，以及擁有卓越安定感的三輪式。由於能夠無視天候進行輕型貨物的運送業務，因此深受披薩外送等業者的愛用。

「喂，千穗，為什麼真奧先生要那麼激動啊？」

難得才剛因為千穗買來的冰恢復幹勁，結果真奧在鈴乃回來後馬上又失去冷靜，讓梨香驚訝地向千穗詢問原因。

千穗困擾地笑著，輕輕對梨香耳語道：

「真奧哥已經有兩次沒考過駕照了。第一次是學科沒過，第二次是在考試當天的講習前跑來救我……」

「……喔。」

「是想找我的碴嗎？麥丹勞的外送就是要用那個喔！這怎麼看都是在諷刺我吧！」

「這也無可奈何。畢竟如果沒有駕照，就算買了機車也沒辦法騎回來。既然如此，那就只剩下考取駕照這個選項了。」

坐在千穗旁邊的鈴乃毫不在意真奧的焦躁，以嚴肅的表情仰望著他。

「還是說你打算在沒有遠距離移動的手段下，在安特．伊蘇拉到處行動呢？」

「唔……呃，那個……」

「以你和我的實力，一在天空飛馬上就會被人探測到。至少對方那裡可是有加百列、卡邁爾以及馬勒布朗契的頭目在。」

「可、可是某種程度上已經能鎖定地點……」

「如果不能在『門』的開關被探測到後立刻移動到夠遠的地方隱藏行蹤，那就沒意義了。」

「不、不過就算想用機車……安特．伊蘇拉可沒有內燃引擎喔？如果只是不想被探測到聖法氣或魔力，不如等到了那裡後再買馬……」

「你有辦法騎馬嗎？」

儘管真奧拚命抱怨，但在忍無可忍的鈴乃大聲斥責後還是閉上了嘴。

「目前還不確定我們得在安特・伊蘇拉徘徊多久！而且也有必要帶相應的行李過去！既然連能不能好好控制『門』都無法確定，那麼行動自然必須迅速！既然如此，那當然得在日本盡可能做好準備！還是你打算靠自行車橫跨東大陸，或是從現在開始賺調度馬匹的錢嗎？」

「……」

完全無話可說的真奧，只能不悅地在窗邊坐下。

「雖然我的確是沒騎過馬，但如果是飛龍，我有自信不會輸給任何人……」

無論從地球來看安特・伊蘇拉是多麼不可思議的世界，人類還是不會飼養飛龍。

「唉……聽好了，魔王。」

「怎樣啦。」

「看清楚了，那臺機車是單人座。」

「嗯。」

「就算是在日本法律管不到的地方，我也絕對不想跟你共騎一臺車。」

「嗯、嗯？」

「那、那樣可是會被處以兩萬圓的罰金喔。」

千穗對騎車雙載產生過度反應，開始說出莫名其妙的話。

「千穗，那是自行車的狀況。機車在扣點跟罰金方面都不太一樣啦。」

梨香輕聲吐槽。

「所以……」

「喔、喔。」

從鈴乃形狀姣好的嘴唇——

「我另外買了一臺給你騎。如果是在安特．伊蘇拉騎機車，就不需要駕照了吧。」

吐出了驚人之語。

「……另外一臺？」

「嗯。」

「機車？」

「嗯。」

「……妳買的？」

「不然還有誰會買。」

鈴乃乾脆地說道。房間內的氣氛暫時凍結，然後——

「騙人的吧啊啊啊啊啊啊啊啊啊啊啊啊啊？？？」

「真奧……你真的很吵耶。」

「雖、雖然我之前就覺得很不可思議了！但妳到底多有錢啊？」

漆原再度因為真奧的慘叫出聲抱怨，但這次不只真奧，就連千穗也驚訝地問道：

「我、我對這方面不太清楚，不過機車應該不是那麼便宜的東西吧？」

「確實是很貴沒錯，不過我買的並不是新車。天禰小姐應該就快騎另一臺車回來了。兩臺車的經費全部加起來約五十萬。幸好業者似乎整備得還不錯，所以交車的速度也快，真是幫了大忙。」

鈴乃輕描淡寫地丟出五十萬圓這個數字。

「五……五十……五、五……五十萬……」

腦中排列出從來沒見過的「０」的位數，讓真奧瞬間昏厥。

「真、真奧哥！真奧哥？你、你振作一點！」

「沒、沒事吧？他的臉色好像不太妙。」

千穗與梨香連忙趕到以堪稱模範的方式昏倒的真奧身邊。

千穗擔心地看向真奧那滲出汗水的蒼白臉龐，但艾契斯的頭突然擋住了她的視線。

「好，來做人工呼吸噗啊！」

「他還有呼吸！不需要啦！艾契斯妹妹乖乖去旁邊吃冰啦！」

千穗拚命地將艾契斯從真奧身邊拉開。

「……總覺得跟我做好覺悟面對的狀況不一樣呢。」

看著千穗與艾契斯神祕的戰鬥，梨香姑且拿起眼前的團扇開始替真奧的臉搧風。

此時一道輕快的引擎聲從遠方逐漸朝這裡接近，並在公寓底下停止。

在傳來一陣上樓梯的聲音後，某人打開了魔王城的玄關大門。

「哎呀～不好意思，稍微繞一下後就迷路了。不過我買到了便宜的汽油喔……呃，這是什麼狀況？」

一身褐色肌膚、綁著漆黑馬尾的大黑天禰抱著安全帽，驚訝地看向倒在房間裡面的真奧以及僵持不下的千穗與艾契斯。

在千穗、鈴乃、梨香、天禰以及艾契斯等人到來使得女性人口密度難得提高的魔王城中，逐漸恢復意識的真奧依然臉色不佳地躺著呻吟。

「兩臺五十萬啊……不曉得該說準備得好，還是準備得太好，這樣會不會花太多錢啦？有必要準備到這麼齊全的地步嗎？」

對真奧的話感到傻眼的鈴乃，看向在房間角落吃著冰觀望事情發展的艾契斯。

「你現在的力量確實是壓倒性的強悍。考慮到艾米莉亞與阿拉斯・拉瑪斯融合時的狀況，甚至或許光憑魔王一人便足以壓制加百列與卡邁爾。不過你別忘了這次艾謝爾、艾米莉亞跟阿拉斯．拉瑪斯事實上都成了人質。儘管最後應該無法迴避戰鬥，但依然有必要盡可能迅速、隱密地行動，避免與敵人進行不必要的接觸直到最後一刻。」

「居然敢拿姊姊當人質，那些傢伙真是太不像話了！該判死刑！」

「喂，艾契斯妹妹，妳的冰要掉囉～」

「啊啊啊！我的冰……天使，不可原諒！」

天禰的警告並未生效，艾契斯今天的第二支冰脫離手中，掉到了榻榻米上。

「啊，我來擦。」

就在千穗快步走向流理臺，擰乾抹布回來後——

「千穗，不要丟掉！太可惜了！」

「啊，嗯、嗯……」

千穗將撿起來的冰還給艾契斯，開始擦拭榻榻米上的污痕。

艾契斯完全不在意曾掉過地上的事實，逕自繼續吃起冰來。

「那個，我可以問一個問題嗎？」

此時梨香舉手發言。

「啊，不好意思，梨香小姐。這都要怪真奧……魔王太吵。應該要向梨香小姐好好說明對吧。」

鈴乃恍然大悟似的轉向梨香。

儘管成員與平常不同，但剛才那些互動意外地接近魔王城平常的光景。

唯一不同的大概只有鈴乃當著梨香的面，稱呼真奧為「魔王」吧。

「嗯、嗯，不好意思，雖然你們好像很忙，不過到頭來，大家究竟是什麼人啊？」

曾經和梨香提出過一模一樣問題的千穗，產生了一種奇妙的感慨。

「吶，機會難得，不如交給千穗妹妹說明怎麼樣？」

「咦？」

天禰突然指定千穗。

千穗本人則拎著抹布緊張地直眨眼。

「我認為就算讓真奧老弟或鈴乃妹妹說明，梨香妹妹大概也會不曉得該相信什麼才好。考慮到這點，如果是跟梨香妹妹站在相同立場的千穗妹妹，在客觀上應該比較能夠信任吧？」

「嗯，或許這樣的確比較好。」

鈴乃也對這個意見表示贊同，逐漸從混亂中恢復的真奧以嚴肅的視線望向千穗，看來他也認為這是個好主意。

「如、如果大家覺得沒關係的話是可以啦……鈴木小姐也不介意嗎？」

「呃……在那之前我想先問個問題，千穗好像很習慣真奧先生跟鈴乃他們那些不可思議的事情。該不會妳其實是像漫畫那樣，會使用超能力和壞人戰鬥的高中女生吧？」

「噗！」

梨香對千穗做出的回答，某種意義上確實是超乎眾人的想像。

「呃，那個……到底該怎麼說才好？」

若是前陣子的千穗，應該還有辦法否認，不過身為一個已經學會一種安特．伊蘇拉法術的人，如今她實在很難乾脆地否定。

真奧代替猶豫的千穗回答道：

「小千不一樣。她一開始跟我們毫無關聯，單純只是我打工處的後輩，是個隨處可見的高中女生。」

雖然「毫無關聯，單純只是後輩」等形容微妙地讓千穗感到受傷，但由於她知道真奧不是那個意思，因此並未插嘴。

「不過她就跟這次的妳一樣，因為被捲入我跟惠美的事情得知了真相。即使經歷了理應比妳還要恐怖的狀況，小千還是說她不想忘記那些事情。所以她至今依然願意像這樣，陪在我們這些人的身邊。」

「千穗，是這樣沒錯嗎？」

被無法實際體會千穗的覺悟有多深的梨香這麼一問，千穗稍微思考了一下後回答：

「這麼說來，嗯……」

雖然梨香這次也經歷了被奇裝異服的騎士團襲擊那樣脫離常軌的體驗……

「我的狀況，該怎麼說才好，我自己第一次意識到真奧哥他們強大的力量，是在差點被崩塌的高速公路壓扁的時候……」

「咦？」

梨香因為千穗若無其事說出來的內容板起了臉。

之後千穗開始扳著指頭說起諸如被綁架到都廳頂樓、被天兵大隊這些拿著武器的大天使包圍、近距離目睹大批惡魔的戰鬥、因為魔力中毒住院、在東京鐵塔飛來飛去戰鬥，以及曾兩次基於自己的意志與巨大的惡魔對峙等體驗。

「雖然現在才這麼說也有點奇怪，但真虧我有辦法平安活到現在呢。」

最後她下了這樣的結論。

「……」

梨香的臉色變得有些蒼白應該不是錯覺。千穗在發現這點後——

「啊、啊啊啊！可是，因為每次真奧哥、遊佐小姐跟鈴乃小姐都會保護我，所以實際上我一次都沒有受傷喔？」

慌張地開始表現自己有活力的一面。

「不、不過妳還是遭遇到危險了嗎？而且實際上也真的住院過……」

「那、那與其說是不可抗力，不如說大部分的責任是在自己身上，而且雖說是住院，但結果第二天就因為沒有異常而出院了。」

千穗明顯刺激到梨香心中的恐懼感這件事讓千穗焦急不已，於是真奧對她伸出援手。

「那個，我們也有辦法讓妳忘記所有關於我們的事情。此外我們也對這些事情脫離常軌的程度有所自覺，因此就算選擇不相信也是妳的自由。無論妳做出什麼樣的結論，我們都會尊重妳的意志，不管妳是否忘記我們的事情，我們都會盡全力保護妳，不讓妳遭遇危害。」

「唔唔……」

「就算妳不想再跟我們扯上關係也無所謂，我們也絕不會因此就不保護妳。若是覺得今天太累，我們也可以改天再談。呃，不過因為我們即將出遠門，所以可能要等到我們回來之後……」

「都、都聽到了這裡才回去，只會讓人更在意跟害怕吧……不、不過，那個，雖然不知道你們是要去哪裡，但總之非常危險對吧？」

「嗯……大概吧。」

「至少這趟旅程應該不會像在日本國內旅行那麼安全。」

真奧與鈴乃坦白地回答。

梨香交互望著兩人的臉，戰戰兢兢地問道：

「我說啊，如果你們說的都是真的，那惠美前往不是日本的那個不同的世界，不是已經過很久了嗎……惠美不會有事吧？那裡對惠美而言，也不是個安全的地方對吧？」

「「「「……………啊。」」」」

面對這個問題，真奧、千穗、鈴乃，以及壁櫥裡的漆原都彷彿事到如今才發現什麼似的喊了一聲。

「怎、怎麼了？」

「那個，雖然妳可能會覺得我們這麼說很冷淡……不過我們從來就沒有擔心過惠美可能受傷或是遭遇危險。」

「咦？」

真奧慎選詞彙地接著說道：

「……惠美的強悍，完全不能用妳想像的人類基準來衡量。」

「她、她之前救我時曾經說過腳骨折了，但事後回想起來，她當時也是馬上就痊癒了……」

千穗也有些難以啟齒似的補充。

「那個，雖然我不知道該如何比喻才能讓梨香小姐理解。」

「若是回到安特．伊蘇拉的遊佐，別說是槍或刀子了，就算被戰車從後面攻擊，我想她也能毫髮無傷。」

「又不是漫畫！」

梨香忍不住對鈴乃與漆原的話吐槽。

不過真奧卻冷靜地接受了梨香的指摘。

「唉，妳會有這樣的反應也是正常的。不過反過來說，問題就出在這個強到那種程度的惠美居然無法回來的狀況。或許惠美並非面臨肉體方面的問題，而是基於精神方面的理由無法回來，倒不如說我擔心的其實是這點。」

「咦？」

「喔？」

「嗯？」

「啊？」

不知為何，千穗、鈴乃以及漆原似乎都不太能接受真奧冷靜回答梨香的言論，驚訝地看向真奧，而對三人的反應感到訝異的真奧本人也回視他們。

「你、你們怎麼了？我說了什麼奇怪的話嗎？」

「……你沒有自覺嗎？」

「……看來是沒有。」

「真奧哥……我好高興，真奧哥果然很溫柔。」

「到、到底是怎麼了？」

「這是怎樣……？」

真奧感到莫名其妙，而梨香當然也摸不著頭緒。

「「不，沒什麼……」」

「欸嘿嘿……」

漆原與鈴乃異口同聲地回答。就只有千穗開心地看著真奧。

儘管對這含糊的難解反應感到不自在，真奧還是盯著梨香繼續說道：

「總、總而言之，即使惠美就算被戰車打到也不會有事，她終究還是個人類。縱使擁有無敵的力量，人類還是會被各種枷鎖或人情束縛對吧？如果惠美遇到了什麼麻煩，我認為倒不如比較有可能是那方面的問題。而且妳或許也知道有一個叫阿拉斯·拉瑪斯的小女孩，正因為某些原因跟惠美在一起。我們也必須考量那孩子的安全才行。雖然站在妳的角度，妳可能會覺得我們很悠閒地在處理這件事，不過花這些時間檢驗狀況跟進行準備其實剛剛好。」

「唉……總覺得不太能掌握事情的規模……」

面對這些超出自己整理能力的資訊，梨香將手貼在額頭上遮住眼睛。

「那麼，妳接下來打算怎麼辦，感覺已經跟妳說了不少事，妳決定好要不要跟我們斷絕關係……」

「所以這件事就等我確實聽完一切的詳情後再決定吧。」

就只有這個回答是確定的。

「……是嗎？」

「千穗也一樣對吧？那麼我也想這麼做。我想等好好接受惠美的事情後再考慮。」

「真是惹人疼愛呢。」

「天禰，惹人疼愛是什麼意思？」

「就是可愛到讓人想像這樣緊～緊地抱住的意思，像這樣緊～緊的！」

「緊緊緊緊地！」

千穗無視在一旁吵鬧不休的天禰與艾契斯，對著梨香說道：

「雖然在開始說明之前講這種話，也許有點卑鄙……」

「千穗？」

「不過……我希望遊佐小姐能再多一個真正的朋友。」

「……」

千穗這句出乎意料的話讓梨香瞬間啞口無言，她驚訝地環視周圍。

在將真奧、鈴乃以及從壁櫥裡探出頭的漆原等人的表情都看過一輪後，梨香嘆口氣將視線移回千穗臉上說道：

「雖然不是只要沒說謊就沒關係，不過我也一樣有些難以對別人啟齒的事情。」

「鈴木小姐？」

「我不會受到千穗的影響。相對地，我會坦然接受這一切。所以告訴我吧。惠美的事情、真奧先生他們的事情，將一切全都毫無保留地告訴我吧。」

梨香以跟平常一樣的態度，用蘊含了堅強意志的眼神看向千穗。

千穗在露出溫柔的微笑後——

「那麼，就先從我知道真奧哥他們的事情時……」

便開始緩緩說起關於真奧、惠美，以及安特．伊蘇拉的真相。

「唉～～～～～」

梨香在從千穗那裡得知一切後，深深地嘆了口氣，然後——

「這樣難怪惠美會討厭真奧先生。」

她板起臉瞪向真奧。

「妳願意相信我嗎？」

「畢竟蘆屋先生實際從我眼前消失，而我也親眼目睹了鈴乃跟漆原先生展現出非凡的跳躍力，以及真奧先生和艾契斯在空中飛的樣子。」

此外配合千穗的說明，不但鈴乃現場示範將髮簪變化為巨槌，真奧和艾契斯也展現了融合與分離的情形，這些都讓梨香不得不相信。

梨香疲憊地點頭回答千穗的問題，然後——

「唔哇啊啊啊，我好想找個洞鑽進去，真的是超丟臉的！」

她突然抱著頭後仰，整個人倒在榻榻米上。

「丟臉死啦，乾脆讓我就這樣死在洞裡吧。」

「鈴、鈴木小姐？」

「到、到底怎麼了？」

真奧也對梨香的反應感到驚訝，梨香眼眶含淚地起身，從正面握住鈴乃的手。

「梨、梨香小姐？」

「鈴乃，對不起，真的對不起！忘了那天的事吧！就只有我一個人什麼都不知道地做出那種事情，真的對不起，唔哇，我快要羞愧而死了！」

「那、那天的事情是指？」

梨香突如其來的懺悔讓鈴乃目瞪口呆。

「就是我第一次見到鈴乃那天的事情啦！唔哇啊，我當時不是一個人擅自失控，說了一堆不必要的話嗎？我真的以為，討厭啦……唔哇啊啊啊。」

「啊，原來妳是指那時候的事情。」

說到這個程度，鈴乃也總算回想起來了。

梨香第一次遇見鈴乃時，曾經擅自將鈴乃誤會成是與惠美爭奪真奧的勁敵，並插手管了不必要的閒事。

「不過那是我刻意誘導您誤會，而且誤會之後也當場就解開了吧。梨香小姐原本就不可能知道我們的事情，所以不用那麼在意……」

「不是那個問題啦！雖然或許的確是不知情沒錯，但我居然偏偏在蘆屋先生面前……唔哇啊啊啊啊啊啊啊！」

「嗯、嗯？」

儘管覺得有些納悶，鈴乃姑且還是先抱住淚眼盈眶的梨香並輕拍她的背。

「放心吧，錯的是一直隱藏祕密的我們，梨香小姐一點錯也沒有。」

「唔哇啊啊啊啊，丟臉死啦啊啊啊啊！」

鈴乃拚命安慰漲紅了臉放聲大哭的梨香。

「鈴、鈴木小姐沒事吧？」

「她好像微妙地無法接受某些部分的事實。」

千穗與真奧面面相覷，比起真奧與惠美的真面目，梨香似乎更為某件具體的事情大受打擊，不過至少照這樣看來，她對真奧等人並未感到厭惡。

「現在的年輕人思考真有彈性呢。」

天禰似乎這時才對梨香的反應感到驚訝。

「唉，總之鈴木梨香也接受了。」

「我才沒接受！等惠美跟蘆屋先生回來後，我到底該用什麼臉面對他們啊！」

「……………差不多該討論在安特・伊蘇拉的行動計畫了吧？」

雖然真奧不清楚詳情，但看來埋在梨香、鈴乃、惠美、蘆屋以及自己之間的地雷，似乎具有相當的威力。

不過現在已經沒時間安慰梨香了，於是真奧暫且忽略她，拿起放在被爐上的幾張紙。

「這是蘆屋留下的關於東大陸的資訊與地圖。他似乎早在很久以前，就推測出惠美在東大陸，也就是艾夫薩汗遇到了麻煩。」

「那、那是為什麼？」

持續抱著梨香的鈴乃，將頭轉向真奧問道。

「這我就不清楚了，不過主要還是因為那裡是被奧爾巴慫恿的馬勒布朗契們的根據地吧。在跟小千不同的意義上，奧爾巴是唯一完全掌握了惠美的實力和出身的人類，而且艾夫薩汗目前正向各國宣戰吧？可疑也該有個限度。所以啊，漆原。」

「……嗯。」

在真奧的指示下，漆原從壁櫥內伸出手。

他的手上拿著一張皺巴巴的名片。

「這是什麼？」

千穗從漆原手中接下名片，發現上面記載了一支手機的電話號碼。

「那是加百列的手機號碼。」

「咦？為什麼會有那種東西？」

「為、為什麼天使會有手機啊！魔王跟天使通電話，這是哪門子的熱線啊啊啊！」

在是否對異世界的大天使有手機這項事實抱持疑問方面，充分地顯示出千穗與梨香經驗的差距。

「嗯，總之託那個廢人把名片放在漆原這兒的福，至少我們能確定蘆屋、惠美、阿拉斯・拉瑪斯跟惠美的爸爸真的都在艾夫薩汗了。」

「為什麼能確定？」

千穗對真奧微妙連不起來的話感到疑惑。

真奧的回答極為簡單：

「打電話過去之後，他就乾脆地承認了。」

「……就這樣相信對方沒關係嗎？」

千穗非常熟悉加百列的性格，因此也難怪她會提出這樣的質疑。

畢竟加百列的性格捉摸不定，在真奧等人看得見的範圍內做出的行動也缺乏連貫性，儘管身為敵人，但偶爾也會採取有利於我方的行為，完全猜不透他的真意。

「我知道妳想說什麼。」

真奧苦笑道。

「不過至少單就這次的情況，他沒理由要為了說謊而特別與我們接觸。惠美的事情也一樣，畢竟他只要保持沉默，我們根本就無從行動。」

「也有可能是看穿我們會這麼想，打算反將我們一軍……」

從加百列那裡拿到聯絡方式的漆原苦悶地說道，真奧也認真點頭。

「所以為了以防萬一，我才會要你留在日本啊。」

「我知道啦，但我要等傷好才能行動……」

原本就沒什麼霸氣跟幹勁的漆原，用比平常更無力的聲音說道。

「漆原先生，你不跟真奧哥一起去嗎？」

千穗感到意外地問道。

鈴乃只要有放大器便能開啟「門」，因此一開始就確定會陪同真奧親征安特·伊蘇拉。

即使學會了概念收發（idea-link），千穗也沒幼稚到會想跟去危險程度與日本完全不能相比的安特·伊蘇拉。

若肉體遠遠不及鈴乃強韌的自己出現在戰場上，究竟會對真奧他們帶來多大的負擔，這點她三天前在笹幡北高中的那場鈴乃與天兵大隊的戰鬥中已經深刻地理解了。

不過漆原再怎麼墮落也是惡魔大元帥。雖然現在是這副德性，但他在解救千穗的危機時還是展現出一定程度的實力，若回到安特·伊蘇拉，應該能成為重要的戰力才對。

「倒不如說，是沒辦法帶他過去。」

好不容易擺脫梨香的鈴乃如此回答千穗。

「雖然我反覆計算了好幾次，但考慮到來回的事情，光是我跟魔王就已經非常勉強了。畢竟……」

鈴乃看向窗邊的艾契斯。

「她比預期還要重啊。」

「我才沒那麼胖！真是失禮！」

雖然艾契斯提出抗議，但鈴乃並非那個意思。

「而且姑且不論去的時候狀況如何，回程還必須帶艾謝爾跟艾米莉亞的父親一起回來。雖說只要有艾米莉亞的協助，就能籌措到足以製造『門』的聖法氣，但通過『門』的人數愈多，就會變得愈難控制。還是保留一點餘裕比較妥當。」

「而且若對方趁我們不在的空檔對這裡下手就麻煩了。要是小千或鈴木梨香再被盯上，那就真的慘不忍睹了。所以為了以防萬一，我把漆原留在這裡。」

「如果什麼事都沒發生，那留在這裡反而比較輕鬆呢……呼，痛痛痛。」

即使事到如今千穗已經不會懷疑真奧與漆原，但漆原在（似乎）無法發揮實力的日本，究竟能發揮多少防衛的作用還是令人感到不安。

或許是察覺千穗內心的想法，真奧點了一下頭說道：

「不用擔心，就算真的發生什麼事，也還有天禰小姐在。」

「我就知道你是這麼打算的。」

將冰棒棍扔進遠處垃圾桶的天禰放棄似的點頭。

「雖然我原本並不是為了這個目的來這裡的。」

「那妳也差不多該告訴我們妳來這裡做什麼了吧？」

天禰直到現在都仍未坦承自己來到笹塚的理由。

不過據讓天禰住在自己房間的鈴乃所言，天禰的行李只有一個箱子的衣物、錢包、化妝用具以及手機充電器等普通的物品，看來並非為了什麼太神祕的理由來到笹塚。

就像是為了印證這點般——

「所以我不是說了嗎？都怪你們搞砸了海之家的經營，害我在老爸回來後被狠狠教訓了一頓，他還說我差不多該獨立了就把我趕出來囉。」

天禰本人開始重覆搬出這三天來持續做出的供述。

如果蘆屋在場，感覺應該會趁機用這個理由將漆原趕出家門。

「雖然我很感謝鈴乃妹妹讓我借住，但既然我已經聯絡到小美阿姨，那麼我想這間公寓某個房間的鎖應該早就開了。」

天禰像個孩子般鼓起臉頰，放棄似的嘆道：

「不過念在一宿一飯的恩情，如果真的有什麼事，我會幫你們保護好千穗妹妹跟梨香妹妹。畢竟到這裡為止，某種程度上也算是我的義務。」

儘管不知道天禰的「義務」所指為何，但真奧在取得她的承諾後總算鬆了口氣。

雖然按照梨香的說法，天禰在三天前只保護梨香一個人，並眼睜睜地看著蘆屋和諾爾德被人綁走，但真奧推測這恐怕是因為那兩人並未直接面臨生命的危險。

「那麼……鈴木梨香，妳打算怎麼辦？要消除記憶嗎？坦白講，那麼做絕對比較安全。」

「比起記憶，我更希望能消除那天發生的事情啊……唉。」

縱使放開了鈴乃，梨香依然在意著「那天」的事情。

她反覆搖著頭，但依然明確地說道：

「坦白講就算聽了剛才的那些話，我還是會感到害怕，雖然莫名其妙的事情比較多……但我想先跟惠美本人見個面，跟她好好談過後再決定。」

「鈴木小姐！」

千穗開心地露出微笑。

「這樣啊。」

真奧輕輕微笑後，也乾脆地點頭。

鈴乃跟天禰似乎也對梨香的判斷沒有意見，在場所有人重新看向被爐上的文件。

「那麼回到原本的話題，雖然加百列並沒有告訴我們蘆屋在艾夫薩汗的確切位置，不過我大概心裡有底。」

「喔，我來聽聽你有什麼根據。」

鈴乃點頭催促真奧繼續說明，後者指著記載了艾夫薩汗主要都市的地圖說道：

「天界、奧爾巴以及馬勒布朗契們的目標都是惠美的聖劍對吧？從加百列跟拉貴爾在尋找惠美的父母來看，也能理解為何他會綁架惠美的爸爸。不過，為什麼他們要帶走蘆屋……帶走艾謝爾呢？」

「嗯？」

「巴巴力提亞應該也知道我們對馬勒布朗契沒好感，站在奧爾巴的立場，他應該也知道艾謝爾回到安特．伊蘇拉恢復成惡魔形態後，會變成難纏的對手。在東京鐵塔的戰鬥中，唯一成功抵擋過加百列攻擊的也是艾謝爾。然而加百列卻連不論對誰都會構成妨礙的艾謝爾也一起帶走了。換句話說，在艾夫薩汗鬼鬼祟祟行動的那些人從艾謝爾身上找到了足以蓋過這些缺點的益處。」

「那是什麼意思？」

「加百列說『艾米莉亞也馬上就會過來我們這裡』。惠美將『前往』加百列與蘆屋所在的地方。」

真奧嚴肅地俯視地圖上的某個地方。

「如果想讓勇者艾米莉亞跟惡魔大元帥一同在艾夫薩汗做什麼事情，那麼無論那件事情有多麼無聊，能想得到的地方都只有一個。」

他指著某處說道：

「我跟艾謝爾……首次與勇者艾米莉亞見面的場所。勇者艾米莉亞唯一未能成功討伐惡魔

大元帥的場所。」

首次得知這件事的千穗、鈴乃以及漆原都微微睜大眼睛。

「那就是艾夫薩汗的皇都、統一蒼帝居住的城堡——『蒼天蓋城』。」

勇者，對故鄉感到迷惘

「你到底有什麼打算？」

一套物品被送至惠美分配到的房間，她看向那東西以嚴肅的聲音問道。

「看了還不知道嗎？」

男子一臉遊刃有餘地指著擺在桌上的物品。

「居然要我全副武裝，奧爾巴，你是想自殺嗎？」

過去曾與惠美一同討伐魔王撒旦，但現在明確與她敵對的大法神教會六大神官之一，奧爾巴・梅亞帶來的是一看就知道是高級品的雙刃劍與一套全罩式的鎧甲。

此外鎧甲的設計還不屬於惠美如今被困的艾夫薩汗，而是西大陸的聖・埃雷帝國。

「我這麼做當然是有理由的。從明天開始，我們要請妳移動到皇都・蒼天蓋。」

惠美皺起眉頭。

「你是要我去謁見統一蒼帝嗎？我聽說艾夫薩汗是為了聖劍才向全世界宣戰，你該不會是要我把『進化聖劍・單翼（better half）』交出去，藉此平息戰爭吧？」

惠美過去只見過艾夫薩汗的統治者統一蒼帝一次。

她記得對方是個看起來無論何時撒手人寰都不奇怪的年老皇帝。

奧爾巴輕輕將手扶在下巴，奸笑地回答惠美的問題。

「嗯，該說是雖不中亦不遠矣吧。」

「啊？」

「總而言之，艾米莉亞，妳應該還記得從斐崗這裡到蒼天蓋有一段不短的距離。而且我們還不能透過『門』這類特殊的法術一口氣移動到當地。如果聖劍那個小女孩有什麼需要，就趁今天吩咐侍女準備吧。明天一早出發。」

說完這些話後，奧爾巴便毫無防備地背對惠美離開房間。

惠美僅在腦海中描繪自己舉劍刺向那道背影的畫面，實際上卻安分地等待對方鎖上房門。

冷靜下來後，惠美走向奧爾巴留下的鎧甲與劍。

「他到底……有什麼打算？」

「只是普通的鎧甲跟劍呢。」

因為不曉得上面是否被動了什麼手腳，所以惠美也不敢亂碰。

不過即使謹慎地仔細端詳，也找不到什麼特別奇怪的地方，那副看起來是聖・埃雷司令官等級配備的鎧甲與劍，就算在高級品中也稱得上極為優異。

做為教會騎士的一員，惠美本人在學會使用「進化聖劍・單翼(better half)」跟破邪之衣前，也有一段時期是使用設計與此類似的鎧甲。

「劍也開過鋒。看起來似乎不是仿製品。他到底有什麼企圖？」

考慮到惠美被帶來這裡的原因，她在得到這些武器後，就算以單槍匹馬毀滅斐崗軍港的氣勢大鬧一場也不奇怪，奧爾巴不可能不知道這點。

雖然惠美打從心底厭惡自己無法實際那麼做的軟弱內心，但奧爾巴不只給惠美這些東西，還要她經由陸路前往皇都．蒼天蓋。

這讓她回想起過去討伐魔王撒旦的旅程。

當時惠美、奧爾巴、艾美拉達以及艾伯特，也是以最初登陸的這座斐崗軍港做為在艾夫薩汗的據點。

那段時期東大陸還在蘆屋亦即艾謝爾的支配之下，惠美記得一行人謹慎地移動，花了一個星期左右才抵達皇都．蒼天蓋。

雖然最初造訪皇都．蒼天蓋時，因為還必須從蒼天蓋繼續往大陸的東方前進，所以並未馬上與艾謝爾展開決戰……

「明明那麼花時間，為什麼還要特地讓全副武裝的我移動到蒼天蓋呢？」

惠美凝視著鎧甲的頭盔一段時間後，深深地嘆口氣趴倒在床上。

「早知道事情會變成這樣，當初旅行時就不該把交涉跟動腦的工作全交給艾美和奧爾巴，應該自己稍微動點腦筋才對……」

惠美窩囊地自言自語，宣告放棄。

雖然惠美絕對並非不擅長頭腦戰或情報戰，但在政治力或交涉能力方面，終究還是略遜專精此道的艾美拉達和奧爾巴一籌。

這麼一來，惠美與艾伯特自然經常負責力量方面的事務。

而這部分造成的弊害，在日本已經顯現出來了。

如今惠美已經能清楚地自覺到跟真奧相比，自己對事物的解讀實在過於淺薄。

「魔王是老闆，勇者是派遣人員啊。」

勇者回想起過去的某個回憶。

在鈴乃還沒明確地成為惠美的同伴時，蘆屋曾經以競爭公司的職員，向梨香說明真奧與惠美的關係。

「總覺得好像已經是很久以前的事情了……當時阿拉斯．拉瑪斯也還不在吧。」

惠美仰躺到床上，漫不經心地仰望著天花板。

「好想回日本……」

『媽媽……？』

融合狀態的阿拉斯．拉瑪斯在腦內擔心似的向母親搭話。

惠美輕笑——

「放心。我已經沒事了。」

像是為了讓年幼的「女兒」放心般如此說道。

『是嗎？』

「嗯。因為有阿拉斯・拉瑪斯陪著我啊。」

惠美敷衍地回答，起身看向放在房間入口旁的水瓶。

水瓶不知為何有兩個。

其中一個水瓶底部堆滿了黑色的顆粒。

惠美在這幾天刻意保留那個裝了黑色顆粒的水瓶，勉強維持逐漸變軟弱的內心中的憎恨。

「不過僅僅因為那種程度的事情……我就變得無法戰鬥。姑且不論奧爾巴究竟有何企圖……我真的有辦法戰鬥嗎？」

水瓶底部的黑色沉積物，喚醒了惠美回到安特・伊蘇拉那天的記憶。

※

在開始看得見虹色之「門」另一端的光芒後，惠美感覺拉著自己手的力量突然增強。

被拉了過去。

並非走在前面的朋友。

是位於「門」另一端的世界在拉著她。

下一個瞬間，「門」內部那宛如數位雜音在旋轉般的特殊聲響消失，突然感到一陣耳鳴。

強風吹過身體周圍，惠美的身體再度受到重力的拘束。

「呃……咦咦咦咦咦？」

視野擴展開來後，惠美忍不住大喊出聲。

因為她的所在位置實在太過出乎意料。

感覺身體正受到重力的牽引下墜。

一秒、兩秒、五秒、十秒、二十秒……無論經過多久，惠美的身體還是持續受到重力的牽引落下。

「為、為什麼會在空中……咳？」

大喊時吸入稀薄空氣的惠美，忍不住嗆了一下。

此處空氣稀薄。混亂尚未平息的惠美往下一看，便發現一片雲海。

「因為不曉得會被誰從哪裡看見～～！」

在「門」內替惠美帶路的友人，於一旁悠哉地說道。

「所以我想如果是從這麼高的地方～～應該就不會被任何人發現了～～！」

「話雖如此！這也太高了吧？」

看來「門」的出口被開在距離地面相當遠的高空。

開始任憑自己下墜的惠美，看見籠罩在雲海上的滿天星空。

「啊……」

惠美從繁星中發現了兩顆光芒特別強烈的星體，正從上方俯瞰著她們。

藍色與紅色的月亮。

兩個不存在於地球天空中的神祕之月。

那是在惠美至今為止的人生中，最為熟悉的天空。

「艾米莉亞～～！要進入雲層了～～！小心眼睛跟耳朵喔～～！」

雖然瞬間的感慨讓惠美差點忘我，但她馬上就因為友人的警告回過神來，看向底下的雲層。

「呼！」

在空中調整姿勢後，惠美閉上眼睛，頭下腳上地衝進雲層。

耳邊傳來風與雲喧囂的聲響，但跟穿過「門」時相比，這不過是一瞬之間的事情。

惠美的身體迅速穿過雲層，周圍的聲音再度產生變化。

睜開眼睛後，映入她眼簾的是——

「……安特．伊蘇拉……」

盈滿惠美眼角的，是為了滋潤因強風而乾燥的雙眼流下的淚水。

即使心裡如是想著，無法克制的東西依然無法克制。

打從以勇者的身分開始旅行的那天開始，自己被捲入的狀況別說是毫無改變了，反而發展成更加複雜、令人混亂的問題。

現在這個場所絕非能讓惠美安居之地。

即使如此，眼前這塊遼闊的大地——

「我……回來了……」

依然是讓她魂牽夢縈，就連在夢中都哭著企求、位於遙遠異世界的故鄉。

「艾米莉亞～」

好友的體溫包覆在惠美不自覺展開的手上。

引導惠美回到故鄉的旅伴兼她獨一無二的好友——艾美拉達笑著看向惠美。

「歡迎回來～」

「…………嗯。」

惠美用空著的手擦拭已經無法蒙混過去的淚水。

「啊哈哈～看來得先找個地方張羅衣物才行呢……」

即使艾美拉達露出乾笑，惠美跟她的衣服還是不會乾。

不只是弄溼了而已。

兩人全身都是泥巴。

「……唉，幸好行李平安無事……」

「對、對不起啦～！我沒想到～著陸地點居然會有那麼大片的泥沼……」

艾美拉達再三地低頭道歉。

「門」開啟時會產生巨大的能量反應，她之所以將「門」的出口設定在超高空，就是為了降低被人探測到的風險。

雖然比起艾美拉達的術式，「門」的開關本身主要還是依靠惠美的母親萊拉寄放在艾美拉達那兒的「天使的羽毛筆」，但會產生巨大的聖法氣反應這點依然不變。

就算兩人在「門」關閉後開始自由落下，直到貼近地表為止，艾美拉達都不讓惠美使用飛翔的法術。

之所以選擇在夜晚抵達，也是為了降低被人從遠處目擊到她們下墜的可能性，用法術飛行時發出的光芒，或許會讓駐守在附近城鎮的警備團與騎士團起疑。

考慮到安特．伊蘇拉現在的政情，兩人絕對不能留下身為勇者艾米莉亞的惠美歸來，或是身為聖．埃雷帝國重要人士的艾美拉達單獨行動的痕跡。

從持續下墜至接近地面，到緊沿著地表展開法術為止都還算順利。

不過因為自由飛行會消耗大量的聖法氣，所以兩人始終都只打算以滑翔的方式空降，麻煩的是在她們降落的森林裡有片沼澤，而惠美跟艾美拉達都雙雙在沼澤的邊緣著地。

等發現沼澤並急忙想開始飛行時已經太遲了，滑翔的風壓直接將泥巴捲到兩人身上，最後惠美跟艾美拉達只能在漆黑的森林中邊甩著充滿腥味的泥巴，邊悄然地佇立在原地。

「……不過這樣也好。換個方向想，沾上森林的味道後，或許比較不容易被野獸襲擊，而且背包也平安無事……妳看，日本的手電筒可不會因為這點程度的事情就壞掉呢。」

惠美從為了這次返鄉所準備的大背包中拿出頭燈，並試著點亮它。

「對不起～～！」

渾身泥巴的艾美拉達，在ＬＥＤ的白光照射之下仍然低著頭道歉。

「沒關係啦。先別管我了，艾美妳這樣沒問題嗎？那是官服吧？」

將頭燈裝在額頭上的惠美向好友問道。

「嗚……就當成我在視察農地時不小心跌倒吧……」

儘管覺得這理由有點勉強，但就算針對這點吐槽也沒意義。

「話說這裡大概在哪裡啊？」

「嗯～我想想……啊嗚……黏答答的……」

艾美拉達從法衣的披風內側拿出地圖，在發現上面到處都沾滿泥巴後發出悲鳴。

那是一張以放大的方式詳細記載了擁有西大陸最強國力、同時也是惠美與艾美拉達祖國的神聖．聖．埃雷帝國東側區域的地圖。

「艾米莉亞的故鄉斯隆村在這裡～我們現在應該在這座森林～」

艾美拉達指向地圖上的某處後，迅速將手指往紙面上的西南方向移動。

「只要沿著街道前進，就會遇到幾個大型村落跟城鎮。」

在隨著手指移動說明後——

「不知幸或不幸～這當中沒有一個地方還維持戰前的規模……」

艾美拉達稍微壓低聲調。

戰前，換句話說，就是指魔王軍入侵之前。

「那麼……」

「沒錯～雖然這附近最大的卡希亞斯城塞市～因為設有大法神教會的直屬教堂而以極快的步調復興～不過周邊的村落與城鎮～現在幾乎都還保持原樣～」

「幾乎都還保持原樣？」

惠美驚訝地睜大眼睛。

「這怎麼可能？我記得這個村落不是有驛馬車的公會跟軍馬的牧場，所以還滿繁榮的嗎？」

惠美指向某個位於故鄉斯隆附近的村落。

艾美拉達搖頭回答：

「我們在最近的調查中發現了一件事情～」

「嗯。」

「雖然對艾米莉亞有些難以啟齒～不過這附近的村落在遭到路西菲爾率領的西方攻略軍侵略後～失去了不少村民～」

「放心，關於那方面的事情我的心情已經整理好了。然後呢？」

「嗯～然後啊～在我跟艾伯於日本和艾米莉亞重逢的那段期間～這個卡希亞斯城塞市的教堂似乎接連收購了這附近土地的所有權與開發權～」

「既然是教堂買下來的，就代表是教會在主導復興嗎？話說那種事情有可能嗎？復興應該是屬於擁有土地的國家……也就是聖．埃雷的工作吧？」

大本營設在西大陸最西端的大法神教會不只西大陸，在世界各地都擁有影響力，除了是安特．伊蘇拉最大的宗教以外，那股力量也表現在數以億計的民眾信仰心上。

儘管就結果而言，高位聖職者就算握有遠勝小國王公貴族的強大權力也不稀奇，但既然聖‧埃雷擁有足以和教會正面對抗的國力，教會自然也不能單方面地對其加以干涉。

至少在聖‧埃雷國內，應該不可能發生教會排除國家權力，獨自對像卡希亞斯城塞市這樣的都市與周邊的村落進行復興的情況才對……

「他們的做法很巧妙啊～」

按照艾美拉達的說法，除了身為土地所有者的村民大半都在路西菲爾軍的入侵下死亡之外，就連土地的邊界也跟著變得曖昧。

魔王撒旦與魔王軍因為中央大陸的最終決戰被驅逐後，為了推動這些地區的復興，聖‧埃雷當然也從國內招募了新的移民者。

與此同時，他們也將有能力輸送復興所需物資的業者，以及負責在前線進行指揮的騎士團投入現場。

「由於卡希亞斯城塞市設有直屬於教區主教的教堂～因此教會一開始是透過競標的方式參與當地的復興事業～接著他們就獲得了徹底主導卡希亞斯城塞市周邊復興事業的權利～」

教會以極快的步調復興卡希亞斯城塞市，並似乎以修復破損城牆的名義，擴展市區的面積。

此外，他們還以便宜的價格，將移民到新擴展的卡希亞斯城塞市新市區的權利賣給周邊的

村民。

對新的移民者而言，比起鄉下的村落，還是移居到有直屬於教區主教的教堂進駐的大都市，未來也比較有展望。

那關於各村落復興和移民的權利後來怎麼了呢？

最後「變成」移民到當地的全都是與教會有關的人士。

如今的現狀就是如此，現實上復興根本毫無進展。

「等、等一下。聖．埃雷的騎士團到底在幹什麼？無論卡希亞斯市還是周邊的村莊，應該都有騎士團的人在吧？而且即便教會掌握了相關事業的主導權，能做的事情應該還是有限不是嗎？就算權利掌握在他們手中，這裡終究還是聖．埃雷的國土……」

「……說來慚愧～」

艾美拉達低喃道。

「這一帶的區域～都是由那個垃圾人渣．丕平的派系管轄～」

「垃圾人……咦？」

艾美拉達可愛的嘴唇突然吐出咒罵，讓惠美大吃一驚。

「呃，妳說的丕平，是指聖．埃雷近衛騎士團的丕平將軍嗎？」

「不用叫他什麼丕平將軍，直接叫他丕平．廚餘就可以了～」

「……怎麼回事，艾美，妳討厭那個人嗎？」

丕平．馬格努斯近衛將軍負責率領神聖．聖．埃雷帝國的近衛騎士，實際上就相當於位居聖．埃雷全騎士團頂點的男人。

惠美在救出聖．埃雷皇帝時也曾跟他打過照面，但因為只有這點程度的認識，所以就連他的臉都無法清楚地回憶起來。

不過從艾美拉達的口氣來看，這位平常不太顯露感情的好友似乎非常討厭那個人。

「為什麼路西菲爾當初沒乾脆殺了那個下水道鼠輩將軍呢～～」

「咦，艾美？」

「可恨的是～～在那些為了復興事業而被派遣過來的各騎士團團長中～～負責鄰近教會勢力地區的人選～～幾乎都是那個下水道丕平鼠輩培訓的部下～～」

「這、這樣啊。」

「看來聖．埃雷騎士團針對卡希亞斯市的監督充滿了漏洞～～那傢伙在收受賄賂後不但按照教會的指示批准計畫～～就連周邊村落的移民狀況都有改竄的痕跡～～那個糞坑丕平就是透過給大法神教會的傢伙方便～～像隻老鼠般偷偷摸摸地揩油牟利～～」

「喔、喔……」

「這一帶的復興之所以沒按照當初的計畫進行～～絕對都是因為那個老人臭將軍在背後搞

鬼～～」

「妳到底有多討厭丕平將軍啊！」

既然能讓艾美拉達說得如此決絕，想必那個丕平絕非什麼正直清廉的人物，即使如此，惠美還是對那位被說得如此不堪、想不起來長相的將軍感到些許同情。

「可惜他不愧是小偷將軍～～怎麼樣就是抓不到他的狐狸尾巴～～而且也搞不清楚刻意延遲復興的理由～～我這次之所以能離開皇都～～也是因為有『視察』復興計畫延宕的名義～～」

「……原來如此。」

「然後～～這件事最大的問題～～就是那些腐敗的丕平黨羽～～或許也有對艾米莉亞以前住的斯隆村下手～～」

惠美略微倒抽一口氣。

「斯隆畢竟是艾米莉亞的故鄉～～擬訂了非常慎重的復興計畫～～從一開始就確定會比較晚著手進行～～所以就算只有斯隆村比較晚復興～～也沒辦法斷定有哪裡不自然～～」

「總之那裡有可能受到丕平將軍，或是教會相關人士的監視對吧？」

「沒錯～～所以妳要特別小心喔～～」

艾美拉達折著地圖說道：

「還有～～這是給艾米莉亞用的身分證明書～～」

雖然這東西也沾滿了泥巴，不過看來是個被烙印過的木牌。

「這是以我的權限發行的身分證～～不過因為是由法術監理院發行～～所以或許會給黑徽將軍的黨羽不好的印象～～」

「這樣下去會愈來愈亂，拜託妳就算不喜歡也直接叫他丕平啦。」

惠美苦笑道。

「真虧妳有辦法這樣滔滔不絕地說丕平將軍的壞話呢。難道平常不會不小心在別人面前說溜嘴嗎？」

「反正他們那些人背地裡也都叫我花椰菜矮子～～這算是彼此彼此啦～～」

看來這兩個人絕對是生來就八字不合。

還是說近衛騎士團跟法術監理院之間原本的交情就非常惡劣呢？

「不過那種人居然有辦法如此猖獗。盧馬克將軍怎麼了嗎？」

艾美拉達以一副像在說「問得好」一般的表情回答惠美的問題：

「就是啊～～一般都會這麼想對吧～～要是盧馬克將軍人在國內～～根本就不會發生這種事情～～」

艾美拉達唉聲嘆氣地說道。

「盧馬克將軍之前志願擔任負責中央大陸復興的五大陸聯合騎士團的西大陸代表～～然後

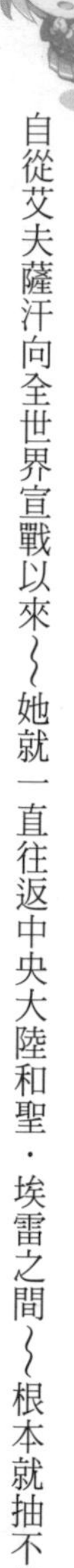

自從艾夫薩汗向全世界宣戰以來～她就一直往返中央大陸和聖・埃雷之間～根本就抽不出時間處理國內的事情～」

若不平・馬格努斯是內地的將領，那麼海瑟・盧馬克就是最前線的將領。

從當初啟程討伐路西菲爾軍開始，惠美就在北大陸奪還作戰和進攻中央大陸的魔王城時跟盧馬克打過幾次交道。

雖然兩人的交情稱不上親密，但就連曾數次與盧馬克並肩作戰的惠美，都還記得她是位擁有了不起的將才、光明正大的人物。

「不過換個方向想～像不平那種既遲鈍又長了張臭嘴的貨色～根本就不可能像盧馬克將軍那樣在前線進行激烈又高尚的外交交涉～真是令人左右為難呢～」

果然艾美拉達也對盧馬克給予極高的評價。

總而言之，這下惠美就知道在這裡與艾美拉達分開行動後，還是將自己周圍的所有人都預設成是敵人比較輕鬆。

「嗯，我大概掌握狀況了。若真有什麼萬一，我會使用這個身分證……話說……」

「怎麼了嗎～？」

「這個『ＥＭＩ・ＹＵＳＡ（註：「遊佐惠美」的羅馬拼音）』，不用想也知道是我的假名吧？」

「我覺得這樣比較好懂啊～～」

若假名取得跟本名相差太遠，確實是不容易偽裝，不過到這種程度感覺又是另一個問題了。

雖然經常忘記，但「游佐惠美」根本就不是她的本名。

「那個……………嗯，唉，算了，謝啦。」

話雖如此，一想起自己也曾因為叫「艾米莉亞」就自稱「惠美」（註：日文中的「艾米」與「惠美」發音相同），她就改變想法覺得自己沒什麼權利抱怨。惠美慎重地將蓋了法術監理院長官．宮廷法術士艾美拉達．愛德華印鑑的通行證放進背包。

「因為我早已做好能夠露宿一個星期的準備，所以不會那麼靠近卡希亞斯城塞市，接下來只要在城牆外找個舊衣商，我就能自己想辦法處理了。身分證真的只是為了以防萬一。」

「我也覺得那樣比較好～～還有～～雖然不是用來買衣服的錢～～但這是我幫妳準備的盤纏……這些幾乎都是埃雷尼亞銀幣～～只要用水洗一洗……」

艾美拉達點了一下頭後，愧疚地掏出一個沾滿泥巴的皮袋。

惠美一拿，就發現袋子非常沉重。

「……謝謝妳，我之後一定會想辦法報答妳。」

「咦～～？沒關係～～這點小事情不算什麼啦～～」

「這是感覺的問題。」

雖說是迫於無奈，但不能平白收下金錢這樣的想法，已經深深地烙印在惠美的價值觀中。更何況以惠美現在的工作而言，如此沉重的埃雷尼亞銀幣無論換算成日圓，還是以安特．伊蘇拉的貨幣價值來計算，都不是一筆能輕易收下的數目。

重新體會到金錢的重要與沉重，惠美擦拭著皮袋上的泥巴。

「不過城牆外的買賣只能在白天進行吧……像這種時候居然會希望能有丹寧美特24或唐吉．利．軻德，可見我真的被日本影響得太深了呢。」

「那些名詞是什麼意思～～」

「是在日本二十四小時營業的服飾店跟雜貨店啦。」

「咦～～？好厲害喔～～？日本經常有人在晚上出去買衣服嗎～～？」

「我是沒試過啦……不過就是因為有人買，所以才會開那種店吧？」

「日本人真是勤勞呢～～居然會有開一整天的店～～我完全無法想像要怎麼經營～～基本上光是有人在那個時間工作就已經夠誇張了～～」

惠美不禁苦笑道：

「就算想模仿也辦不到吧。只有日本才可能那樣。」

按照安特．伊蘇拉的常識，會在深夜出門的就只有巡邏的騎士，以及被騎士們逮捕的醉漢和犯罪者，無論是治安再怎麼良好的地區，除非是像惠美這種對實力特別有自信的人，否則女性單獨旅行根本就是自殺行為。

在日本大部分的體系中，百分之九十九點九的人都抱持著不願意犯罪的自豪，正因為日本是個國民天生就謹記不能擾亂秩序、過著光明磊落生活的國家，才有辦法成立那種狀況。

「倒不如說那邊才是奇蹟呢。既然要在這裡單獨行動，可得保持一點緊張感才行。」

惠美將自我警惕說出口。

「無論什麼時候～勇者一行人就是不得閒呢～」

「嗯，就是說啊。」

艾美拉達以前似乎也說過類似的話，惠美聽完後深深吸口氣說道：

「感慨就到這裡為止吧。艾美，謝謝妳帶我過來。回去時要約在哪裡會合？」

「說到這件事～我想……這個還是讓艾米莉亞帶著比較好吧～？」

惠美在看見艾美拉達遞過來的東西後，露出有些複雜的表情。

天使的羽毛筆。那是讓任何人都能開啟「門」的天界至寶。

而且用來做為素材的羽毛，還是出自惠美之母萊拉的翅膀。

「我不需要。」

即使所有物品都沾滿了泥巴，只有那個物體依然散發出純白的光芒，然而惠美並未煩惱太

久，就將那東西推回給艾美拉達。

「就算我沒那個打算，還是有可能會遭到什麼奇怪的妨礙。即便機率不到萬分之一，仍舊有億分之一的可能性。那個就交給艾美跟艾伯保管吧。為了那億分之一，王牌還是盡量分散比較好。」

「……我知道了～」

艾美拉達猶豫了一下後，姑且接受了對方的說法並將羽毛筆收進懷裡。

「會合地點的事情不用擔心～因為我接下來將前往斯隆村～」

「沒關係嗎？」

沒料到對方會配合自己到這個地步的惠美反問。

「如此一來就能盡可能增加讓艾米莉亞調查的時間～而且我這趟視察的目的是監察這一帶的狀況～這樣反而比較自然跟方便～」

「我絕對會找到有用的情報給妳看！」

惠美因為艾美拉達完美的安排而抬不起頭來。

「（不可以太過逞強喔～我不是經常這麼說嗎～？要保持冷靜、冷淡、冷酷地進行戰鬥～）」

艾美拉達像過去在旅途中勸諫激動的惠美般，特地使用安特．伊蘇拉的語言，她將手指抵在嘴唇前方，對比自己年幼但卻背負著世界旅行的少女勇者露出燦爛的微笑。

惠美因為隱藏在那副表情背後深不可測的魄力而倒抽了一口氣。

若是直接從正面衝突，那麼惠美的力量遠勝艾美拉達。

不過艾美拉達在身為人界最強法術士的同時，也是身經百戰的政治家，是能利用深不可測的謀略擊敗強大力量、靠智力取勝的戰士。

惠美重新將這個能與自己站在對等戰場的前輩忠告記在心裡。

「沒錯，妳說的對。」

「就是啊～更何況現在艾米莉亞的身體已經不是妳一個人的了～～」

艾美拉達停止散發那宛如冰之刀刃般深不可測的魄力，轉而笑著指向惠美的胸口。

「……妳那是什麼說法。」

「我說的都是真的啊～～吶～～阿拉斯・拉瑪斯妹妹～～」

「唉……阿拉斯・拉瑪斯。」

惠美嘆口氣，將手伸向前方召喚出阿拉斯・拉瑪斯。

「艾美姊姊，什麼事？」

「妳真的好～可愛喔喔喔喔！」

「咿嗚嗚？」

艾美拉達的叫喊，讓在空中實體化的阿拉斯．拉瑪斯嚇得縮起身子。

「喂，艾美，別再把她弄哭喔？」

艾美拉達前往日本迎接惠美時，也曾經因為初次見到的阿拉斯．拉瑪斯太過可愛而發出興奮的叫喊聲，將阿拉斯．拉瑪斯嚇哭。

「啊啊～對不起啦～阿拉斯．拉瑪斯妹妹～姊姊一點都不可怕喔～把臉轉過來這邊～？」

「嗚嗚……」

即使艾美拉達試著好聲好氣地哄阿拉斯．拉瑪斯，後者依然保持警戒。

「阿拉斯．拉瑪斯妹妹，妳要好好看著媽媽～不可以讓她太勉強喔～？」

「勉講？」

「還有啊～要聽媽媽的話當個乖孩子喔～？」

「乖孩子，阿拉斯．拉瑪斯是個乖孩子！」

阿拉斯．拉瑪斯用力握緊嬌小細嫩的雙手點頭回答，讓艾美拉達的自制力瞬間崩毀。

「呀啊啊啊！太可愛啦啊啊啊啊啊啊！」

「咿嗚、嗚哇哇哇哇！」

「艾美！」

難得阿拉斯．拉瑪斯認真聽話，結果反而是艾美拉達按耐不住發出奇怪的叫聲，害阿拉斯．拉瑪斯哭了出來。

「對不起～」

艾美拉達以看起來不太像有在反省的表情吐了一下舌頭，然後握緊嬌小的拳頭，將手臂伸向惠美。

惠美見狀也以認真的表情露出微笑，同樣伸出手臂勾住艾美拉達的手。

「（別抱持希望。）」

「（向前邁進。）」

「「（只有開拓者能夠存活下來！）」」

那是過去在魔王軍的侵略中，人類勢力首次戰勝路西菲爾後所訂立的口號。

即使擊敗路西菲爾軍，依然支配著中央、北、東，以及南大陸的魔王軍所帶來的恐懼，依然深深烙印在人類的腦海裡。

雖然勇者的出現與西大陸的解放替人們帶來了希望，但在最前線戰鬥的人們絕對沒因此就對未來感到樂觀。

人類世界曾經一度差點屈服在魔王軍的威猛之下。

勇者的出現與帶來的反攻只能以奇蹟來形容。那麼必須在奇蹟持續的這段期間內，拯救世

界才行。

如果有閒工夫抱持希望，就透過戰鬥與前進改變世界吧。

那是西大陸的戰士們在與魔王撒旦的戰鬥中最先喊出的反擊口號。

透過回憶起當時的心情，惠美與艾美拉達的身心都更加強烈地體會到自己置身戰場的事實。

「那麼～～艾米莉亞～～一星期後妳要平安無事地回來喔～～」

「嗯，艾美也是。」

「艾美姊姊走掉了。」

「對啊……接下來就是我一個人……不對，是我跟阿拉斯．拉瑪斯的兩人之旅。」

「阿拉斯．拉瑪斯，會當個乖孩子！」

「那就拜託妳安分一點囉。那麼，妳先回來一下吧。」

惠美擦掉手上的泥巴後輕撫阿拉斯．拉瑪斯的頭，解除她的實體化。

「……好了，總之先去卡希亞斯城塞市吧。得想辦法弄點衣服才行。」

一部分也是因為身上沾滿了泥巴，不過惠美目前穿的衣服原本就是在日本買的。

她從安特·伊蘇拉漂流到日本時穿的衣服，當然就只有穿在鎧甲底下的一件。

雖然也能拜託艾美拉達準備，但好友必須盡可能避免做出不自然的舉動，而且也不知道像丕平將軍那些和艾美拉達敵對的勢力會採取什麼樣的行動。

「真搞不懂那些企圖傷害別人的傢伙，是覺得哪裡有趣？」

惠美吐出今天不曉得第幾次的嘆息，滿身是泥地在漆黑的森林裡踏出前往故鄉的第一步。

※

「便利商店……我想要便利商店……」

回到安特·伊蘇拉的第二天。

惠美馬上就軟弱地投降了。

她正位於某個距離卡希亞斯城塞市東邊步行一日、以旅館為中心發展起來的城鎮。

由於前往聖·埃雷東部的驛馬車和行商的商隊都會聚集在這個城鎮，因此以規模而言，稱得上是個充滿活力的場所。

「嗚嗯……咿嗚……」

阿拉斯·拉瑪斯一臉苦悶地躺在床上睡覺。

雖然並沒有感冒之類的問題，但看來她對這裡的食物似乎不太滿意。

為了隱瞞自己帶著孩子的事實，惠美基本上都是在旅館的房間裡用餐，不過能夠外帶的食物，幾乎都並非適合小孩子吃的東西。

惠美對自己的故鄉——聖·埃雷以及西大陸的食物居然如此粗糙感到驚訝。

這裡找得到的食材基本上就是肉、肉、酒，然後又是肉，只有偶爾才看得到蔬菜。即使想買些現成的菜餚，惠美也只找得到看起來馬上就會吃得很撐、味道極鹹的肉類料理，這裡每個人都大白天就吃這些東西下酒。

雖然只要到市場逛逛，也不是完全找不到蔬菜跟水果，但每樣的味道都不像日本那麼精緻，除了形狀相同以外，根本就是完全不同的物體。

惠美第一天是在卡希亞斯城塞市附近小鎮的便宜旅館度過，在盡可能蒐集跟日本相同的素材後，她才用提供給房客使用的廚房做菜給阿拉斯·拉瑪斯吃。

然而看見在日本完全不挑食的阿拉斯·拉瑪斯，居然只吃了一口胡蘿蔔就皺著眉頭吐掉時，惠美才重新體認到自己究竟已經有多麼習慣日本的食物與水。

自己故鄉土地的食物真的有這麼難吃嗎？惠美一一拿起食材，陷入憂鬱。

日本的每樣蔬菜吃起來味道都十分濃厚、甘甜且柔和，以至於惠美完全無法理解為何日本的孩子會那麼挑食。

雖然那都是出於希望消費者們能吃到美味食物的農業相關人士，在不斷進行品種改良後努力得來的成果，不過遺憾的是，西大陸聖·埃雷周邊的蔬菜距離那樣的境界還十分遙遠。纖維會在牙齒上留下苦澀土味的胡蘿蔔、酸味強烈刺激舌頭的番茄、感覺就連生苦瓜都不會這麼苦的小黃瓜，以及比冷凍食品還要乾燥的玉蜀黍。就連去日本前都一直在吃這些食物的惠美，咀嚼時都還會不自覺地猶豫一下。

雖說只要買水果就好，但那類商品在這裡異常地昂貴。

儘管從艾美拉達那裡拿到的盤纏十分寬裕，但就算只是想吃日本超市賣的罐頭水準的東西，在這裡都得花上超過一枚銀幣。

聖·埃雷全土歷來都盛行釀造水果酒，因此高級的水果幾乎都被相關業者或地方領主買斷。

一般平民能吃到的頂多就只有蘋果和柳橙等水果，而且不但不怎麼美味（這終究是以日本為基準），價格也是蔬菜的好幾倍。

此外別說是在日本花一百圓就能買到的小麥製白麵包了，這裡根本就連麵包店都不存在，讓惠美即使想至少做個三明治蒙混過去都束手無策。

反倒是在日本被視為高級品的黑麵包、燕麥麵包以及裸麥麵包，在這裡全都買得到，即使有加牛奶跟砂糖，這些未經酵母菌發酵的麵包全都無一例外地具備堅硬的口感以及強烈的酸

味，和阿拉斯．拉瑪斯至今吃過的麵包完全不像。

結果為了讓阿拉斯．拉瑪斯吃飯，惠美第一天就被迫拿出從日本帶來當成最後手段的即食食品，使得她必須全面修正當初預設的用餐計畫。

明明一開始那麼警戒的購衣行動連同阿拉斯．拉瑪斯的分都輕易解決，沒想到在食物方面居然隱藏了這樣的盲點。

就在兩人好不容易撐過了第一天後的第二天。

惠美和阿拉斯．拉瑪斯在這個投宿的城鎮，又面臨了某個第一天因為過於緊張而沒意識到的新問題。

「那個廁所……怎麼會髒到這個地步……」

惠美看著阿拉斯．拉瑪斯苦悶的睡臉，皺起眉頭。

總之廁所非常地髒。雖然知道不會有像沖水馬桶那樣高級的衛生設施，但總之途中遇到的廁所全都髒得異常。

而且不只是髒而已。

明明那麼髒，卻還要收錢。

旅客在使用所有廁所時都必須付錢。

每個廁所旁邊都有被稱作收費員的老人看守。雖然一般的行情是五枚銅幣，但恐怖的是那些必須花錢才能使用的廁所，居然只有光是附門就該偷笑的水準。

當然那裡也不可能常備廁紙，而且因為完全沒進行清掃，所以總是散發出惡臭。

姑且不論自己，惠美實在不想帶阿拉斯．拉瑪斯去那種地方上廁所，即使多少會讓她有些不悅，惠美還是決定只讓她使用帶來這裡的尿布。

雖然惠美的旅程一開始就在食物與廁所這兩樣文明生活不可或缺的要素遭遇極大的挫折，但她今天還是費了不少工夫準備餐點，勉強讓阿拉斯．拉瑪斯把所有的晚餐都吃了下去。

將蒸過的馬鈴薯磨成泥，加上事先帶來的調味胡椒鹽，再用熱水調合。

接著放入切細的蘑菇、洋蔥與雞肉加熱做出速成的湯後，惠美總算成功地讓阿拉斯．拉瑪斯說出「好吃」。

考慮到水費、充當燃料的柴火費以及使用廚房的費用，若是只有大人的旅行，惠美絕對不會想煮這種東西，但這次實在是無可奈何。

「便利商店……微波爐……即食食品……自動販賣機……咖哩店……」

差點就要哭出來的惠美，在心裡堅決發誓等未來哪天達成自己的人生目標、回到故鄉安特．伊蘇拉時，絕對要帶微波爐跟冰箱回來。

想必自己現在的表情一定因為軟弱而變得憔悴。

幸好這間廉價旅館根本就不可能放像鏡子那種能照出臉的高級品，所以不用擔心會因為看

見自己的臉而沮喪。

此時——

「ＥＭＩ小姐，ＥＭＩ小姐。」

突然傳來有人敲房間門的聲音，讓惠美嚇了一跳。

那是旅館老闆的聲音。

「來、來了。」

起身並慌張地綁好自己的頭髮後，惠美走向門口，邊警戒邊打開一條縫隙。她用身體擋住，不讓人看見房間裡的狀況。

「喔喔？」

站在走廊上的果然是旅館老闆，老人似乎沒料到會有人開門，正露出發自內心感到驚訝的表情。

「什麼事？」

「啊，那、那個，我沒想到您會開門……」

「啊……」

恍然大悟的惠美詛咒自己的失誤。

這裡不是日本。沒人能保證旅館老闆一定是好人，若來訪者其實是假裝旅館老闆的惡徒，那麼在正常情況下，惠美早就被人押進房間了。

基本上即使有人上門拜訪，在能確認安全之前都必須鎖著門應對，沒想到連在這種地方都有因過於習慣日本所產生的弊害。

「那個，是關於您之前拜託我的事情，好像有支商隊會經過您所說的瓦爾克洛西村。我跟那些人提起這件事後，他們說只要願意支付報酬就能讓您隨行。」

「喔，這樣啊。」

惠美點頭。

瓦爾克洛西村是座位於惠美的故鄉斯隆村附近，只要徒步半天就能抵達的村莊。

惠美在入住旅館時並未提及斯隆村，而是詢問有沒有移民者或商隊將經過那周圍的村子。

至於刻意詢問其他地點的原因，當然是為了不讓別人發現她真正的目的地。

雖然從這裡無論去斯隆還是瓦爾克洛西，都必須走上一段很長的距離，不過只要能跟擁有載貨馬車的商隊同行，就能省下不少時間。

「謝謝你。那麼，這是訂金。」

惠美從懷裡拿出事先準備好的兩枚銀幣，交給老闆。

這是因為在這種毫無保全設施可言的便宜旅館，即使是在老闆面前也絕對不能讓人看見自己的錢包。

都考慮到這種程度了卻還疏忽地開門，實在是令人懊悔不已。

儘管兩枚銀幣以訂金而言算是十分高價，但其中一枚是給老闆的小費。該花錢的時候絕對不能小氣，這是艾伯特的教誨。

「嗯，我知道了。那我先告辭了。」

旅館老闆握住銀幣滿意地點頭，稍微致意一下後便離開。

惠美鎖上房門，鬆了口氣。

「真困難。明明是以前習以為常的事情。」

重新解開綁起來的頭髮後，惠美緩緩坐到床上，溫柔地撫摸似乎持續在作惡夢的阿拉斯・拉瑪斯的頭髮。

「不對，不是這樣。我真正獨自一人的時期……其實就只有在日本遇見魔王後的那一年。在那之前，我一直都……」

打從勇者的資質覺醒，到自路西菲爾手中解放神聖・聖埃雷帝國的這段期間，無論現在與自己敵對的奧爾巴還是教會騎士團，都是善良的保護者兼同伴。

惠美在解放聖・埃雷時認識了艾美拉達，並跟她成為終生的好友。

在打倒路西菲爾並完全解放西大陸後，首先決定前往北大陸的惠美在船上邂逅了艾伯特，並借助他的智慧與力量，順利完成了氣候嚴酷的北大陸與南大陸的旅程。

東大陸的艾謝爾軍在正式與惠美等人戰鬥前便先行撤退，以惠美為首的四人在全世界的支持下進攻中央大陸的魔王城，然後就只有惠美一個人漂流到那個沒什麼機會面臨生命危險的世界。

「虧我還自詡為勇者，結果自己一個人根本什麼都辦不到。沒想到出來旅行居然得像這樣擔心這擔心那地，實在是讓人笑不出來呢。」

「啊嗚……唔嗯。」

「阿拉斯．拉瑪斯，明天我會再替妳做好吃一點的飯菜。」

惠美輕輕微笑，在不吵醒阿拉斯．拉瑪斯的情況下連衣服都沒換就直接穿著鞋子上床。

「穿著鞋子上床，實在是太沒規矩了。」

惠美回想起前陣子跟真奧和阿拉斯．拉瑪斯，三人一起去聖蹟櫻丘買阿拉斯．拉瑪斯的棉被的事情。

當時阿拉斯．拉瑪斯爬到椅子上，說想看窗外的景色，於是惠美便勸她先把鞋子脫下來——

『喂，阿拉斯．拉瑪斯，要乖乖聽媽媽的話喔。』

『真是的……為什麼對爸爸說的話就這麼順從……』

一道不經意於腦中響起的聲音，讓惠美發出呻吟。

若阿拉斯・拉瑪斯因為不習慣這裡的食物或氣候生病，那位自以為是父親的男子一定會生氣，並對惠美說一堆挖苦的話吧。

在內心提醒自己小心後，對自己居然會思考這種事情感到難以置信的惠美痛苦地嘆了口氣。

「父親啊……」

雖然明確承認這件事情很痛苦，但跟以前相比，現在的自己無疑正逐漸迷失憎恨魔王與打算討伐魔王的心情。

一部分當然是因為得知父親尚在人世，另一部分則是因為她偶爾會逐漸搞不清楚魔王撒旦這個存在。

正因為在日本共度了數個月的時間，所以才會產生這樣的疑問——

「真奧貞夫」的人格、個性以及思想，究竟是如何培養出來的？

事到如今，惠美甚至開始想懷疑真奧是否真的是魔王撒旦了。

曾將他當成敵人監視的自己，如今居然深信現在的真奧不可能在日本幹壞事並回到安特・伊蘇拉，惠美心中關於真奧貞夫與魔王撒旦的印象就是如此不一致。

「不曉得等回到故鄉後，會不會稍微找回對那傢伙的恨意……」

惠美看著阿拉斯・拉瑪斯的睡臉自言自語。

無論真奧現在是個什麼樣的「人類」，他跟破壞惠美故鄉的路西菲爾軍在背後有關都是不爭的事實。

而且關於父親還活著這件事，也只是從不能信任的大天使口中那裡聽來的，根本就沒任何證據。

目前真奧對惠美而言，依然是明確的殺父仇人，是破壞自己兒時生活的一切和故鄉的敵人。

沒錯，明明已經像這樣告訴過自己無數次。

內心因為父親還活著這種沒有根據的事情大為動搖的自己，實在是太難看了。

「我……到底是為了什麼，又是為了誰而戰呢……」

隨著這個無人能夠回答的問題消散在房間的黑暗中，惠美的意識也跟著沉入夢鄉。

※

「真的到這裡就好了嗎？妳付了我們很多錢，就算要帶妳到再過去兩個村落的城塞市也沒問題喔？」

商隊隊長以毫不隱瞞的做生意氣魄和略微擔心的語氣問道。

「如妳所見，瓦爾克洛西並沒有提供旅客住宿的旅館，而且附近的村落從米力堤、戈夫到斯隆都還是廢村，毫無復興的跡象。即使想進行巡禮之旅，那裡也沒有能聽妳祈禱的村民喔？」

在通往瓦爾克洛西村的街道旁邊，惠美走下商隊的馬車。

「沒關係，承蒙您這段期間的照顧。」

託與商隊馬車同行的福，惠美省下了一天以上的移動時間。以成人的步行速度，從瓦爾克洛西村走到斯隆只需要半天。

「而且巡禮就某方面而言也只是藉口，我在魔王軍入侵時失去了重要的人，這同時也是一趟追尋那個人足跡的旅程。」

「……我真是太不解風情了。一個女孩子獨自出來旅行，背後當然會有像這樣的理由。」

馬車駕駛座上的隊長脫下寬緣的帽子抵在胸口。

「我會向商業之神祈禱妳能找到與重要之人的回憶。不用放在心上，反正我多拿了妳那麼多錢，就把這當成是包含在內的服務吧。」

「那我就先謝謝您的好意了。」

惠美對裝模作樣的隊長露出微笑。

「那麼，我們有緣再見。」

隊長重新戴上帽子，拉起韁繩讓商隊再度啟程。

由六輛載貨馬車組成的商隊男子們各自向惠美揮手道別，然後消失在道路的另一端。

一直目送到看不見他們的身影後，惠美才將手抵在自己胸前說道：

「居然這樣就感到動搖，看來我真的變軟弱了呢。」

隊長真摯的祈禱，替惠美的心裡帶來了一絲暖意。

「……因為太和平，我都忘了這裡是安特．伊蘇拉呢。」

像是為了不忘記溫暖的心般，惠美做了一個大大的深呼吸。

這並非錯覺，她確實覺得自己全身充滿了力量。

「溫暖的心會化為力量。現在的我，不會輸給任何人。」

惠美一面感受充斥全身的聖法氣，一面意氣風發地背對通往瓦爾克洛西村的道路，朝通往斯隆村的方向踏出步伐。

在過去的旅程中，走夜路時都只能依靠月光與星光。

不過現在惠美頭上戴了一個頭燈，右手拿著地球科學文明的利器——ＬＥＤ手電筒發出的強烈光芒，照亮夜晚的道路。

她在斯隆村時的光源，基本上就是依靠這兩樣物品。

這隻ＬＥＤ手電筒裡裝的是不用擔心沒電的太陽能電池，而且還是就算使用過度導致晚上沒電，也能靠手動充電的優秀道具。

只要將附設的端子跟線路接在一起，就連手機也能充電。難得的是，這隻手電筒向前發光的ＬＥＤ部分，居然還能跟裝在本體側面充當立燈使用的小型燈泡同時使用。為了節約消耗的電力，可以兩段調節亮度這點也是魅力所在。

繞過繁茂的森林時，惠美甚至曾利用附設的緊急警報功能，在不引發戰鬥的情況下，嚇退了諸如狼與熊等躲在樹叢暗處的凶暴野生動物。

「再來只要在後端加個打火機或萬用刀量產賣出，就能替安特．伊蘇拉的旅行帶來戲劇性的變化。」

說著類似電視購物節目的臺詞，惠美在森林的另一端，發現了座一不小心就會看漏的小規模「廢墟」。

惠美在確認目標後熄燈。

考慮到或許會有類似強盜的人物占據那裡，事先暴露自己的行蹤並非上策。

而且這座「廢墟」跟其他地方不同。

或許就像艾美拉達擔心的那樣，正被更加危險的傢伙們監視著也不一定。

惠美慎重地探查氣息，花比之前還要多一倍的時間前進。

她很快就接近到能透過月光隱約看見建築物外形的距離，停下腳步觀察狀況。

「……果然沒人在呢。」

惠美嘆道。

雖然謹慎小心地行動，但仔細想想，惠美已經離開安特．伊蘇拉一年以上。

而天使、惡魔以及部分的教會相關人士，也都早在半年前就確認她還活著。

在這麼長的期間裡，無論哪個勢力，都沒閒工夫將兵力配置在這個連惠美是否會來都不知道的地方。

畢竟這個村子在魔王軍入侵之前根本毫無特色，只是一個隨處可見的農村。

逐漸接近街道的惠美，發現一塊荒廢的平地。

那裡曾經是耕地。

惠美穿過環繞在周圍的耕地中間的小路，一步一步地靠近座落在夜晚中的廢墟黑影。

最後她總算站上了村子裡那條過去勉強能讓載貨馬車交錯通行的「大道」。

「……我回來了。」

此處既聽不見蟲鳴，也看不見野鼠，彷彿就只有這個村子的時間停止了一般。

只有清爽的晚風，回應惠美顫抖的聲音。

斯隆村就像這樣以自己的屍體為墓碑，靜靜地腐朽。

惠美未經允許就直接走進一間最靠近街道、狀況相對完好的房屋，設置自己帶來的帳篷。這是為了避免被人從遠處發現阿拉斯·拉瑪斯實體化的光，以及煮飯時的煙火。

「媽媽，擅自進來這裡沒關係嗎？」

「不用擔心。因為……這是媽媽認識的人的家。」

惠美露出寂寞的微笑，快速進行晚餐的準備。

今天的晚餐是昨晚煮乾後呈糊狀的馬鈴薯湯，搭配從日本帶來的即食白米——熟悉的「後藤的白飯」。

雖然這東西經常讓人以為只能用微波爐調理，但其實也能透過隔水加熱食用。

惠美將水倒進萬能鍋，用不容易冒煙的露營用簡易爐煮沸。

加點熱水將馬鈴薯糊還原成湯後，她用剩下的熱水加熱白米。

接著再拿出一些能夠久放的醃肉，就完成了最低限度的晚餐。

「以凱旋回鄉的晚餐來說，算是不錯呢。」

「媽媽，馬鈴薯！」

被手電筒的燈照亮的阿拉斯．拉瑪斯絲毫不害怕陌生的黑暗場所，吵著要喝似乎非常中意的馬鈴薯湯。

「阿拉斯．拉瑪斯，妳要先做什麼？」

「嗚……喔、喔！我開動了！」

「嗯，很好。要先吹涼後再吃喔。」

因為是要給阿拉斯．拉瑪斯吃的東西，所以惠美非常小心地調整溫度，然後像平常一樣將湯端給阿拉斯．拉瑪斯。

「呼、呼……啊嗯。」

「怎麼樣？」

「嗯，好吃。」

在荒廢故鄉享用的晚餐，進行得十分平穩。

等阿拉斯．拉瑪斯用馬鈴薯湯跟白飯填飽肚子後，惠美才開始料理自己的晚餐。

身為大人的惠美並不挑食，只簡單地吃了些燕麥麵包跟醃肉，及少許阿拉斯．拉瑪斯的湯。

「媽媽。」

「嗯？什麼事？」

「媽媽的朋友，為什麼不在？」

「……這個嘛。」

惠美知道小女孩所說的朋友，應該是指剛才提到的「認識的人」，於是她咳了一下後說道：

「這個家以前住了一個叫科法的爺爺……」

過去住在這裡的是一對比惠美的父親諾爾德要年長十歲左右的夫婦，惠美還記得他們是對健談的夫婦。

「那邊呢？」

阿拉斯．拉瑪斯沒等惠美說完，就指向窗外對面的廢屋。

「呃……應該是莉莉娜婆婆的家吧。她是個善長編織的老太太喔。」

「為什麼他們都不在了？」

「……」

阿拉斯．拉瑪斯究竟是基於什麼樣的意圖提出這個問題的呢？是幼童天真的疑問，還是她偶爾展現的深邃知性在探求真相呢？

「因為有一群可怕的惡魔襲擊村子，所以大家都跑掉了。」

在惠美接受大法神教會的保護後，過不久斯隆村就成了路西菲爾軍的犧牲品。

考慮到斯隆村與位於西大陸最西端的聖地聖．因古諾雷德之間的移動距離，事情或許是發生在惠美離開村子約一個月後。

不過，也有可能在惠美抵達聖．因古諾雷德之前，村子就已經毀滅了。

受到憎恨、悲嘆、年幼，特別是時間的影響，惠美早已無法正確回想起當時的記憶，而事到如今也無法確認村子毀滅的正確日期。

就在惠美將陰暗的追憶連同咬下去的麵包一同吞下時，阿拉斯．拉瑪斯又提出了新的問題。

「媽媽，妳說的惡魔，是指假白臉嗎？」

「咦？」

「很可怕，害大家哭的，是假白臉嗎？」

「不、不是喔？」

為什麼會在這時候跑出加百列的名字呢？

不對，惠美知道在兩人發展成像現在的關係之前，阿拉斯．拉瑪斯就對大天使加百列抱持著異常的敵意，但即使如此，這個問題依然非常唐突。

「那惡魔，是指天使嗎？」

「呃，那個，對不起，我聽不太懂阿拉斯．拉瑪斯在說什麼……」

這麼說來，雖然阿拉斯・拉瑪斯從一開始就知道「天使」的事情，但她是否了解「惡魔」這個概念呢？

照理說阿拉斯・拉瑪斯透過化為惠美的聖劍「進化聖劍・單翼（better half）」，應該已經見過真奧和蘆屋的惡魔形態好幾次了，即使如此，阿拉斯・拉瑪斯對他們的態度依然沒有改變。

「惡魔是什麼？」

「……這個嘛……」

惠美無法回答。

如果是半年前，惠美應該還有辦法滔滔不絕地說明這些極為可怕的魔物。

不過從記憶底部浮現出來的，卻正是那個加百列所說過的話。

『天使就生物上來看其實是人類。』

鈴乃的疑問撼動惠美的記憶。

『妳覺得所謂的「惡魔」……到底是什麼？』

在日本以跟人類相同外表生活的惡魔之王撒旦。

他就生物上來看，到底是什麼呢？

現在的惠美沒有答案，所以她無法回答阿拉斯・拉瑪斯的問題。

「……媽媽？」

而且還有另一個理由讓她無法回答。

「將大家趕出村子的可怕惡魔」不是別人，正是阿拉斯．拉瑪斯仰慕的「爸爸」。

無論是做為勇者，還是做為一個人類，惠美現在都無法告訴阿拉斯．拉瑪斯「爸爸」是應該憎恨的敵人。

即使在心裡的某處知道這樣對阿拉斯．拉瑪斯的人生並沒有好處，惠美依然無法在這短暫的一瞬間下定決心，告訴心愛的女兒說她遲早必須對敬愛的「爸爸」刀刃相向。

更何況在知道父親可能還活著的現在，那件事對惠美而言是否必要，也已經變得曖昧不清。

無論如何，若寧願背叛女兒的愛也要替自己報仇雪恨，那惠美不就跟自己厭惡的「惡魔」沒什麼兩樣了嗎？

「……總覺得有點不爽。」

就連在這裡，只要一想起讓自己煩惱不已的真奧那張蠢臉，惠美就突然感覺到一股跟發自內心的憎惡與怨恨截然不同、煩悶中略帶焦慮的情緒。

「只要給那傢伙一點好臉色看，他就會像這樣不斷讓我煩惱，並且不正經地訴說自己的野心悠哉度日，真是豈有此理。」

「嗚？」

「聽好囉，阿拉斯．拉瑪斯，惡魔這種東西非常卑鄙、狡猾又任性妄為。」

「卑鄙、狡猾……？」

「真是的，千穗到底是覺得那傢伙哪裡好啊，我完全無法理解。」

「嗚～我聽不懂。」

在心裡為了極其膚淺的事情感到煩躁的惠美，像是突然想到了什麼般，在燈光的照耀下露出不懷好意的笑容。

「對了，阿拉斯．拉瑪斯，等回去之後……再請爸爸教妳吧。」

「爸爸？」

「嗯，妳就去問爸爸『惡魔是什麼』吧。因為爸爸什麼都知道，所以一定會教妳。」

「我知道了！」

真是太殘忍了。

不過站在惠美的立場，實在難以接受總是只有自己一人煩惱阿拉斯．拉瑪斯和真奧的關係。

若不讓真奧也思考一下未來的事情，那也太不公平了。

「等回去之後，得好好念念他才行。」

一想像真奧因為阿拉斯．拉瑪斯的問題驚慌失措的樣子，惠美就自然地流露出笑容。

「下次要什麼時候才能見到爸爸？」

「再過一陣子吧。之後要幫千穗姊姊辦生日派對，到時候爸爸一定也會來。」

惠美毫無隱瞞、極為自然地說出回到日本後的預定。

「雖然還有點早，但等收拾完後就睡覺吧。明天還得早起才行呢。」

惠美重新將帳篷、睡袋跟手電筒以外的行李塞回背包，抱著阿拉斯．拉瑪斯走進帳篷，拉開睡袋。

「好滑好軟！」

阿拉斯．拉瑪斯鑽進羽絨型睡袋內玩耍。

「喂，別玩了啦。」

結果惠美也一起鑽進去，稍微嬉鬧了一會兒後才把阿拉斯．拉瑪斯拉出來。

即使露出不滿的表情，在惠美熄燈後，阿拉斯．拉瑪斯還是乖乖躺在媽媽懷裡準備睡覺。

「媽媽，講故事給我聽！」

「故事啊。這個嘛……」

這並非阿拉斯．拉瑪斯首次要求惠美在睡前說故事，但依然十分難得。

儘管腦中浮現幾個地球的民間故事與傳說，不過惠美還是輕輕搖頭，將燈開到最小後說道：

「那麼……我就來講個安特．伊蘇拉的古老傳說吧。那是個公主被恐怖的『惡魔』抓走，一位年輕國王前去營救的故事……」

惠美將手放在睡袋裡的阿拉斯．拉瑪斯肚子上，打拍子般的上下移動。

在這個連月光都映照不到的荒廢村落一角，「母親」與「孩子」的夜色逐漸加深。

隔天早上，惠美在天亮之前就睜開了眼睛。

惠美解除尚在夢鄉的阿拉斯．拉瑪斯的實體化與她融合，開始在太陽照耀的廢村中散步。

雖然這裡依然是個寧靜得連小動物的氣息都感覺不到的村落，但由於惠美過去曾在旅途中順道繞過來這裡，驅除棲息在村裡的野生動物與魔獸，因此在那之後似乎並沒有顯著的風化。不可思議的是，即使這裡的風景在民宅崩毀後成了完全不同的景色，身體還是記得路該怎麼走。

尤斯提納家，就在太陽升起的方向。

陽光從遠方的山頭後面溢出，惠美像是受其吸引似的穿過「大道」，抵達村子的外圍。

然後她因為在那裡看見了意料之外的東西而變得動彈不得。

那棵能夠從道路的另一端隱約看見的樹木，是惠美過去與下田工作的父親一起吃午餐的固定場所。

所以就表示圍繞在自己周圍的這片荒廢的田地……

「是爸爸的……麥田……」

就在這個瞬間，彷彿在呼應惠美的話般，曙光從山間伸出光之手臂照亮大地。

惠美的眼眶自然地流下淚水。

大地上鋪滿濃密的綠意。

早晨的風晃動著覆蓋大地的綠色景象。

「還活著……還活著……」

充滿廣大土地的綠色果實。

那肯定是小麥。

而且這塊田地明顯荒廢已久。

眼前這片深綠色的景色內混了無數淺色的高大雜草，隨風搖曳的麥穗看起來也十分瘦弱。

就算是由惠美的眼光來看，她也知道有些麥穗根本就撐不到秋天。

不過即使如此，惠美還是忍不住對著太陽升起的早晨天空大喊：

「還活著！爸爸種的小麥還活著！」

即便遭到惡魔蹂躪並長年失去管理者，這些存活下來的堅強小麥依然持續世代交替。

「你真的還在某處活著嗎？我們，還能再一起生活嗎……？」

父親存活的證據就在眼前。過去在經歷恐懼與絕望後以為消失的東西，如今就在眼前。

惠美再也不想嘗到那種絕望了。無論發生什麼事，她都要賭命守護這副光景。

『……唔嗯……媽媽？怎麼了，噗哇！」

惠美的吶喊甚至晃動了自己的內心。

她瞬間讓被震撼內心的吶喊嚇到的阿拉斯．拉瑪斯實體化，連眼淚都忘了擦就直接抱緊了小女孩。

「阿拉斯．拉瑪斯，我還能繼續努力……我必須努力才行！」

「媽媽……呼啊……」

惠美再度抱緊突然被吵醒、現在還十分想睡的阿拉斯．拉瑪斯，慌張地衝向來時的道路。

這是因為她想趕快收拾放在科法家的行李，盡早回到曾與父親一同生活的家。

然後以那裡為據點，達成回到安特．伊蘇拉的目的。

與父親一起生活過的這個家必定隱藏著什麼。

能夠改變惠美目前被捲入的狀況的某樣東西。

足以解開圍繞安特．伊蘇拉和地球的謎團的部分真相。

遭遇意想不到的奇蹟後，惠美抱持著接近確信的預感。

※

「唉啊啊啊……什麼都沒有呢……」

集中力中斷的惠美無力地坐倒在曾是廚房的場所。

此時是探索老家第三天的中午。

第一天發現父親的麥田居然意外保留下來時，惠美還曾經感動到落淚，她將這視為吉兆，並相信自己一定能找到線索突破世界目前陷入的狀況，然而距離她充滿幹勁地將探索據點遷移到懷念的老家，至今已經過了三天。

直到今天都還完全沒有任何成果。

尤斯提納家只是普通的農家，並沒有什麼特別寬廣的豪宅或土地。

雖然這裡也不例外地跟其他房屋一樣留下了破壞的痕跡，但還是勉強維持在接近惠美記憶的狀況。

替父親做飯的廚房。

跟父親共進晚餐的餐廳。

一起眺望暖爐的火陷入夢鄉的客廳。

在看見自己小時候的睡床時，覺得懷念得不得了的她又再度熱淚盈眶。

這個家除了是惠美與父親諾爾德的家以外，同時也是隱藏行蹤、將安特．伊蘇拉跟地球的人們全都捲進來的母親——萊拉的家。

儘管小時候還不懂事，但或許在當時被禁止觸摸的東西或是禁止進入的場所，隱藏了什麼線索也不一定。

不過救世的勇者在使出渾身解數探索家裡後，唯一知道的就只有父親徹頭徹尾是個質樸剛健的農夫。

家裡原本就沒多少像衣櫃或書架這類能裝東西的家具。

雖然這裡在廢村後也有可能被盜賊光顧過，但姑且不論體積小的貴重物品，應該沒有盜賊會刻意只偷像衣櫃那樣的大型家具吧。

認為東西可能被藏在閣樓或地下室這類場所的惠美，開始轉而探索這些地方，不過最後只在閣樓裡找到一些配合季節使用的家具、空的桶子與水壺，以及釘子與螺絲等雜物。

至於地下室，惠美家原本就沒有。

「像這種時候，應該要剛好有個祕密的地下室吧……」

就算抱怨也沒什麼意義。

惠美之後又陸續探索了農具小屋、暖爐背後，以及爐灶的背後與內部等小時候不能靠近的

地方，但除了把自己搞得灰頭土臉以外，什麼都沒找到，最後只在吃晚餐時——

「媽媽好髒。」

換來阿拉斯．拉瑪斯毫不留情的指摘，讓她沮喪不已。

「話又說回來，如果把重要的東西藏在暖爐後面或爐灶裡，那本人自己也拿不出來吧？」

這麼一來，就只剩下藏樹於森林中的法則了。

惠美在第二天決定檢查留在書架裡的少量書籍與文件。

紙本書在安特．伊蘇拉是高級品，因此就算用木板、羊皮紙或是連莎草紙都稱不上的粗劣紙張製作重要文件，也不是什麼稀奇的事情。

由於留下來的書本或文件並不多，因此惠美原本以為不用花多少時間就能讀完……

「好……好繁瑣……」

明明從上午就開始檢查，但到了夕陽西下後卻還是完全讀不完。

惠美一開始還為父親熟悉的筆跡感動落淚，沒想到個性一板一眼的父親居然消耗貴重的筆記本，留下了詳細的日誌。

雖然內容大半是關於小麥的生長狀況與工作，不過既然留下如此周密的文章，懷疑裡面或許藏了什麼暗號的惠美還是無法隨便瀏覽。

正當惠美看累了農業日誌，打算檢查木板或羊皮紙的文件時，她發現內容大多是過去二十年來的納稅證明書，而且除了小麥以外，還參雜了許多和畜產有關的證明書與申請書。

「……啊，檢查官的印鑑變了。」

耗費兩個小時所找到的第一個大變化，就是蓋在木板上的烙印換了，惠美暫時中斷閱讀，開始準備煮飯。

「吶，阿拉斯．拉瑪斯。」

「什麼事？」

阿拉斯．拉瑪斯正美味地喝著用熱水溶解的即食罐頭湯，惠美抱著姑且一試的心態問道：

「妳有在這附近感覺到『基礎』碎片的氣息嗎？」

「沒有！」

小女孩毫不猶豫地回答，讓惠美沮喪地低下頭。

儘管有一半只是在開玩笑，但感覺自己又再次被迫面臨嚴苛的現實。

不過這也是理所當然，如果附近真的有那種反應，那阿拉斯．拉瑪斯在走進村子裡時就該發現了。

到頭來即使剩下的資料並不多，惠美還是無法在當天讀完，一直到第三天的今天，她都分段在進行閱讀與整理資料的工作。

「嗯……這邊也沒什麼收穫。」

從農產品交易的文件轉為檢查土地權利文件的惠美，翹著腳坐在留下來的老舊椅子上。

「還是說……已經被有相同想法的奧爾巴或加百列搶先帶走了呢？」

惠美將標示土地界線的文件移到已讀的文件堆中，拿起另一冊筆記本。

「普通的日記應該不會只有這樣吧。」

這本可說是唯一收穫的書，是諾爾德的日記。

跟農業日誌相比，這邊的密度絕對稱不上高。

相較於每天記錄的農業日誌，這邊就算再怎麼頻繁，也頂多一個星期記錄一次。與其說是日記，不如說是週間報告。

相對地，這裡面雖然記錄了日常的瑣事以及惠美年幼時的事蹟，卻從頭到尾都沒提到母親萊拉的名字，而且最後一頁的日期也停在魔王軍入侵的好幾年之前。

「以時間點來說，真是不上不下的日記。」

雖說是家人，但這實在不是擅自閱讀別人的日記後該有的感想。

雖然父親的回憶當然也很珍貴，但考慮到撰寫的時間點，上面明顯並未記載現在的惠美需要的情報。

「距離艾美來接我還有兩天啊……」

探索陷入瓶頸，讓惠美軟弱地嘆了口氣。

「土地區劃整備證明，這是田地界線的證明書，這是納稅扣除用的休耕地申請書……」

繼續回頭整理文件的惠美，在一張一張地瀏覽木板後進行分類。

「街道整備保證金的繳納證明，這是什麼，村長先生寄來的新年賀卡居然混在這種地方。羊皮紙放這裡，然後……接下來是許可書跟權利書啊。」

惠美像個上班族般，以熟練的動作持續整理文件。

「共同林的定期採伐權，斧頭的所有許可證？連這種東西都有啊。再來是……」

惠美一面處理許多聽都沒聽過的許可與權利，一面瀏覽後續的文件——

「蓋房子時的領主許可書、改建許可書、增建許可書，這些是跟房子有關的文件。農具小屋建設許可書……這是開拓新耕地的許可書……咦？」

最後在整理到一張羊皮紙時停下動作。

「我記得跟土地有關的文件都整理在這裡。是放錯了嗎？」

該不會是父親在整理時弄錯了吧？

仔細一看，這是跟在蓋這個房子時相同時期製作的文件。

或許是因為當時還沒好好地進行分類，所以之後就隨著時間經過忘記了也不一定。

就在惠美如是想著，並打算將那張新耕地開拓許可書重新放進與土地相關的分類時——

「…………這是什麼？」

她倒抽一口氣，凝視著羊皮紙上的文字。

「這是哪裡啊？」

新耕地開拓許可書如同字面上的意思，就是在想開墾新田地時申請的文件，是一種按照納稅的實際狀況與收穫量，由申請者居住的村落村長與治理該區的領主發行。

儘管必須自己親自開拓，但優點在於能便宜地獲得土地，而由於無論擴展的土地肥沃與否都會按照土地面積進行課稅，因此也有可能反過來加重稅務方面的負擔。

所以除非是特別有餘裕的農家，否則不會做出這種申請。

更何況——

「為什麼要挑這麼遠的地方？」

記載在上面的土地位於村子東方的山中，與尤斯提納家管理的其他土地都有一段距離。

在比對過從艾美拉達那裡拿到的地圖後，惠美發現就算以大人的腳步，從村子到那裡也要花上半天的時間。

「嗯嗯嗯嗯？」

惠美連忙重新翻找之前看過的文件。

然後她在灌溉設施使用權利書的文件堆中，找到了另一張像是被藏在裡面的農具小屋設置許可證。

上面記載的地點跟剛才的開拓許可書一樣。

「居然還有這種地方……我都沒聽說過。」

至少在惠美的記憶裡，尤斯提納家的田地全都位於即使以小孩子的腳步，從這個家走過去也只要十幾分鐘的距離。

照理說父親除了小麥以外，應該就只有在家裡另外蓋的小屋內細心照料雞隻，然後拿蛋去賣而已。

那麼這塊完全獨立於村子之外的農地是怎麼回事？而父親又是為了什麼目的建造這座小屋？

惠美跳也似的起身，快速翻找之前已經讀過的農業日誌，然後在那兩張神秘許可書的日期，找到了與那附近的農地作業有關的記述。

她重新以興奮的表情念出上面的文字：

「沒有任何收穫，也沒有種任何東西。不過……」

在農具小屋建設許可證發行三天後的日期頁面上，記載了第一次閱讀時漏看的細小文字。

「9……是數字的9……」

這個一開始以為只是寫錯或單純筆記，而未多加留意的數字代表的意義，如今化為重大的情報壓迫著惠美。

難以想像這是偶然。因為構成「進化聖劍・單翼（better half）」與阿拉斯・拉瑪斯核心的「基礎」質點，正是生命之樹的第「9」質點。

惠美無法壓抑自己激動的心跳，將手抵在胸前。

「阿拉斯・拉瑪斯……」

『……唔嗯。』

看來阿拉斯・拉瑪斯正在惠美體內睡午覺。

不過必須盡快確認這項情報的意義才行。

惠美不自覺地抬頭看向被夕陽染紅的天空。

艾美拉達將在兩天後前來迎接自己。不過那個場所位於以大人的腳程必須走上半天的位置。若面臨必須在那裡進行廣範圍搜索的狀況，走路過去或許會趕不上與艾美拉達約好會合的時間。

話雖如此，若等待艾美拉達並將她留在這裡，或許會給必須邊管制情報邊行動的她添麻煩也不一定。

「……看來只能飛過去了。」

若只是單純飛翔，那麼除非速度太快，否則應該不會被惠美的「敵人」發現才對。

「基本上這裡又不是日本，世界各處都有人在使用聖法氣。」

大都市晚上會用點燈的法術，而包含法具的鍛造，以及生產鈴乃過去帶到笹塚魔王城的那些祝聖農作物在內，聖法氣被使用在多種領域。

特別是西大陸的法術文化比其他大陸都要來得發達，因此每年的聖法氣消耗量也比其他大陸多了三成左右。

考慮到剩下的時間與艾美拉達的立場，比起煩惱該不該使用聖法氣，還是延長調查期限帶來的問題更大。

「而且……我已經跟千穗約好了。」

說完後，惠美看向左手的手錶。

她刻意一直到現在都還戴著中意的放鬆熊手錶。

這是為了比較地球跟安特·伊蘇拉太陽運行的狀況。

儘管兩地之間存在時差，但地球跟安特·伊蘇拉的一天長度幾乎完全相同，這只能以奇蹟來形容。

在地球的九月十二日，大家計畫要舉辦千穗和惠美的慶生派對。

「必須遵守約定才行。」

惠美收起兩份資料，為了離開懷念的家而將露營用具塞進背包裡背上。

「回來時，再順便繞過來一下吧。」

穿過玄關，抬頭仰望至今依然保留和平時代外貌的家園，惠美緊抿嘴唇。

因為之前是跟艾美拉達約在這個村子碰面，所以回程時就請她將「門」開在家的上空好了。

惠美一面想著這些事——

「我出門了。」

一面緩緩地浮上空中，直到村子在視野中變得愈來愈遙遠，她才朝向新的目的地往東方的天空飛去。

對照地圖來看，目標的場所是一片長著茂盛闊葉樹的廣大山地。

惠美原本以為會是塊未經開墾的土地，但這裡在特定季節似乎也被當成狩獵區使用。

山腳下有個聚落遺跡，看來是用來處理獵物的小型休息處。

雖然因為復興的工作尚未進展到這裡，使得這裡變得杳無人煙，不過惠美在某間廢屋前方，發現記載登山道的地圖。

原本以為是祕密的土地而鼓足幹勁來到這裡，但從遺留的登山記錄就能看出這裡在特定季節會有大批獵人入山，這讓惠美開始擔心起難不成父親只是在農閒期也有插手狩獵業罷了。

一般在狩獵區域都會分散設置幾間狩獵小屋，只要當上那裡的管理者，應該就能從狩獵公會那裡拿到一筆小錢才對。

「該不會爸爸意外地會做生意吧……」

正因為有所成長才能理解這種事，意外窺見父親精打細算的一面，讓惠美心情十分複雜。

「不過既然是農具小屋跟田地的開墾許可書，那或許跟狩獵無關也不一定……」

好不容易找到堪稱線索的情報，總之還是得先上山直接到現場確認一下才行。

抱著這樣的想法走入山中的惠美，面對的是徒具登山道之名的獸道。

雖然原本就不期待會有像日本的觀光山區那樣經過整頓的登山道，不過惠美沒想到自己居然得在太陽西下前，持續穿越外行人恐怕根本搞不清楚是在上山還是下山的樹叢。

即使現在還是白天，被闊葉樹原生林覆蓋的山區依然非常陰暗，充滿了許多生命的氣息。

或許是因為魔王軍入侵後便不再有獵人出入，惠美一下遇見獸道被生長的植物堵住，一下發現前方冒出在日本沒機會看見的大型動物，讓她登山的進度遲遲沒有進展。

縱使野生動物根本就不是惠美的對手，但既然對這裡來說自己才是入侵者，惠美還是希望能盡量避免和無辜的動物戰鬥。

「或許從空中看會比較清楚……好像也不行耶。」

惠美擦著汗抬頭仰望上方，然後馬上否定自己的想法。

闊葉樹生意盎然的枝葉遮蓋了上空，即使在正午此處仍然很陰暗。

即使飛到空中，惠美也不認為自己能夠看見被樹木遮蔽的地面狀況。

「這個，有辦法在今天內找到嗎？」

感到不安的惠美，開始對照從艾美拉達那裡拿到的廣域地圖與登山道記載的地圖。

首先，這座山實在太寬廣了。

再加上令人困擾的是權利書上只用文字記載了土地的位置，光靠現在手邊的地圖根本就無法特定出那個場所。

等太陽下山後，應該就無法繼續探索了。

由於不可能在這座充滿野生動物的山中露宿，因此這麼一來就只能回到山腳的聚落。

「南側山坡的半山腰……南側那麼大，登山道又沒有經過整頓，誰知道半山腰是指哪裡……我是覺得已經爬到滿上面了。」

雖然惠美是從西側入山，但山裡根本就不可能有能讓她看得懂的東西南北明確界線。

接著——

「嗯？怎麼了？為什麼這麼突然？咦，妳想出來外面？」

腦中的阿拉斯．拉瑪斯似乎突然有話想說。

「我、我知道了，妳等一下……嘿！」

儘管感到疑惑，惠美還是順從地讓阿拉斯．拉瑪斯實體化。

惠美原本想順勢抱起她——

「媽媽，這邊。」

沒想到阿拉斯．拉瑪斯居然穿過惠美的手，在著地後開始用嬌小的雙腳跑了起來。

「等、等等，阿拉斯．拉瑪斯？」

「媽媽，快點！這邊！」

即使焦急地回頭催促惠美，跑在獸道上的阿拉斯．拉瑪斯依然沒有停下腳步。

縱使無論發生什麼事都不用擔心阿拉斯．拉瑪斯會走散，惠美還是慌了起來。

「等等，阿拉斯．拉瑪斯！妳要去哪裡！至、至少先噴個驅蟲噴霧……」

拿著兒童用驅蟲噴霧的惠美，開始拚命地追在阿拉斯．拉瑪斯後面。

雖然好歹讓阿拉斯．拉瑪斯穿了長袖長褲，但惠美還是擔心起她會不會被蚊子叮到，或是跑得那麼快會不會被尿布擦傷等雞毛蒜皮的小事。

阿拉斯．拉瑪斯的跑法與眼神看起來毫無迷惘。

小女孩持續於看在惠美眼裡根本沒有任何路標的路上奔跑，兩人就這樣跑了將近十五分鐘。

最後阿拉斯．拉瑪斯在獸道旁的一棵大樹底下站定腳步。

「到、到底怎麼了……？」

勉強跟了上來的惠美，抬頭仰望阿拉斯．拉瑪斯佇立一旁的這棵大樹。

雖然說大樹也沒錯，但除了獸道以外，這座山幾乎跟原生林沒什麼兩樣。

所以這棵樹既沒有特別顯眼的外表，也沒有特別巨大，更不是什麼稀有的品種。它唯一跟周圍的樹木有明確差異的地方在於——

「已經枯了呢。」

往上一看便能發現，這棵樹的樹枝上一片葉子也沒有，而覆蓋在樹幹上的苔蘚與藤蔓，基本上原本就不會長在還活著的樹木上。

「這棵樹怎麼了？阿拉斯．拉瑪斯。」

站在惠美旁邊仰望枯萎巨樹的阿拉斯．拉瑪斯點頭回答母親的問題：

「這邊！」

說完後，她直接走進枯木的樹幹裡。

「……咦？」

惠美花了一點時間才理解眼前的現象。

阿拉斯．拉瑪斯嬌小的身體宛如穿透魔術般，伴隨一道淡淡的光輝被吸收進枯木的樹幹裡。

「阿、阿拉斯．拉瑪斯？等、等一下，回來啊！」

惠美慌張地解除阿拉斯．拉瑪斯的實體化──

「……阿拉斯．拉瑪斯？咦……」

然而小女孩並沒有回來。

自己的體內，感覺不到形成聖劍的進化天銀回來的氣息。

無論再怎麼呼喊，都聽不見阿拉斯．拉瑪斯回答。

「不、不會吧？這是怎麼回事？阿拉斯……」

就在惠美因為這出乎意料的狀況陷入輕微的混亂時。

「媽媽，還沒好嗎？」

阿拉斯．拉瑪斯一臉若無其事地從枯木樹幹中探出頭來。

阿拉斯．拉瑪斯的身體與樹幹間散發著霧般的白光，而小女孩自己的額頭上也發出些微的紫色光芒。

「阿拉斯．拉瑪斯！」

「媽媽，這邊。媽媽也進得來喔。快一點。」

不過小女孩馬上就再度將臉縮回枯木樹幹中。

「進、進得去是什麼意思……」

確認阿拉斯．拉瑪斯平安無事的惠美驚訝歸驚訝，還是姑且嘗試觸摸枯木的樹幹。

「只、只是普通的樹木。」

那棵樹摸起來的觸感就跟普通的枯木一樣，即使輕輕用力，感覺也無法像阿拉斯．拉瑪斯那樣直接穿過去。

「阿、阿拉斯．拉瑪斯，快回來！我進不去啦！」

這次不管再怎麼叫喊，小女孩都沒有回來的跡象。

「到、到底怎麼了，這是怎麼回事……」

惠美蹲到枯木底下，觸摸阿拉斯．拉瑪斯消失的部位。

那裡摸起來果然也跟普通枯木一樣，此時惠美突然想到一件事。

剛才阿拉斯．拉瑪斯探頭出來時，額頭上散發出紫色的光輝。

換句話說，就是構成阿拉斯．拉瑪斯核心的「基礎」碎片發出了光芒。

「如、如果是那樣的話……」

「進化聖劍．單翼（better half）」和阿拉斯．拉瑪斯都已經進入枯木中。

這麼一來，惠美現在能運用的碎片就只剩下兩個。

那就是破邪之衣，以及鑲在惡魔大尚書卡米歐寶劍劍鞘上的碎片。

惠美從背包裡拿出以前用東急手創屋的素材製作、裝著碎片的小瓶子，半信半疑地對裡面注入聖法氣。

接著——

「哇！」

即使擔心會被天界勢力察覺碎片之力的惠美只釋放出一點點力量，被裝在玻璃小瓶內的碎片依然朝著枯木樹幹中心，射出一道紫色的光芒。

「這、這樣就行了嗎？」

惠美緊張地吞了口口水，將手貼在被紫光照射的地方。

「哇哇哇！」

這次理應是觸碰枯木表面的手毫無抵抗地沒入樹幹，同時惠美也受到一股強大的力道吸引，就這樣被吸入枯木樹幹內消失無蹤。

「好痛痛痛痛痛……」

儘管背著行李，意外地還是沒感受到什麼阻力，害驚訝的惠美以不符世界最強勇者之名的方式跌了一跤。

跌倒後的惠美聞著地面泥土的味道，皺起眉頭緩緩起身。

然後在見到眼前的光景後倒抽了一口氣。

枯木的光芒前方有條道路。

那無疑是條獸道。

不過獸道旁邊的樹木卻像東京街頭上的行道樹般，整齊地沿著道路排列。

這很明顯並非自然產生。

「媽媽，快點過來這邊！」

阿拉斯．拉瑪斯在不遠的前方全力朝惠美揮手。

雖然在確認阿拉斯．拉瑪斯平安無事後稍微鬆了口氣，但惠美還是馬上斂起表情，開始跟在阿拉斯．拉瑪斯後面。

阿拉斯．拉瑪斯在確認惠美跟上來後，帶頭走在獸道上筆直前進。

這條路肯定是連接父親與母親的線索。

光是必須由阿拉斯．拉瑪斯與「基礎」碎片引路，就足以證明這點。

這條道路的時間，似乎跟枯木光芒的彼端一樣會流逝，惠美將「基礎」碎片舉到前方，像是要用它代替燈火照亮黑暗般前進。

就在惠美沿著這條聽不見蟲鳴鳥叫，就連野獸氣息都感受不到的寧靜道路筆直走了約五分鐘後。

在突然變得開闊的視野前方，出現了一棟小屋。

小屋旁邊的土地上留有耕作過的痕跡。周圍沒有森林，只種了幾棵果實可供食用的樹木。

感覺不到人的氣息，雖然這裡看起來已經荒廢了好一段時間，但打從回到安特．伊蘇拉以來，惠美的心跳還是首次跳得如此激烈。

太陽正逐漸消失在遼闊地平線的彼端。

取而代之的是兩道月亮與明亮的星光開始出現在薄暮的天空中，映照出跟外部空間相同的顏色，惠美透過那些星體的位置關係，確認這裡就是父親取得權利的南側山坡。

「媽媽。」

阿拉斯．拉瑪斯在小屋前等待惠美。

惠美將「基礎」碎片收進口袋，走向阿拉斯．拉瑪斯。

「阿拉斯．拉瑪斯……這裡是哪裡？」

等回過神來時，惠美已經自然地提出這個問題。

阿拉斯．拉瑪斯在枯木外面的山道奔跑時，明顯是瞄準了這個地方。

然而阿拉斯．拉瑪斯卻給了一個出乎意料的回答。

「這裡不是媽媽的家嗎？」

小女孩如此反問。

「……為什麼、妳會這麼認為？」

惠美對自己無法好好發問的軟弱內心感到厭惡。

她一直都在掛念著這件事。

阿拉斯．拉瑪斯稱自己為「媽媽」的理由。

推測是從真奧在中央大陸建造的魔王城誕生的阿拉斯．拉瑪斯，稱呼除了身為「基礎」碎片的持有者以外，理應沒有其他任何接點的惠美為「媽媽」。

惠美沒想到自己居然會突然被迫面臨這個答案。

「因為有媽媽的味道。」

阿拉斯．拉瑪斯的回答，對現在的惠美來說十分殘酷。

「媽媽的，味道……」

天空一片晴朗，從山坡上望過去的景色也遼闊無比。

然而──

惠美的心此時卻像與最愛的父親分別的那天般，小小地洩了氣。

「……吶，阿拉斯．拉瑪斯。」

「什麼事？」

「阿拉斯．拉瑪斯的……『媽媽』，叫什麼名字？」

「媽媽的名字？」

阿拉斯・拉瑪斯稍微疑惑了一下後開口。

「萊拉。」

突然於Villa・Rosa笹塚現身的阿拉斯・拉瑪斯，曾在那裡說過「爸爸」是「撒旦」。

不過在被問到媽媽是誰時，阿拉斯・拉瑪斯僅用手指指向惠美。

惠美回想起與阿拉斯・拉瑪斯一同度過的那短短幾個月的生活。

雖然阿拉斯・拉瑪斯稱呼惠美為「媽媽」，但卻從來沒叫過惠美的名字。

當然對現在的阿拉斯・拉瑪斯而言，她所愛慕的「媽媽」無疑是指惠美本人。

不過自從抵達日本以後，阿拉斯・拉瑪斯就一直在注視著惠美身後的「萊拉」。

而若阿拉斯・拉瑪斯認為「父親」是身為魔王撒旦的真奧，「母親」是惠美的母親萊拉，

那麼——

「是媽媽……救了年幼時的那傢伙（魔王）……」

惠美在東京巨蛋城的摩天輪中，聽說了真奧貞夫的過去。

雖然當時惠美就已經有所預感，不過一旦事實像這樣攤在眼前，還是讓她的雙腳顫抖到只能勉強站立的程度。

「那個……笨蛋魔王……什麼叫『我不認識的人』啊……」

惠美以顫抖的聲音，對不在現場的真奧罵道。

在惠美問到救了年幼真奧的天使是誰時，真奧曾經回答「是妳不認識的人」。

惠美確實不了解「自己的母親」，也不認識「名為萊拉的天使」。

不過即使如此，她至少還是知道「名為萊拉的天使是自己的母親」。

「我居然……會如此動搖，這樣不就像我早已被人看透，並讓那傢伙費心了嗎……」

然而不論再怎麼怒罵，惠美至今所見到的一切，全都指向一件事實。

母親救了年幼的魔王撒旦的命，而那個撒旦在成長後入侵安特．伊蘇拉，毀滅了自己與父親生活的一切和眾多人類的幸福與性命。

「我……」

惠美並沒有愚蠢到會想替與自己無關的母親做出的所有行動負責。

儘管無論是現在的惠美，還是目前人在地球的真奧都不曉得萊拉行動的意圖，但他們依然不認為對方是在毫無想法的情況下行動。

這麼一來，母親究竟是基於什麼意圖救助年幼的撒旦呢？

「……」

「媽媽，妳怎麼了？」

惠美看向阿拉斯・拉瑪斯。

阿拉斯・拉瑪斯是從萊拉託付給真奧的「基礎」碎片誕生出來的。

若只看這一點，或許也能認為萊拉是為了讓阿拉斯・拉瑪斯誕生在這個世界上才幫助真奧，然而真奧本人直到最近才知道阿拉斯・拉瑪斯的存在，甚至還曾經一度忘記碎片的事情。

「不過……」

惠美回想起與艾美拉達、艾伯特和奧爾巴，一同進攻中央大陸魔王城那天的事情。

她過去一直相信當時聖劍放出的紫色光芒，是引導他們直線前往魔王所在地的引導之光。

雖然關於指引勇者前往魔王所在地的光芒傳說，一直隨著構成聖劍與破邪之衣核心的進化天銀，在大法神教會代代流傳，不過事到如今，惠美已經知道那不過是聖劍與變成阿拉斯・拉瑪斯之前的「基礎」碎片在相互吸引罷了。

「……咦？」

思及此處，惠美突然察覺到某件事情。

出現在教會傳承內的指引之光，單純只是「基礎」碎片彼此吸引所產生的作用。

既然如此，若惠美在那天就打倒了魔王撒旦，事情又會變得怎麼樣呢？

「我會遇見妳嗎？」

「嗚？」

惠美凝視著阿拉斯・拉瑪斯的額頭。

若指引之光在魔王撒旦被打倒後依然沒有消失，那麼即使是當時的惠美也會覺得事有蹊翹。如果她繼續跟著指引之光前進，並遇見變成現在這個樣子之前的阿拉斯・拉瑪斯的「基礎」碎片……

「會像現在這樣……跟妳融合嗎？」

惠美原本以為「進化聖劍・單翼(better half)」跟阿拉斯・拉瑪斯的融合，只是在地球與加百列對峙時偶然發生的事件。

不過阿拉斯・拉瑪斯當時不正是基於自己的意志，將聖劍捲起來吃掉嗎？

碎片會彼此吸引。

換句話說，是想恢復原本的形狀吧。

就像惠美的聖劍、破邪之衣，以及阿拉斯・拉瑪斯這樣。

「媽媽……萊拉明明刻意將碎裂的『基礎』散布各處……卻又打算花時間讓碎片們恢復原狀嗎？」

這到底是為了什麼？

仔細想想，惠美原本就不知道「基礎」質點的外表與大小，因此當然也不知道碎片的總數。

再加上既然不曉得質點變成碎片的經過，自然也無從得知是誰以什麼樣的方法將其弄碎。質點再怎麼說都是被稱為構成世界的寶珠，應該不可能像玻璃杯那樣輕易碎裂才對。大概是某人利用超越惠美想像的超常力量打碎的吧？

不過如果這一連串的作業從一開始就是由萊拉獨自執行，那感覺也未免太過勉強。畢竟光是一個碎片，就足以讓守護天使加百列與大天使沙利葉拚了命地親自前來尋找。想必應該是有其他協助者吧。

若真是如此，那麼那位與萊拉關係密切的人物，至少應該是天界的居民。

不過到底是誰呢？

在那起以東京鐵塔為中心的事件中，拉貴爾也說過萊拉目前正遭到天界追捕，但令人困擾的是，說到與她境遇相似的存在，除了漆原半藏亦即墮天使路西菲爾外，惠美完全想不到其他人。

「那個……應該不太可能吧。」

惠美乾脆地否定這個想法。

並非因為漆原平常的生活態度太差，不像天使。

而是若漆原也跟「基礎」碎片有關，是萊拉的協力者，那麼他對惠美的聖劍或阿拉斯・拉瑪斯的態度應該會不同才對。

惠美在西大陸和笹塚與漆原對峙時，雖然也曾使用過「進化聖劍・單翼（better half）」，但漆原在那兩次戰鬥中，對惠美的聖劍都只有「人類拿的強力武器」這種程度的認識。

當阿拉斯・拉瑪斯出現在笹塚時，他看起來也跟真奧和蘆屋一樣，是真的被育兒的事情搞得團團轉。

「這麼說來，應該是我不認識的人囉。」

惠美因為思考的線索不足而陷入瓶頸，嘆了口氣。

不過至少知道了幾件事。

若救了年幼撒旦＝真奧的人是萊拉，就表示萊拉的活動範圍涵蓋魔界，因此其他碎片也有可能是在魔界。

雖然不知道理由，但若她的目的是讓碎片重新結合，那麼大法神教會關於聖劍與破邪之衣的傳承，應該就是長壽的天使萊拉刻意竄改再傳給人類的假故事。

更重要的是——

「爸爸全部都知道。」

母親託付給千穗的，關於父親與另一把聖劍的記憶。

以及父親在魔王軍入侵之前，將惠美交給前來迎接的大法神教會時所說的話。

『妳的媽媽應該還活在某處。』

而最明確的證據，就是這個如果沒有「基礎」碎片便無法進入的場所。

這表示父親諾爾德在生前就知道萊拉的一切。

之所以特地申請權利書與許可證，單純只是為了有理由帶整頓這裡所需的道具與物資進山裡吧。

再來只要諾爾德有好好繳納既定的稅金，那麼村子與領主根本就不會在意他是否有使用小屋與田地，而他們也不會為了這麼狹小的土地每年花工夫進行檢地。

實際上就算真的有人來檢地，一般人也只看得見一棵枯木跟未開拓的森林。頂多只會認為是開墾失敗吧。

「除此之外……還知道了一件事。」

惠美回頭看向從枯木入口走到這裡的筆直道路。

「實際打造這個場所的人，應該是媽媽吧。」

父親並非高位的法術士，就只有這點絕對沒錯。

即使他真的會法術，想打造出以「基礎」碎片做為鑰匙出入的空間，就連艾美拉達都很難

辦到。

總而言之——

「只要詳細調查這裡，應該就能找出爸爸和媽媽的祕密。」

縱使找到答案，也不見得就能釐清這些既複雜又曲折離奇的事實。

不過，她不能在這時候屈服。

畢竟有這麼多的線索出現在眼前。

因此現在也只能祈禱了。

「『我不認識的人』……嗎？」

惠美發現原本因動搖產生的顫抖，已經在自己陷入思考的這段期間停止。

「我現在什麼都還不知道……也不知道什麼才是真相。」

要絕望，等掌握了答案之後再來絕望也不遲。

「首先要徹底搜索這個小屋！走吧，阿拉斯……咦，阿拉斯・拉瑪斯？」

半靠賭氣讓自己強打精神的惠美，為了鼓勵自己而刻意大聲喊道，然而在發現關鍵的阿拉斯・拉瑪斯不知不覺消失無蹤後，她慌張地呼喊小女孩的名字。

「阿拉斯・拉瑪斯？妳在哪裡？」

再怎麼叫都沒人回應。

「難、難不成？」

這塊棚狀平地位於山的陡坡。

而土地邊界與陡坡相接處也不可能貼心地設置防止墜落的柵欄，擔心小女孩或許是在離開自己視線時掉下去的惠美，頓時變得臉色蒼白。

即使阿拉斯・拉瑪斯既不用擔心迷路，也能自己在空中飛行，但小女孩是否能自己對應狀況做出適當的判斷使用能力，又是另一回事了。

擔心阿拉斯・拉瑪斯會跌落山坡受傷的惠美，為了尋找小女孩而繞到小屋後方。

「什麼嘛，原來妳在這裡啊。」

發現一道嬌小的背影佇立在小屋後方時，惠美鬆了一口氣。

「阿拉斯・拉瑪斯，我們要進去屋子裡，過來吧。」

惠美對著那道背影呼喊，然而——

「……」

「阿拉斯・拉瑪斯？怎麼了？」

阿拉斯・拉瑪斯毫無反應。

惠美走到小女孩身邊，往她凝視的方向看去。

「好像有種過什麼東西呢？」

雖然隨著時間流逝變得雜草叢生，但阿拉斯．拉瑪斯凝視的地面上，有一個似乎曾埋過某種大型物體的凹洞。

「……艾契斯。」

「嗯？怎麼了？」

「…………………艾契斯……艾契斯！」

「咦？」

「媽媽……艾契斯在哪裡？」

「艾、艾契斯？」

「艾契斯、艾契斯在哪裡？」

阿拉斯．拉瑪斯直盯著凹洞大喊。

「媽媽，艾契斯在這裡！艾契斯曾經在這裡！不過她不見了！為什麼？」

「冷、冷靜點，阿拉斯．拉瑪斯，艾契斯是誰……」

儘管阿拉斯．拉瑪斯的態度驟變，讓惠美難掩焦急，但她還是知道有什麼重要的事情即將發生。

每當阿拉斯．拉瑪斯變得多話，開始反覆說些惠美聽不懂的字眼，同時整個變了一個人的時候。

全都是發生了跟質點有關的事情。

惠美拚命地從記憶深處尋找阿拉斯．拉瑪斯口齒不清喊出的名字。

「阿拉斯．拉瑪斯，妳說的『艾契斯』……該不會是指『艾契斯．阿拉』吧？」

萊拉託付給千穗，再由千穗託付給惠美的，關於麥田裡父親的記憶。

當時父親也曾經提過「艾契斯．阿拉」。

惠美認為那個在中央交易語言中意味著「刃之翼」的名詞，就是除了「進化聖劍．單翼（better half）」以外的另一把聖劍。

不過──

阿拉斯．拉瑪斯是這麼說的：

「艾契斯曾經在這裡。」

惠美曾經親眼見過與阿拉斯．拉瑪斯同質的存在。

那就是疑似從「嚴峻」質點誕生的孩子，伊洛恩。

既然如此，那麼與阿拉斯．拉瑪斯同樣在名字中冠上「翼」的「艾契斯．阿拉」──

「是從『基礎』質點誕生的孩子的名字嗎？」

「艾契斯！我來了！艾契斯！妳在哪裡？」

阿拉斯．拉瑪斯對著已經消失無蹤的某人大聲呼喊。

若真奧所言屬實，那麼阿拉斯・拉瑪斯應該也一樣是從種在土裡的「基礎」碎片誕生出來的。由此便能推斷出這個讓阿拉斯・拉瑪斯感覺到什麼的坑洞裡，曾經埋了做為「艾契斯・阿拉」原形的「基礎」碎片。

而考慮到已經有好一段時間無人造訪這個父親與母親打造的場所——

「阿拉斯・拉瑪斯……很遺憾，艾契斯已經不在這裡……」

「不要！媽媽也一起來找艾契斯！這裡有艾契斯的味道！」

「冷靜點，阿拉斯・拉瑪斯，艾契斯一定也跟伊洛恩一樣去了別的地方。」

儘管惠美試圖讓阿拉斯・拉瑪斯冷靜下來，但小女孩仍然不肯罷休。

在當初遇見伊洛恩那時候，阿拉斯・拉瑪斯也曾經倔強地違反惠美的意思，解除了「進化聖劍・單翼」的實體化，而急著尋找「艾契斯・阿拉」的阿拉斯・拉瑪斯現在的表情，又比當時來得更加嚴峻。

「媽媽，拜託妳，艾契斯……」

「阿拉斯・拉瑪斯……」

雖然阿拉斯・拉瑪斯並不能與一般的小女孩相提並論，但她至今依然很少不聽惠美的話到這種地步。

束手無策的惠美，決定姑且先抱起阿拉斯・拉瑪斯安慰她，讓她冷靜下來，然而就在惠美伸出手時——

「媽媽！」

阿拉斯．拉瑪斯像是想到什麼似的，用嬌小的手緊緊抓住惠美雙手的手指。

「我們一起找吧！」

「咦？一起是指……咦？等、等等，阿拉斯．拉瑪斯……？」

情況已經進展到惠美無法阻止的階段。

阿拉斯．拉瑪斯的額頭逐漸發出光芒，浮現出紫色的月亮。

「艾契～斯！」

惠美的視野隨著阿拉斯．拉瑪斯大喊出聲，瞬間被染成紫色與白色。

「為、為什麼事情會變成這樣啊！」

惠美一面吶喊，一面拚命地衝下山。

總之必須盡快離開這裡才行。

儘管煩惱著該不該捨棄背上的行李，但總之惠美還是邊警戒周圍的天空，邊不顧一切地跑下山。

阿拉斯・拉瑪斯的舉動實在過於魯莽。

過於執著艾契斯・阿拉的阿拉斯・拉瑪斯，擅自發動了因為回到安特・伊蘇拉而完全進化到最終階段的「進化聖劍・單翼（better half）」。

聖劍放出惠美至今從未體驗過的大量聖法氣，而直竄入天的「基礎」光柱更是讓人連從數十公里外都能輕易看見。

現在已經不是擔心行李如何，或是跟艾美拉達的約定該怎麼辦的時候了。

「進化聖劍・單翼（better half）」與阿拉斯・拉瑪斯額頭的「基礎」碎片都全力啟動到那種程度了，惠美還沒樂觀到認為不會被任何人發現。

來不及調查那個空間、農具小屋以及狹窄的平坦土地，惠美就全力逃跑了。

過去圍繞「基礎」碎片對峙的那些敵人，全都知道惠美的真面目和故鄉。如今她已經無法回去斯隆村了。

『……不在，艾契斯不在，為什麼……？』

阿拉斯・拉瑪斯在惠美體內放聲哭喊。

既然都放出那麼強的力量了，那麼無論「基礎」碎片在安特・伊蘇拉的哪個大陸，應該都會有所反應才對，然而艾契斯・阿拉似乎還是沒有回應。

『媽媽，對不起……對不起。』

或許是理解自己魯莽的行動造成了什麼樣的後果，儘管因為找不到艾契斯而哭個不停，阿拉斯．拉瑪斯還是不斷向惠美道歉。

「沒事啦，媽媽沒有生氣！阿拉斯．拉瑪斯又沒做什麼壞事！」

惠美無視一定程度的高低落差全力往下跳，即使臉和身體撞上樹枝，她也以反過來折斷樹枝的氣勢與力量往山下衝。

「艾契斯．阿拉對阿拉斯．拉瑪斯而言，是像伊洛恩或『王國』那樣重要的存在對吧！」

『……嗯。』

「妳一直、一直都很想見他們吧！因為妳總是孤單一人！打從離開生命之樹以來，就一直是孤單一人！」

『……嗯。』

「……那我們一樣喔！媽媽也一樣！」

『媽媽……也一樣？』

「嗯……啊啊，真是的，礙事！」

惠美終於將背上那套妨礙奔跑的行李全都丟掉了。

在捨棄所有於現代日本備齊的露營用具、食材，以及阿拉斯．拉瑪斯的嬰兒用品後變輕便的惠美，拚命地衝下山。

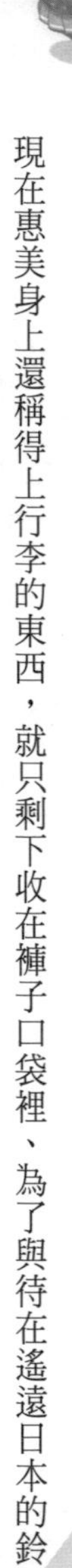

現在惠美身上還稱得上行李的東西，就只剩下收在褲子口袋裡、為了與待在遙遠日本的鈴乃和千穗透過概念收發聯絡的薄型手機。

「我也一直都是孤單一人……一直都在尋找，所以即使是敵人……即使是恨到想要殺掉的敵人……我還是會想見對方！」

惠美一面大喊，一面以超越人類的速度下山。

獸道逐漸變寬，坡度也變得趨緩。

兩人即將抵達獵人們的休息處。

等到了那裡確認情況後發動天光駿靴，無論從空中還是地上都行，惠美將全力逃往與自己的過去無關的地方。

如今她已經無法與艾美拉達會合。

也無法遵守與千穗的約定。

甚至連日本都沒辦法回去。

即使如此，惠美還是無法責備阿拉斯・拉瑪斯，也不打算那麼做。

因為她也一直想見某個不用隱藏真正的自己、而且也認識真正自己的對象。

除了與生命之樹有關的事情以外，阿拉斯・拉瑪斯在精神方面就跟普通的小女孩沒什麼兩樣。一想到她打從魔王撒旦年幼時起，就一直孤獨地待在「基礎」碎片的核心中，惠美又怎麼可能有辦法去責備她呢。

總之當務之急，是在被「敵人」發現之前逃跑。

無論來的是什麼樣的敵人，惠美應該都能夠戰勝吧。

不過若戰場是在安特・伊蘇拉，不難想像「敵人」應該也跟惠美一樣，能發揮出遠勝於在日本時的力量。

視對方的陣容而定，或許會無法手下留情，而這麼一來，惠美＝勇者艾米莉亞還活著的事實自然就會在安特・伊蘇拉被正式傳開。

這樣無可避免地，圍繞著惠美與「進化聖劍・單翼(better half)」對立的各方勢力將開始各自打算、激化，並爆發激烈的衝突。

艾美拉達和艾伯特當然會被捲入，大法神教會也不會默不作聲。

若大法神教會的大本營知道艾米莉亞回鄉，或許會替人在日本的鈴乃帶來危害。

只要鈴乃受到連累，必然會大幅增加日本、千穗以及梨香一同被危險波及的可能性。

要是現在與敵人接觸，最後別說是日本了，就連在安特・伊蘇拉都將找不到能讓惠美與阿拉斯・拉瑪斯安居之處。

更別提什麼約定或世界的真相了。

總之現在必須先隱藏行蹤。

惠美不斷地跑著，即使被「敵人」發現她人在安特．伊蘇拉，也不能讓這件事被公諸於眾。

「………唔？」

然而——

「這、這是……」

在即將穿過休息處的中央廣場時，惠美慌張地停下腳步。

『媽媽……』

惠美無法回答阿拉斯．拉瑪斯不安的聲音。

包圍整個休息處的空間接連扭曲。

宛如空中開洞、地面迸裂、街道毀滅般，眼前的景象與空間像是在包圍惠美似的開始龜裂。

「是『門』……」

惠美咬牙。

已經來不及了。

是敵方略勝一籌。

沒想到他們居然會帶著這麼大批的兵力，不惜使用「門」也要追到「基礎」的碎片。

首先從大地的裂縫中現身的，是一群支配東大陸的大帝國——艾夫薩汗騎士團武裝的人們。

從每個人手上都纏著白框的翠綠色手巾來看，他們應該就是被稱為鑲翠巾騎士團的軍隊。

彷彿在包圍猛獸般，鑲翠巾騎士團一現身就舉槍對準惠美，遠遠地從四面圍住她。

「唔……」

不顧處於融合狀態的阿拉斯・拉瑪斯仍在哭泣，惠美舉起手準備將「進化聖劍・單翼（better half）」實體化。

「妳還是老實一點比較好喔，艾米莉亞。」

然而在聽見從鑲翠巾騎士團之間傳來的聲音後，惠美瞬間屏住呼吸。

「雖然以妳現在的力量，的確有辦法將包含我在內的現場所有士兵消滅，不過……」

「如果這麼做，妳一定會後悔。」

從被統率的士兵中現身的，是兩名外表呈現明顯對比的男子。

一位是身著莊嚴法衣、頭上有剃度的老人。

一位是穿著不可能出現在安特・伊蘇拉、繡有文字的龐克風皮革外套，並留著一頭足以被稱做爆炸頭髮型的年輕男子。

「奧爾巴……拉貴爾……」

惠美憤恨地喊出兩人的名字。

「別擺出那麼恐怖的表情啦。」

拉貴爾聳肩。

「都已經探測到那麼誇張的反應了，總不可能出擊時還悠閒地散步過來吧。當然會開『門』啦。」

「萬一被別人搶先可就麻煩了。」

奧爾巴笑著說道，那副表情和他過去與惠美一同旅行，以及在笹塚背叛惠美以敵人的身分站在她面前時同樣深不可測。

「……叛教大神官跟審判天使帶這麼多艾夫薩汗的士兵來有什麼事嗎？我實在看不出來這組合有什麼意義。」

惠美瞪著禿頭和爆炸頭說道。

「妳覺得我們來這裡是為了什麼？」

拉貴爾毫不在意惠美的視線，瞧不起人似的反問。

「這個嘛。如果大法神教會和天界，是為了拯救被巴巴力提亞支配的艾夫薩汗才來找我助陣，那我也不是不能跟你們談談喔。」

惠美戲謔地說著，同時觀察對手的反應。

接著奧爾巴和拉貴爾不知為何驚訝地互望了一會兒後——

「該說是雖不中亦不遠矣吧。」

「……什麼意思？」

雖然惠美對奧爾巴話中有話的語氣感到疑惑——

「總而言之，雖然要視妳的態度而定，但我們這次來的目的並不是想像在日本時那樣搶奪『基礎』的碎片。因為狀況有點改變了。」

但拉貴爾卻打斷了兩人的談話。

「勇者艾米莉亞．尤斯提納，請妳跟我們走一趟艾夫薩汗。」

「我拒絕。」

惠美立刻回答。

奧爾巴和拉貴爾似乎早就料到事情會變成這樣，連眉頭都沒皺一下。

「我姑且問一下為什麼好了？」

「自己摸摸良心回想你們在日本做的事情吧。像你們這種為了自己的目的，能夠若無其事地做壞事並傷害無關人們的傢伙，哪兒來的臉證明自己的正當性？」

「原來如此，這麼說也有道理。」

「嗯，的確是無話可說。不過即使如此，妳還是得跟我們走。妳沒有拒絕的權利。」

「隨你們怎麼說。反正我這個月的預定已經滿了。如果是什麼俗氣的霸權家家酒，那你們自己去找魔王玩吧。」

惠美以堅定的意志說完後，對著奧爾巴和拉貴爾將「進化聖劍・單翼(better half)」實體化。

「奧爾巴，你說的沒錯，現在的我只要一認真就能輕易消滅你們。而我也沒有遲疑的理由。快給我退下，這樣的話…………」

就在惠美準備拔劍應戰時。

「剛才那是……？」

周圍的空氣傳來些微振動。

大概是遙遠的某處發生了爆炸。

不對，在觸目所及的範圍內並沒有發生什麼巨大的破壞。

但惠美感覺到了。

振動是來自這裡的西邊，也就是惠美的故鄉斯隆村的方向。

「魔力……這是魔力？」

既不是天使，也不是人類的力量，而是只有魔界的惡魔才有的能量。

那樣的能量爆發的氣息，正從斯隆村的方向傳來。

或許是注意到惠美已經發現那股魔力，拉貴爾露出令人難以想像是天使的討厭笑容。

「有個叫德拉基什麼的，名字容易讓人咬到舌頭的馬勒布朗契在那裡。」

拉貴爾刻意看向斯隆村的方向說道。

「我一告訴他惡魔大元帥馬納果達仇人的故鄉在這附近，他就硬要跟來，勸也勸不聽呢。」

「……難、難不成……」

惠美的臉色變得蒼白。

「畢竟這裡是西大陸，為了避免被不知情的聖．埃雷騎士團討伐，我可是有事先提醒他別亂來喔。不過若妳不願意聽我們的話，那我就不敢保證事情會變得怎麼樣了。」

以用來阻止全力的勇者艾米莉亞那強大的力量而言，像拉貴爾這樣要脅的說法實在是過於拙劣。

「馬勒布朗契也是惡魔。在復興進展順利的西大陸並無法獲得強大的魔力。不過消滅一個無人的村子，對他來說還是輕而易舉。」

惠美應該一輩子都無法忘懷奧爾巴此時隱藏在撲克臉底下，那令人難以想像是人類的邪惡內心吧。

「艾米莉亞，我記得妳的夢想是重建父親的田地吧。」

「奧……奧爾巴，你……你到底……？」

「其實我剛才順道繞過去看了一下，令尊的麥田，至今仍堅強地存活下來了呢。」

聖劍的劍尖，宛如失去力氣般的緩緩垂下。

「怎麼樣？」

惠美無法回答拉貴爾的問題。

雖然她拚命地思考，但終究還是束手無策。

即使現在甩掉拉貴爾和奧爾巴全力飛回斯隆村，對惡魔而言，要破壞田地跟惠美的老家應該是輕而易舉吧。

過去在討伐魔王撒旦的旅程中順便經過斯隆村時，奧爾巴就知道了惠美的老家。

儘管當時也還有些小麥存活了下來，但既然父親已經不在，認為田地不可能重新恢復的惠美也放棄了希望。

漂流到日本後，她也曾因為夢到那個場景而流淚——在小麥的香味與金黃色的麥穗點綴之下，與父親在故鄉的村子過著和平安穩生活的場景。

惠美的眼眶流下一行清淚。

「我、我……」

勇者之名是人們希望的象徵，是正義的證明。

在浴血奮戰的過去中，惠美一直如此告誡自己。

然而過去的同伴艾美拉達、艾伯特以及奧爾巴，都發現了惠美與魔王軍戰鬥的動機，只不過是為了討伐父親的仇人。

那樣的惠美在早晨的陽光中看見了，看見自己從小就被魔王軍停止的時間重新開始運轉、父親或許還活著的希望，父親與自己種植的小麥倖存的希望。然而能讓從與父親揮淚道別的那天起，便中斷的時間再度動起來的希望，如今卻即將在眼前被人粉碎。

復仇並不困難。

即使田地與家園都被消滅，惠美還是能在憤怒與恨意的驅使下，毫不留情地將奧爾巴、拉貴爾、鑲翠巾騎士團，以及在斯隆村待命的馬勒布朗契拿來血祭，這對她來說是輕而易舉的事情。

不過那樣就結束了。

儘管只是區區的田地和小麥。

但是對惠美而言，那是她從年幼的那天起，便持續賭上自己人生的一切，也深切想要取回的希望。

「我到底……該怎麼辦才好。」

惠美的心輕易地屈服了。

這就是曾拯救世界免於絕望的勇者之心嗎？

宛如將內心的脆弱直接實體化般，惠美手中的「進化聖劍・單翼（better half）」變得比在日本顯現時還要短小，然後消失。

「我不是說過了嗎？只要乖乖跟我們走就好。」

「……只要跟你們走，你們就不會對村子出手嗎？」

「那當然。而且我一開始就說過了，我們並不打算加害妳。不過前提是妳不會抵抗或做出逃回日本那樣的傻事……」

「……我才沒那個打算。」

「這樣啊，那就好。」

拉貴爾和奧爾巴滿意地點頭後，舉起手讓騎士團解除警戒。

「那我們走吧。」

拉貴爾靜靜地宣告，催促惠美。

惠美開始順從地走向拉貴爾等人打開的「門」。

站到「門」的旁邊時，惠美看了一眼自己剛才跑下的山丘。

「……對不起。」

她對著空中低喃一句後，便在拉貴爾的催促下消失在「門」的光芒中。

魔王，專心準備啟程

「所以我不是說了沒辦法確定要花上幾天嗎？」

「期限是一個星期！誰要為了只用一個星期的東西花那麼多錢啊！」

「那是你的問題吧！如果一個星期解決不了怎麼辦？應該要考慮到延長期間的可能性，投資配備才對！」

「妳總是馬上就把事情往壞的方面想！不是萬一解決不了怎麼辦！是一定要解決啦！既然是社會人士，就要在期限內把工作完成！」

「那設定無論如何都沒辦法遵守的期限，就算是像樣的社會人士嗎？如果光靠了不起的原則跟精神論就能完成工作，那大家就不用那麼辛苦了！」

「太過追求理想只會沒完沒了！無論再怎麼努力，能準備的環境都有極限！沒辦法在該節省的地方節省的，只要有公務員跟政治家就夠了！」

「愈是像你這種只會喊浪費的人，愈是沒有保留必要物品的能力！如果只是高喊效率化、效率化，那九官鳥也辦得到！」

「妳說什麼！」

「怎樣！」

「那那那那個，你們兩位太大聲了！別這樣吵架啦！」

千穗拚命地安撫激烈爭吵的真奧與鈴乃。

雖然從一旁聽起來，簡直就像是雇主與勞工在針對近來的勞動狀況展開毫無交集的議論，但三人目前所在的位置，其實是距離笹塚徒步三十分鐘的唐吉．利．軻德方南町店中的露營用具賣場。

兩人吵架的原因非常簡單。

為了盡可能避免被與敵人有所掛鉤的艾夫薩汗八巾騎士團逮捕，真奧等人在艾夫薩汗旅行時無法在大城市逗留。

由於預期這趟旅程基本上將以露宿為主，因此真奧與鈴乃正在進行相關的準備，然而兩人卻在露宿對策方面產生了歧見。

「反正我們只有三個人！帳篷買一頂就夠了吧！既然有可能會被敵人襲擊，那要丟的東西還是少一點比較好吧！」

考慮到鈴乃機車要載的行李總量以及一週的行程，真奧認為只要一頂帳篷就夠了。

「別說傻話了！應該是要兩頂帳篷，還有一人一個睡袋才對！除了必須管理好身體狀況外，基本上我跟艾契斯都是女性！怎麼可能跟你一起擠在狹窄的帳篷裡！」

「就、就是啊！真奧哥，果然跟女孩子睡在一起還是不太好！」

看來鈴乃似乎將極力減少身體負擔這點擺在最優先，並且無論如何都想迴避與真奧睡在同一個屋簷下的狀況。

即使姑且不論事態緊急，心裡還是難以接受真奧和其他女性睡在同一個屋簷下的千穗，先是選擇支持鈴乃——

「別太看不起人了，我才不會在這種時候做出那種沒品的事情！」

「沒、沒錯，真奧哥是個紳士！」

不過馬上又不自覺地替真奧說話。

「千穗小姐到底是站在誰那邊！」

「對、對不起……」

然後遭到了不必要的反擊。

「話說回來，這又不是看不看得起你的問題！虧你每天都在工作，難道連買頂帳篷的錢都沒有嗎？」

「別把我跟妳這個優雅的單身高等遊民相提並論！我這邊可是每天都要讓部下吃飯耶！」

「別把人說的好像路西菲爾一樣！真是失禮！」

「總之帳篷只要一頂就夠了！在跟惠美他們會合的時候，如果無法逃跑就算我們輸了！我們一會合就要當場開啟『門』，離開安特·伊蘇拉！」

「少胡說八道了！『開門術』是非常複雜的法術！別想得好像叫計程車那麼輕鬆！更何況要是艾米莉亞他們處於無法馬上移動的狀況要怎麼辦！既然無法保證會合後能馬上用『門』逃跑，那我們還是需要複數的帳篷才能躲藏起來！」

「唔……既、既然如此，那至少選這邊的夏季睡袋吧！這個既便宜又小巧精緻！」

「那邊差不多開始正式進入秋季了！或許會變得出乎意料地寒冷！要是我們感冒了，哪還有餘力去進行什麼救出作戰！」

「那那那那、那個，既然如此，帳篷的事情還是晚點再說，先把其他的東西買齊怎麼樣？等確定其他行李的量後，再決定不就好了嗎？」

為了安撫對話完全沒有交集的真奧和鈴乃，千穗提出新的提案。

然而……

「魔王！我不是說過載貨的重量有限嗎？光是預備的汽油就已經夠多了，你還買那麼多礦泉水幹什麼！」

「以前怎樣我是不知道，但我現在可是人類耶！萬一不適應水質拉肚子怎麼辦！」

「你這個軟弱惡魔！艾夫薩汗不但水源豐富，糧食也很富足！那裡到處都有河川跟水源，所以只要帶這個濾水器跟儲水槽就夠了！水的部分可以到當地再準備！」

「妳剛才不是才說什麼要優先管理好身體狀況嗎？」

兩人馬上又為了水的事情爭執不休。

「果然還是該帶米。」

「不對，應該帶烏龍麵。」

「我說妳啊，在野外煮烏龍麵也太誇張了吧？」

「外行人用飯盒炊米，想也知道一定會失敗。反倒是即食的乾燥烏龍麵煮起來既省時間又不用擔心失敗，而且重量也很輕，實在是無可挑剔。」

「那不如乾脆帶餅乾之類的保存食品不就好了，反正只有短期間。」

「食物是基本。在還有餘裕時，沒必要完全過得那麼克難。」

「就算是這樣，烏龍麵也太……」

甚至就連糧食部分都無法達成結論。

「還需要驅蟲噴霧。」

「的確，畢竟野外的蟲子很多呢。」

就只有驅蟲噴霧，不知為何瞬間便達成了協議。

「提燈就選燃料型的吧！」

「不，ＬＥＤ型的比較好！」

「燃料型的在安特·伊蘇拉也有，就算遇到必須丟棄的狀況，也比較不容易被追蹤！」

「不過相對地行李也會變多，電池型只要一個按鈕就能開關！而且這個不但附帶手搖式發電，還能一併幫手機充電呢！」

「燃料型提燈比較好！提燈用的燃油在安特．伊蘇拉也能補充，所以能夠減少行李！手機充電只要帶行動電源過去就行了！反正手機在安特．伊蘇拉只能用來當概念收發的放大器，無論有沒有開機都沒差，在意電池剩多少電根本就沒意義！」

「不對！絕對是ＬＥＤ燈比較方便！妳該不會連這麼簡單的電器產品都沒自信使用吧？」

「你說什麼？你才是中了科學文明的毒！你這樣還算是魔王嗎？」

就在兩人針對夜間光源各執己見，不肯相讓時——

「…………你們兩位都給我停一下！」

「唔喔？」

「喔喔？」

最後一個動怒的不是別人，正是千穗。

「我大概知道問題出在哪裡了！你們兩位都沒有露營的經驗對吧？」

「是、是沒有啦……」

真奧尷尬地搔著臉。

「與、與其說是露營……每次傳教旅行露宿野外時，大部分的事修行僧都會幫忙處理……」

鈴乃也低聲替自己找藉口。

「毫無計畫的外行人再怎麼想像也是白費工夫！看是要找店員，還是去露營用具專門店請專家幫忙擬定計畫比較好喔！」

「「……是。」」

被千穗這麼一訓，真奧跟鈴乃都沮喪了起來。

「喔喔，千穗好強。」

在原本什麼都沒有的地方，真奧全身突然發出強烈的紫色光芒，下一個瞬間，他身邊就多了一個有著銀紫色頭髮的少女。

「雖然我隱約有發現，但真奧基本上在女孩子面前都抬不起頭吧？」

「唔哇哇哇！」

艾契斯・阿拉突然現身，讓真奧和鈴乃慌張地環視周圍。

兩人在確認周圍沒人注意這裡後鬆了口氣，然而唯獨千穗一個人抬頭看向店裡的天花板後繃起了臉。

「那那那那個！真奧哥，鈴乃小姐！我們先到店外面吧！」

勉強將頭上浮現問號的三人帶到店外後，千穗激烈地喘著氣說道：

「完全被監視攝影機拍到了……請你們以後多小心一點。」

跟每次讓阿拉斯．拉瑪斯出現和融合時，都會細心注意的惠美相比，真奧實在是太過粗心。

「唔，對、對不起。喂，艾契斯，我不是說過不能按照自己的意思隨便跑出來嗎……」

「我都沒想到還有監視攝影機。不愧是千穗小姐，果然是活在現代呢。」

「千穗好厲害！」

「要是被鈴木小姐看見……她可是會懷疑真奧哥是否真的是魔王喔……」

三人一臉佩服地看向千穗，讓後者忍不住嘆了口氣。

「對了，鈴乃小姐，妳有聽遊佐小姐說她做了哪些準備嗎？下次參考她的狀況，去專門一點的店問問看吧。」

「嗯……畢竟艾米莉亞在那邊有艾美拉達小姐接應。不過按照預定，到了那裡後她應該會獨自旅行。唉，雖然最後還是要看阿拉斯．拉瑪斯怎麼決定。」

換句話說就是什麼都不知道。

「……總之我們先換個地方吧。先去東急手創屋，或是都心的露營用品專門店找找看，聽聽他們的意見好了。已經沒什麼時間了。」

說完後，千穗帶頭邁開腳步。

回頭確認三人有跟上來後，千穗突然思考起惠美平安回來時的事情。

雖然梨香表面上已經冷靜下來，但她是否願意原諒一直對自己說謊的惠美呢？

在魔王城討論完後，梨香因為今天也有工作而直接過去上班。

她在離開時露出的複雜表情，替千穗帶來一絲無法抹去的不安。

「異文化交流，真是困難呢……」

真奧和鈴乃至今仍在背後繼續於唐吉．利．輌德內展開的爭辯，千穗回頭看向兩人，重新體認到自己周圍的特殊狀況。

「不過……就算遊佐小姐和蘆屋先生平安回來……」

千穗仰望恰似自己心境的象徵——被雲朵遮蔽的太陽。

「我……還能跟大家在一起多久呢……」

即使找遍這個世界，也沒有人能夠回答這個問題。

※

「感謝您的來電！」

「「「感謝您的來電！」」」

「我們會誠摯地為您送達！」

「「「我們會誠摯地為您送達！」」」

「麥丹勞外送！」

「「「麥丹勞外送！」」」

「……嗯，基本的應對大概就像這樣。」

木崎以冷淡的視線看向手上的文件。

包含真奧與千穗在內的麥丹勞幡之谷站前店的員工們，在員工間跟著木崎的聲音覆誦，並表情緊張地等待老闆接下來的發言。

「雖然實際上陣還要再等一段時間，但我想早點將說明簡介交給你們這些主戰力。你們要各自熟讀。」

真奧表情嚴肅地看向木崎發的一疊Ａ４文件。

「當然，也可以先到有支付支援津貼的分店實習。有意願的人晚點來找我。不過因為能申請的期間很短，所以想去的人要盡早通知我。」

「「「是！」」」

「啊，還有一件事，雖然對現在的你們應該不需要特別說明……」

木崎像是突然想起什麼似的拍著說明的紙張，聳聳肩說道：

「不過對商品抱持誠摯的態度是理所當然的事情。我相信在我的員工裡，應該沒有人是那種必須每次都要覆誦這份說明上的口號，才有辦法誠摯工作的菜鳥。那麼，期待大家今天也能各自奮戰。回去工作吧！」

在員工間的會議結束，同事們各自走出房間回去工作崗位的這段期間內，真奧重新審視那疊文件。

雖然真奧非常想參加木崎提到的分店實習，但遺憾的是，真奧至今仍未取得機車駕照。這樣即使參加實習，也不能騎機車出去外送，更何況在實習的申請期間，真奧都不會來店裡上班。

在拚命調整排班表後，他總算排出了親征安特．伊蘇拉的日程。

儘管之後必須向幾乎所有幡之谷站前店的同事回禮，但正因為真奧在日本認真投入工作，並與職場的同事們保持密切的合作，他才能勉強請到這麼多人替自己代班。

若只是一個人任性妄為，根本就不可能做到這種事。

「真奧哥……你不要緊吧？」

或許是擔心一臉嚴峻地看著資料的真奧，千穗出聲關切。

「嗯，我沒事。只不過沒辦法參加實習，還是讓人有點難過。雖然駕照考試應該不會再失敗了，但等外送開始之後，就得直接正式上場了。」

「咦……嗯。」

不過千穗像是對真奧的回答感到意外似的眨了眨眼睛，然後又突然理解地露出微笑。

「太好了，是平常的真奧哥。」

「啊？」

「我還以為你在為今晚的事情感到緊張。」

「……啊啊，原來如此。」

理解千穗想說什麼的真奧，也跟著笑了出來。

真奧今晚上完班後，將前往上野。

而這就表示他將動身前往安特·伊蘇拉。

反過來說，就只有今天無論如何都找不到人代班，外加木崎曾說過今天要發外送業務的說明，所以真奧才會來上班。

「因為在那邊要做的事情很簡單啊。就只是去接惠美他們回來而已。無論遇到什麼妨礙，都只要直接來硬的就好。」

真奧以沒用的表情接著說道：

「不過這邊就不一樣了。我對看地圖沒什麼把握，而且即使想在餐點冷掉之前送達，還是得面對像紅燈、速限以及二段式右轉等不能打破的規則。」

「這對真奧哥來說或許有點綁手綁腳呢。」

能在空中自由飛行的魔王，在日本居然得擔心違反二段式右轉的規定，千穗一想到這件事，便不自覺地露出微笑。

「接聽電話的工作，不也讓那個惠美覺得辛苦嗎？坦白講若遇到奇怪的客人，真的會讓人覺得很麻煩，而且外送的機車不是還裝了一個不曉得叫烏賊還是章魚、會將資料提交給總公司的儀表（註：在日文中，轉速計的前半部發音與章魚相同）嗎？一想到或許會因為迷路導致評價降低，這邊就更讓我的內心充滿了不安。啊～我也好想去參加實習！」

「啊哈哈。」

真奧的反應，讓千穗覺得明明不會一起去卻還感到緊張的自己有些愚蠢，忍不住笑出聲來。

「這一點都不好笑。相較之下想對對方怎樣都行的狀況真的簡單很多。人類社會真的充滿了困難呢。」

「那假設真奧哥將來以魔王的身分支配日本，會把這些規定全部廢除嗎？」

「……小千，妳真的知道自己在問什麼嗎？」

「那當然。」

千穗毫不害臊地回答。真奧嘆了口氣後說道：

「我接下來可是得留下尚未解決的不安直接啟程，妳也稍微體諒我一下吧。」

然而千穗並未認輸。

「我這次真的只能等待而已。」

「嗯？」

「雖然光是真奧哥依然跟平常一樣，我就很開心了。」

「呃……」

「但請你也稍微讓被留下來的我安心一下吧。」

千穗有些不滿似的嘟起嘴巴。

「我希望你至少能說一些例如絕對會平安無事地回來，或是會帶著遊佐小姐跟蘆屋先生回來之類可靠的話。」

儘管明白千穗想表達的意思，但真奧卻不知為何露出不情願的表情。

「我之前有聽漆原說過，那種事就叫做『死亡Flag（註：指登場人物只要說出某些對白或採取某些行動，就有極高的機率會死亡）』對吧？」

「死亡……討厭啦！真奧哥！」

即使千穗因為這只能以輕率來形容的回答擺出不悅的表情，真奧依然不肯退讓。

「電影裡面不也一樣嗎？無論對女主角說出那種帥氣臺詞的傢伙後來有沒有死，計畫通常都不會按照預定進行。實際上若隨便對親近的對象表示決心，就會因為變得騎虎難下，讓自己失去餘裕，所以愈是重要的時候……小千？」

雖然真奧認真地在說明，但幾秒鐘前還一臉不悅的千穗，現在不知為何卻轉而笑容滿面。

「我知道了！既然如此，那我就能接受！」

瞬間就轉換了心情與表情的千穗，讓真奧疑惑不已。

可想而知，千穗的心情當然是因為「女主角」這個詞才變好。

因為在這個場合，冒險的主角無疑就是真奧。

「對了！真奧哥，你已經準備好了嗎？」

「嗯？嗯嗯？準備什麼？去安特・伊蘇拉的準備已經都處理得差不多了。」

「不是啦！我是指遊佐小姐的禮物！」

「禮物？惠美的？嗯……啊、啊啊！」

真奧認真搜尋記憶後，用力拍了一下手。

「我完全忘記了。」

「真是的……」

這麼說來，如果惠美有好好按照預定回到日本，大家應該就會替惠美和千穗舉辦聯合生日派對。

然後在想起這件事後，真奧才發現自己剛剛的失言。

「啊，不、不過小千的禮物……我有好好想過喔！」

因為預定是要替惠美和千穗兩人慶生，所以忘記惠美的禮物，就等於也忘記了千穗的禮物。慌張的真奧接連失言，但千穗看起來似乎不怎麼在意，甚至——

「請不用在意我，因為我已經從真奧哥那裡收到了。」

還說了一句莫名其妙的話。

感覺之前也曾經聽過相同臺詞的真奧雖然疑惑不已，但幸好看來千穗並沒有生氣。

「縱然這樣講好像不太妥當，不過就算我有準備什麼禮物，我也不認為惠美會願意收下。」

「沒關係啦！雖然遊佐小姐或許不會收，但重要的是真奧哥有為她準備什麼。遊佐小姐應該也不會覺得討厭才對。」

真奧完全無法理解準備對方不會收下的禮物意義何在，千穗究竟為何如此積極地想提升惠美對真奧的印象呢？

「而且……現在的遊佐小姐一定遇到了非常討厭的事情。或許就算她回到日本，也無法解決所有的問題，不過為了讓遊佐小姐在回來之後，能夠稍微打起精神，真奧哥果然還是應該要替她準備禮物才行！」

雖然千穗說這些話時的眼神十分認真，但真奧還是試圖辯駁道：

「那妳應該連她會對我這多餘的舉動怒吼『誰要收魔王的禮物啊！』都預測到囉？」

「真奧哥！遊佐小姐才不會做出那種…………呃，雖然不能說絕對不會……不過……」

千穗原本生氣地想反駁真奧冷淡的回答，但在想到這個可能性並不是零，而且以惠美的性格來看，反而比較有可能會是這種反應後就變得吞吞吐吐。

「唉……總之等惠美回來以後，無論用什麼方法都要讓她打起精神，像以前那樣囉嗦就對了吧？」

「沒、沒錯！就是這樣！」

千穗身體有些往前傾地擺出勝利姿勢。

「然後呢？小千幫惠美準備了什麼生日禮物？我想聽一下做為參考。」

「我嗎？我啊……」

就在千穗一臉得意地打算披露自己的主意時。

「喂，你們兩個還在幹什麼，該去工作了吧。」

對遲遲不出來的兩人感到不悅的上司，在回到員工間後露出距離惡鬼只差一步的表情。

「對、對不起，木崎小姐！」

「好、好的！」

再怎麼說也聊得太久了，真奧與千穗一同慌張地衝出員工間。

最近只要有相同時段的班，兩人就經常一起負責二樓的MdCafe。

雖然這一切都是多虧了麥丹勞．咖啡師的資格研修，但就在他們被木崎趕到二樓時——

「「噗！」」

真奧與千穗在看見占據了後排位子的客人後，都忍不住大吃一驚。

「你們兩個怎麼了？」

「啊，沒、沒什麼……」

「一點事情也沒有……」

怎麼可能沒事。

畢竟在最裡面的桌子，除了鈴乃、天禰、艾契斯，以及梨香之外，就連傷還沒好的漆原都來了。

「我明明叫他們在公寓等的。」

真奧走進櫃檯時以木崎聽不見的聲音嘟囔道，千穗拿起殺菌過的抹布，開始擦拭沒人坐的空桌。

等今天的班上完後，真奧與鈴乃將從上野的西洋美術館啟程前往安特．伊蘇拉。

雖然知道梨香有提過想來送行，但現在還是晚餐時段。明明出發時間是定在深夜，這些人到底想在這裡坐幾小時啊。

就像惠美和阿拉斯・拉瑪斯那樣，真奧和艾契斯果然也不能離開彼此一定以上的距離。

不過之前就已經確定過Villa・Rosa笹塚和麥丹勞幡之谷站前店之間的距離沒有問題，所以真奧才為了集中精神工作特地將她留在家裡，這麼一來，真奧不就會在意得無法專心工作了嗎？

「話說回來，坐在那張桌子的客人們，是你的朋友嗎？」

而且就在真奧總算將鈴乃他們的事情趕出腦中時，木崎馬上就提起那些人的事情。

「那、那個……」

「鎌月小姐跟你的同居人……我記得是漆原先生吧。那位頭髮很漂亮的少女，是你的親戚嗎？」

「咦，為什麼……」

正當真奧想問「為什麼會這麼認為」時，他突然改變了想法。

「因為她長得跟小千和鎌月小姐之前帶來的那個你親戚的孩子很像啊。」

沒錯，在阿拉斯・拉瑪斯還住在魔王城時，千穗和鈴乃曾為了讓她和真奧見面，而將阿拉斯・拉瑪斯帶來過這裡。

阿拉斯・拉瑪斯和艾契斯是同樣誕生自「基礎」碎片的姊妹，看在不知情的木崎眼裡，自

然會以為艾契斯也是真奧的親戚。

唯一不可思議的是擁有小女孩外表的阿拉斯・拉瑪斯似乎是姊姊，而看起來比千穗略微年幼一些的艾契斯居然是妹妹。

「大、大概就是那種感覺。」

「為什麼回答得這麼不乾不脆？另外兩位是生面孔呢……」

天禰是第一次來光顧，而梨香之前造訪這裡時，木崎並不在店裡。

「話說阿真。」

「是？」

「你要出一陣子遠門嗎？」

「咦？」

「沒必要這麼驚訝吧。你光是突然請假就已經夠稀奇了，居然還推掉了那麼多的排班。而且小千似乎也有點靜不下來的樣子。」

「……這跟小千有什麼關係？」

「如果覺得無關，那你就打從心底是個笨蛋了。」

雖然原本就沒打算蒙混過去，但一被人這麼單刀直入地詢問，真奧也變得有點尷尬。

「唉，我不會叫你帶土產回來，但可要小心別受傷或生病啊。要是你有什麼萬一……」

木崎看向正在擦桌子的千穗背影。

「感覺另一個重要戰力也會跟著變得派不上用場。這對我的店來說，可是重大的損失呢。」

「……我會銘記在心。」

「喂，鈴乃妹妹。」

「什麼事？」

「我比較有女人味對吧？」

「……這個嘛。」

「我倒是覺得那位店長，根本就不會在意這種事情誰輸誰贏。」

漆原對搖著鈴乃的天禰毫不留情地說道。

「喂、喂，該不會那位店長，其實是個很厲害的人吧？」

梨香向漆原問道。

「啊？為什麼這麼問？」

「因為就連身為魔王的真奧先生，都自願跟隨她不是嗎？所以說，她該不會是什麼大魔

王，或者神明之類的人物啊？」

「木崎小姐跟我和鈴木小姐一樣，都是普通的日本人喔。」

「喔～千穗！」

剛好在這時候拿著抹布過來的千穗，小聲地說道。

「咦，是這樣嗎？不過在聽說真奧先生是魔王，以及看過艾契斯一下出現一下消失後，總覺得真奧先生正常地乖乖打工是件很不可思議的事情。」

「唉，關於這部分，我到現在也都還搞不太清楚……」

喝著咖啡的鈴乃，附和梨香的疑問。

雖然真奧經常將自己沒有魔力這件事掛在嘴邊，但其實總是隱藏了最低限度的魔力。

只要利用那股力量，那麼無論是以不正當手段獲取大量金錢，還是操縱木崎提升自己的時薪，應該都不是難事才對。

姑且不論提升時薪這件事，做為消耗魔力的報酬是否合理。

「那當然是因為真奧哥是個既認真又溫柔的人……至少我是這麼想的……」

千穗突然回頭望向櫃檯。

此時真奧正好在接受木崎的指導，學習咖啡的沖泡方式。

即便真奧和千穗都已經通過了公司規定的研修，但木崎泡咖啡的手藝，絕非光靠一朝一夕的研修就能抵達的領域。

自從開始負責MdCafe的櫃檯以後，真奧不時會接受木崎的指導，在工作閒暇時學習泡咖啡的技術。

「大概正因為是魔王，正因為是擁有非常強大力量的王，所以在變成人類後，才發現自己一個人能做得到的事情不多。」

「嗯？」

「或許鈴乃小姐跟遊佐小姐聽了會生氣也不一定，不過即使真奧哥真的支配了安特・伊蘇拉，我覺得他最後還是會平等地對待人類與惡魔。」

若是以前的鈴乃，應該會立刻反駁千穗吧。

然而鈴乃卻動也不動，靜待千穗繼續說下去。

「為什麼妳會這麼認為？」

反倒是漆原如此問道。

「因為我見到了卡米歐先生。」

「卡米歐？」

漆原對這出乎意料的名字感到驚訝。

真奧等人曾到天禰在銚子經營的海之家工作，當時出現在銚子海邊的黑色魔鳥戰士，就是

惡魔大尚書卡米歐。

他目前正在魔界代理魔王的職務，統治撒旦不在的魔界，是位對千穗也以禮相待、心胸寬廣的惡魔。

「雖然真奧哥、蘆屋先生跟漆原先生的惡魔形態全都長得不一樣，但卡米歐先生的外表差異更是明顯。而在那之後見到的法爾法雷洛先生跟利比科古先生，也都擁有完全不同的外表……雖然不知道這樣講對不對……不過我當時就在想……原來惡魔也有那麼多的人種……或是該說分成那麼多的種族。」

千穗凝視自己拿著抹布的手。

「真奧哥是在魔界平定了那麼多的種族之後，才當上王的吧。所以等平定人類之後，他一定也會將人類納入自己的支配。」

「這就難說了～至少我從來沒聽說過那樣的命令。」

漆原嘲弄似的抬頭看向千穗，但千穗的回答卻超出了他的預期。

「有喔？我想應該有才對。」

「啊？為什麼妳講得好像親眼見過似的。」

儘管漆原不悅地頂嘴，千穗依然若無其事地回答：

「那一定是漆原先生在不知情的情況下實行了。」

「不可能啦！就連蘆屋也是這麼想的。我們是為了支配安特．伊蘇拉的人類世界……」

「你看，果然是這樣沒錯吧。」

「啊？」

「『支配』這個詞的意思，就是將某個社會納入自己底下對吧？」

「「……？」」

即使分屬侵略方與被侵略方，漆原和鈴乃依然因為無法了解千穗的意思而面面相覷。

「當然，這並不代表安特．伊蘇拉被魔王軍支配會比較好喔？不過我認為真奧哥從一開始就沒打算讓人類滅亡……應該說沒打算對人類趕盡殺絕。否則突然淪為人類世界平民的惡魔之王，怎麼可能會那麼尊敬人類，並對人類那麼溫柔呢。」

「千穗，妳的著眼點真是有趣呢。」

天禰佩服地說道。

「能夠將人類悲傷、憤怒以及恐怖的感情轉換成魔力的惡魔，如果真的認為人類是微不足道的生物，應該能更殘酷地踐踏人類的世界才對。不過魔王撒旦卻讓四名惡魔大元帥『支配』各個大陸。所以我才會這麼想。真奧哥一定是個『國王』。如果沒辦法比任何人都了解每位國民力量的重要性，應該就無法勝任國王這個職位吧。」

「國王啊。」

鈴乃看向自己映照在咖啡杯中的臉。

『能看見好的一面活下去應該會比較快樂吧。特別是本大爺身為王者，為了帶領那些跟隨自己的傢伙往好的方向前進，更是背負了如此生存的義務呢。』

在去新宿的電器行買電視時，真奧曾經對鈴乃這麼說過。

雖然當時鈴乃並未、也不想認真看待真奧的話，但即使不情願，她還是不得不認為千穗的分析是正確的。

「不過這些全都只是推測，而且我這樣擅自揣測真奧哥的想法，或許有點失禮也不一定。」

「我是完全聽不懂千穗在說什麼呢！」

一個人貪婪地吃著起士蛋糕的艾契斯，抬頭看向千穗並得意地比出大拇指。

千穗對徹底我行我素的艾契斯苦笑後，接著說道：

「人的心不是偶爾會一次思考許多東西，或是自然地產生矛盾嗎？所以或許其實他並沒有想得那麼深遠，只是不斷投入眼前有興趣的事情而已。」

「意思是真奧什麼都沒在想囉？」

「……」

跟不上話題也就算了，為什麼艾契斯偏偏要用這種方式解讀呢？

「唉，反正生錯時代與場所的傢伙本來就不勝枚舉。不過現在該思考的應該不是那種複雜的事情吧？你們都準備好了嗎？」

無視製造混亂的艾契斯與一臉不滿的漆原，天禰總結般的向鈴乃問道。

「在梨香小姐的介紹下，我去了一間開在都內的露營用品專賣店，請他們把大概需要的東西都準備好了。當我說要付全部的錢時，魔王他啊……」

「啊，嗯，看見那樣的場景後，我都要懷疑起真奧先生是否真的是魔王了。」

梨香也贊同地點頭。

未能在唐吉．利．軻德將用品全部買齊的真奧與鈴乃，雖然按照千穗的提議前往都心，但千穗本人其實也不知道哪裡有賣露營用品。

就在他們碰運氣地和剛下班的梨香聯絡後，意外發現梨香居然知道許多店家。

明明梨香平常看起來就不像喜歡露營的人，試著問她為何知道那麼多店後——

「因為有段時間，雜誌上一直在刊『女子登山』的特輯啊。」看來梨香似乎是因此才記下了那些賣露營用品的店家情報。

儘管一行人在梨香的帶領下抵達了專賣店，但由於真奧一直對購買必需品的預算面有難色，因此受不了的鈴乃為了以萬全的裝備迎接旅程，便提議自掏腰包買下帳篷、睡袋、食物、燃料，以及所有的用具。

結果真奧聽見之後，不知為何反倒焦急了起來。

「我、我可沒打算當小白臉啊！」

最後他們總算買齊了比鈴乃原本想買的睡袋跟帳篷在價位跟功能上都低一個等級的東西。一想到世界上居然會有連買個露營用品都要拚命逞強的魔王存在，不曉得該覺得他有趣還是沒用的鈴乃和梨香，都不自覺地露出苦笑。

「千穗小姐，魔王今天的班要上到幾點？」

「似乎是因為木崎小姐願意融通，所以跟我一樣都是到十點。啊，對不起，我差不多該回去工作了。」

發現聊太久的千穗稍微打個招呼後，便回到櫃檯。

鈴乃將空杯放到桌上，看向千穗的背影。

千穗、木崎和真奧正邊閒聊邊頻頻瞄向這裡。從他們開朗的表情來看，千穗並沒有因為跟鈴乃等人聊太久挨罵。

「怎麼了，貝爾？」

漆原向漫不經心地看著真奧等人的鈴乃問道。

「不，只是覺得彷彿安特．伊蘇拉的趨勢都決定在木崎店長的一念之間。感覺有點好笑。」

「啊～說的也是。」

漆原也跟著理解似的用力點頭。

「就只有本人不知情而已。無論是跟真奧還是惠美相比，在人類方面她都是長輩，稱得上是實質的世界最強呢。」

「果然如此！看真奧那麼低聲下氣，我就覺得木崎應該很強！」

「艾契斯妹妹，我也一樣喔！我姑且也算是真奧老弟的前雇主喔！」

「天禰沒差啦。」

「好過分！」

冷淡打發對木崎抱持著莫名對抗心態的天禰後，艾契斯粗魯地跪到椅子上，眺望真奧等人工作的樣子，就在這時候——

「嗯？」

艾契斯發現一道嬌小的人影走上MdCafe的樓梯。

「怎麼了，艾契斯……」

就連跟著艾契斯一同望向樓梯的梨香發問的聲音也被蓋過——

「我今晚也來光臨囉～～！」

一道聲音震撼了所有人的耳朵。

「噗！」

「唔哇！」

「嗯嗯？」

「那是……」

在現身前就讓聲音響徹MdCafe的那位人物，讓所有人都產生不同的反應，鈴乃大吃一驚，漆原皺起眉頭，天禰一臉疑惑，梨香則是試著從記憶中搜尋那個人。

「那是……？」

來人是一位身材與漆原差不多矮小的男子。

儘管男子身材不高，但五官端正。而從他穿著制服來看，明顯是工作中偷溜出來的。

「我的女神……哎啊，我叫錯了！木、崎、店、長！本人猿江今晚也來光臨了！」

沒錯，他正是麥丹勞幡之谷站前店對面的肯特基炸雞幡之谷店店長，過去曾與真奧和惠美等人敵對的大天使沙利葉——猿江三月。

其實他是個對美女非常沒有抵抗力的花花公子，而且在對身為地球人的木崎真弓貢獻了大筆營業額後，還拋棄了自己在天界的地位與一切，就此定居在幡之谷。

雖然過去曾因為不當的言行而被木崎禁止進入麥丹勞，但在經過一些波折後已經獲得木崎的原諒，縱使頻率不像以前那麼高，他還是會每兩天就過來光顧一次，替營業額帶來許多貢獻。

櫃檯裡的千穗皺起眉頭，真奧則是一副已經放棄的樣子。

鈴乃等人發現意外地只有木崎露出相對善意的營業用笑容站在櫃檯。

「嗯？那傢伙……我好像在哪裡……？」

唯獨艾契斯還沒從最初的驚訝中恢復，肆無忌憚地從遠處緊盯著沙利葉的側臉。

「……」

點完餐後，木崎為了泡咖啡而轉身背對客席，就在沙利葉於短暫的等候期間內，不經意地將臉轉向鈴乃等人的瞬間。

「嘎啊啊啊啊啊！」

無論鈴乃、天禰、漆原還是梨香，都未能來得及阻止。

艾契斯一從正面看見沙利葉的臉，就以肉眼跟不上的速度從椅子那裡直線跳向沙利葉，舉起了連大天使卡邁爾的鎧甲都能粉碎的手臂。

「？」

沙利葉見狀，露出驚訝的表情。

木崎和現場的其他幾位客人都完全沒注意到艾契斯的行動，她的動作就是如此迅速，並充滿了黑色的殺氣。

「艾契斯！」

在沒人來得及反應的這段期間裡，只有真奧以接近脊髓反射的動作，將右手伸向舉起纖細的手臂、正準備攻擊沙利葉的艾契斯。

「真奧……！」

艾契斯抗議的吶喊，隨著聖劍解除實體化時發出的紫色光芒一同消失。

「嗯？怎麼了？」

在MdCafe瞬間蔓延的緊張氣氛頓時消失無蹤，將泡好的咖啡放到櫃檯的木崎一轉身——

「猿江、阿真，還有小千，你們怎麼了？」

便看見客人與員工正板著臉仰望店內的天花板部分。

就連習慣武打場面的千穗，以及真奧和沙利葉都瞬間不曉得該如何收拾殘局，艾契斯的動作與殺氣就是散發著如此的魄力。

「沒、沒事……那個……」

首先開口的是沙利葉。

他接連看向真奧、千穗，以及鈴乃等人的桌子後——

「木崎店長，不好意思，剛才那些餐點可以全部幫我外帶嗎？」

「是沒關係啦……不過還真難得呢？」

平常的猿江總是會在就座後繼續追加餐點，儘管木崎露出意外的表情，但再怎麼說這都是客人的要求，因此她還是坦率地將餐點改成外帶。

「嗯，我突然想起來還剩下一些必須處理的工作……」

沙利葉平靜地說完後，瞬間瞥了鈴乃與漆原一眼。

「那麼我先告辭了。」

「……怎麼了，你該不會吃壞了吧……？」

沙利葉以乾脆到讓木崎覺得詭異的態度離開店裡。

真奧與千穗當然也沒辦法說些什麼，只能跟木崎一起目送沙利葉離開。

取而代之的是——

「那麼，我們也差不多該回去了。」

客席裡傳來鈴乃刻意的聲音。

鈴乃、漆原、梨香以及天禰分別起身，歸還托盤——

「不好意思待了這麼久。」

「我吃飽了。」

「謝、謝謝。」

「我不會認輸的。」

接著在各自跟木崎打了聲招呼後，便走下樓梯。

「謝、謝謝惠顧……嗯嗯？」

木崎難得沒能流暢地對離開店裡的客人致意。

不過理由既不是因為認識對方，也不是因為當中參了一句不曉得算不算招呼的話。

「感覺……好像少了一個人……」

「啊，她、她剛才先去樓下的洗手間了！」

「喔，是嗎？大概是我看漏了。」

也不曉得是否接受了千穗的說辭，木崎因為客人不尋常的舉動而納悶了一下，之後像是想到什麼似的說道：

「呃，阿真、小千，我下樓一下。」

「啊？好、好的。」

「怎麼了嗎？」

「猿江回去得那麼乾脆感覺有點詭異，我去檢查一下一樓的防盜攝影機。」

「「啊…………好的。」」

這下便能確定即使解除了沙利葉的出入禁令，木崎還是完全不信任他。

木崎下樓確認沙利葉有無在一樓對客人做出搭訕之類添麻煩的行為後，真奧和千穗總算鬆了口氣。

「剛、剛才那是怎麼回事，艾契斯妹妹突然……」

「雖然我也不是很清楚，但大概是因為看見了沙利葉的臉吧……啊～吵死了！」

想必艾契斯應該正在真奧的腦中猛烈地抗議。

不過要是真奧沒阻止，艾契斯應該會直接用那能夠粉碎卡邁爾鎧甲的力量，攻擊血肉之軀的沙利葉吧。

比起沙利葉自身的安危，要是在店裡發生那樣的衝擊事件，真不曉得會對周圍帶來什麼樣的危害，兩人一想到這點便顫抖不已。

「艾契斯也好，阿拉斯．拉瑪斯也好，她們都對天使抱持著異常的敵意。只不過艾契斯比阿拉斯．拉瑪斯多了多餘的行動力……」

「明明伊洛恩弟弟就那麼冷靜。」

「唉，關於這部分，只能祈禱鈴乃他們從沙利葉那裡問出些什麼……啊～真的是吵死了！」

真奧打從心底對這即使摀住耳朵，也完全無法抵禦的抗議吶喊感到疲累。

如今真奧已經能深刻體會當初因為阿拉斯．拉瑪斯不斷在腦中夜哭，而勉強同意讓小女孩出入魔王城的惠美有多麼苦惱了。

鈴乃等人走到店外後，便發現沙利葉提著外帶的袋子，表情微妙地在外面等待。

「…………」

「哼，驚訝歸驚訝，但我才不會因此就亂了陣腳。」

「你意外地冷靜呢。我本來以為你會更慌張一點。」

沙利葉不屑地瞪向漆原。

「那就是之前提到的孩子嗎？跟艾米莉亞融合的那個……」

沙利葉應該是指阿拉斯·拉瑪斯吧。

「畢竟她們長得很像，所以也難怪你會這麼想，不過不對喔。雖然她們好像的確是同質的存在沒錯。」

「嗯？因為是碎片嗎？」

「就算你這麼問，我也不太清楚。」

漆原搖頭回答沙利葉的問題。

「你應該知道吧。我對你們如何處理生命之樹完全不知情。早在你們開始做那種事情之前，我就離開天界了。」

「嗯，說的也是……」

「喂、喂，鈴乃，我記得那個人是對面肯特基的……」

梨香看著表情嚴肅地和漆原對話的沙利葉，向鈴乃問道。

「嗯，這麼說來，梨香小姐之前也曾經見過他呢。沒錯，雖然在日本的身分是肯特基炸雞店的店長猿江三月，但他實際上是從安特．伊蘇拉的天界來到這裡的大天使，沙利葉大人。」

「這條街到底是怎麼啦。難不成神話的世界正在流行打工嗎？」

或許是已經逐漸適應這樣的狀況，即使親眼見識到脫離常軌的事實，梨香也只是露出放棄的表情。

「不過原來如此啊。這下我總算知道加百列在前陣子颳大風時，來這裡的理由了。」

「「「？」」」

不只是鈴乃和漆原，就連梨香也被沙利葉這句話嚇了一跳。

「既然是大天使，就表示他也是那個叫加百列的傢伙的同伴囉？」

「嗯？話說妳是……啊啊，是之前跟艾米莉亞一起來店裡的……」

「住口！別在我面前提到那天的事情！」

梨香在幾個月之前，曾經跟沙利葉碰過一次面。

就是那天發生的事情，讓梨香在知道安特．伊蘇拉的事實後背負了沉重的心靈創傷。

「雖然我不是很清楚狀況，但妳也像那個佐佐木千穗一樣，涉入了這邊的事情嗎？」

「我、我又不是自願涉入的！這、這都要怪你的同伴擅自把我……」

「妳是說加百列嗎？那傢伙到底做了什麼事情？」

「您不知道嗎？」

沙利葉搖頭回答鈴乃的問題。

「不知道。因為他帶了一群人想把我帶回去，所以我稍微抵抗了一下。結果害得店裡那一整天都無法營業呢。」

沙利葉厭煩似的回頭看向自己的店。

「因為他們打破玻璃，弄倒桌椅給客人添了麻煩，所以我也久違地認真反擊。就算是加百列，碰上我的次元移送結界跟墮天邪眼光還是無法全身而退。稍微威脅他一下後，他就乾脆地回去了。之後還得一個一個地操縱客人跟員工的記憶，費了我不少工夫呢。」

「喔、喔……」

「沙利葉……你怎麼會說出那麼像真奧的話啊？」

曾經一度與真奧和惠美敵對的沙利葉，居然像真奧那樣重視肯特基的工作，讓鈴乃和漆原心裡忍不住產生一股異樣感。

至少剛來到日本的時候，沙利葉應該只把肯特基的事情當成掩飾身分用的手段。

「路西菲爾，我倒是想反問你一件事。」

「什麼事？」

「你當初為何離開天界？」

「……雖然感覺之前也被人問過相同的問題，不過就只是因為無聊而已。」

「如果是現在，總覺得稍微能夠體會你的心情。」

「什麼意思？」

此時，至今完全沒參與談話的天禰，難得一臉認真地向沙利葉問道。

儘管對初次見面的天禰露出驚訝的表情，沙利葉還是坦率地接著說明：

「雖然我在天界時從來沒想過這種事，不過自從開始在這個城鎮工作，邂逅了我的女神木崎真弓後……我第一次產生想為自己以外的某人努力的念頭。而且那樣的想法並沒有想像中那麼討厭。」

「啊，這部分就跟我不太一樣，唔嗯……」

鈴乃從旁制止似乎還想說些什麼的漆原。

「為了別人努力，換來感謝。這對我來說是第一次的經驗。貝爾，雖然這或許會對妳造成打擊。」

「不，我早就已經跨越那個階段了。」

只有大法神教會的虔誠信徒，才能理解沙利葉話中的意思。

換句話說，這就表示那些自稱天使的傢伙們，過去根本沒為人類世界做過什麼事情，另一方面，對聖典或教會獻上的祈禱，也完全沒有傳達到天界。

「我已經不想再回到那個將『天界的安寧』擺在第一優先、只在乎如何保身的那個世界了。當然我也不想被捲入戰鬥。我現在唯一關心的，就只有如何獲得木崎真弓的認同，以及能否參與她的人生活下去而已。要是在這時候跟加百列一起走，那我至今所做的事情就全都白費了。」

雖然木崎本人正因為覺得沙利葉行動有異，而在檢查店鋪一樓的防盜攝影機，但有些事情還是別知道會比較好。

「所以無論你們有什麼打算，我都不打算幫忙或妨礙。我只想朝我跟木崎真弓的未來邁進而已。」

「普通噁心呢。」

看來天爾毫不留情的一句話，並未傳到沙利葉的耳裡。

「所以我不會在意平常分開行動的路西菲爾和貝爾為什麼在一起，雖然在意這兩位知道安特・伊蘇拉事情的美麗女性，但還是不會放在心上。」

「結果你還是會在意啊。」

這下就連漆原都不得不吐槽了。

「無視美麗的女性，這對我來說才是真的豈有此理。」

能夠如此回答的沙利葉，也算是相當了不起了。

「再來就是剛才那位『基礎』碎片的少女……唉，考慮到我們至今所做的那些事情，也難怪她看到我後會採取那樣的行動。」

「沒錯，問題就在這裡。」

「嗯？路西菲爾，怎麼了嗎？」

「我就是這點搞不懂。你們過去到底做了什麼？阿拉斯·拉瑪斯跟那個女孩都非常地討厭加百列。真要說的話，應該是討厭所有的天使。在我離開之後，你們究竟對生命之樹做了什麼？」

漆原的這個問題，與阿拉斯·拉瑪斯、艾契斯·阿拉，以及伊洛恩的存在根底有著密切的關聯。

明明對人類、惡魔以及像漆原這樣的墮天使絲毫不抱任何的警戒心，他們在面對天使時卻表現出了非比尋常的敵意。

「雖然我既不是生命之樹的守護天使，也並未站在會直接對生命之樹做些什麼的立場……不過我倒是能告訴你天界是基於何種目的對樹下手。」

沙利葉像是說累了似的靠在人行道的行道樹上，然後以平穩的表情抬頭說道：

「他們想妨礙真正的神在安特・伊蘇拉誕生。說得極端一點，就只是這樣而已。」

無論漆原還是鈴乃，都無法光靠這句話理解沙利葉的意思，更不用說梨香了。

只有天禰一個人例外。

「……居然在想這種蠢事。」

她以看似無法忍受，但在某處又讓人覺得帶著慈祥的笑容接著說道：

「雖然我不知道你們是從哪裡來的，不過你真的認為人類有辦法抵抗自然的威猛嗎？」

「…………？」

這句話讓沙利葉以奇怪的表情看向天禰。

鈴乃與漆原也對天禰的話感到疑惑。

雖然從剛才那些話，就能明顯看出沙利葉是來自安特・伊蘇拉，或至少是來自天界……

「不對，就是因為這麼想，所以才會做出那種事情。你那邊的生命之樹，還真是創造出了罪孽深重的生物呢。」

「妳是……？」

「我是誰不重要。只不過那個叫安特・伊蘇拉的地方接下來就辛苦了。現在已經開始出現反動。就連我也無法預測接下來事情會如何發展？」

「無論即將發生什麼事情，我都不打算回去。」

沙利葉以沉重的語氣說完後，便離開行道樹轉身離去。

「沙利葉大人！」

即使鈴乃對那道離開的背影呼喊，沙利葉也只是嫌麻煩似的舉起手說道：

「我說過了。我現在既沒有立場協助你們，也不想積極地和你們為敵。此外我也不打算再告訴你們什麼或提供什麼幫助。之前那件事是例外中的例外。」

之前那件事，應該是指協助千穗進行法術修行的事情吧。

明明先前才被與木崎和好的機會釣上鉤，並露出宛如對夏天的來臨感到喜悅的企鵝幼鳥般愚蠢的表情，但這位語氣囂張的大天使，接下來卻說出了令人意外的話：

「……不過我已經做好若木崎真弓有什麼危險，將賭上性命保護她的覺悟。所以雖然我不知道你們想做什麼，但晚點幫我轉告魔王。無論發生什麼事，我都會保護我的女神木崎真弓，以及她所愛的麥丹勞幡之谷站前店與員工，就只有這條商店街，我會好好守護。」

「梨香妹妹，妳覺得那種型的怎麼樣？」

「這有點難判斷呢。雖然之前有交談過一次，但總覺得充滿了遺憾的感覺。」

目送沙利葉走回自己的店裡後，天禰隨口向梨香問道，而後者也嚴厲地做出回應。

「嗯，鈴木梨香，正確答案。」

漆原也替這個判斷打包票。

「不過可以確定他對木崎店長是認真的，至少這點應該能相信吧？沙利葉對上天使與人類時幾乎是無敵，而現在會攻擊這裡的惡魔，頂多也只有馬勒布朗契那種程度吧？並非會讓沙利葉陷入苦戰的對手。」

「雖然我對沙利葉大人究竟剩下多少聖法氣有些不安……不過這也算是出乎意料的收穫。」

沙利葉明言會守護麥丹勞幡之谷站前店的員工。

再加上還有天禰在，如今木崎與千穗上班時的安全，可說是十分安泰。

而最為這件事情感到高興的，莫過於即使真有什麼萬一，感覺也不需要工作的漆原。

「那麼，雖然剛才順勢就離開了店裡，接下來該怎麼辦？」

鈴乃因為梨香的問題回頭看向麥丹勞。

「也只能等魔王他們下班了，先回去一趟，再挑個適當的時間去上野做準備吧……天禰小姐，不好意思，我想麻煩您將魔王的機車騎到上野。」

「我是無所謂啦，不過為什麼？」

「當然是因為……」

鈴乃不悅地抬頭看向麥丹勞二樓。

「那個笨蛋魔王之前沒考上駕照啊。如果讓魔王騎車，萬一在路上遇到臨檢，可是會因為無照駕駛而被逮捕呢。魔王那傢伙，就算叫他自己騎去也絕對不會乖乖照辦吧。他一定會說些什麼像是被抓到會失去飯碗，或是被罰款會挨艾謝爾罵之類的話。」

「吶，雖然事到如今才說這個也有點怪……不過真奧先生真～的是魔王嗎？惡魔之王嗎？」

站在梨香的角度來看，無論是魔王害怕無照駕駛被逮捕，還是自稱聖職者的鈴乃替他擔心，感覺都還滿奇怪的。

「沒錯。」

鈴乃以打從心底感到厭煩的語氣說道：

「那個遵守法律、敬重人類、熱愛工作，並替身為敵人的艾米莉亞感到擔心的男人，正是侵略安特・伊蘇拉的惡魔之王。所以我和艾米莉亞也很困擾呢。」

這句話裡面，包含了梨香無法想像的複雜感情。

※

深夜一點，在台東區的上野恩賜公園。

原本這個時段應該是禁止進入國立西洋美術館的用地。

不過在鋪滿磁磚的前庭，有兩個人正一面擔心巡邏的保全人員和監視攝影機，一面推著兩臺載滿露營用品、附車篷的機車。

「沒、沒問題吧？有沒有被人看見？」

「……所以說，你真的是魔王嗎？」

就連梨香已經不曉得是第幾次的吐槽，都無法緩和真奧的緊張。

「因為這擺明了是非法入侵吧。而且明明是這種時間，公園裡居然還會有人……」

「畢竟這條街上的酒店很多啊，而且附近也有很多間通宵營業的店。」

「喂，鈴乃，動作快點，我們快點出發啦，快快快！妳想想看，萬一小千他們被人看見不是很不妙嗎？」

「真奧老弟，我說啊。」

令人意外的是，居然是天禰對極度在意他人視線的真奧提出勸諫。

「這好歹也是魔王的光榮回歸吧？你難道就沒辦法再更果決一點嗎？」

「如果因為逞強而被捕，那才是本末倒置吧！可惡，就算是去安特．伊蘇拉，可以的話，我還是希望能等考到駕照之後再去啊……」

「真是的，你的氣度也未免太小了吧。如果有什麼萬一，我會替你想辦法。振作一點啦！這樣下去，你可是會被千穗妹妹拋棄喔。」

「咦，我、我才不會因此就……那個……」

「拜託，我很睏耶。我自從受傷以後就變得不太能熬夜。貝爾，快點開始啦！」

「……真是的，怎麼每一個人都這樣。」

結果反而是接下來最需要出力的鈴乃看起來最沒力，這趟出發就是缺乏緊張感到這種地步。

「不好意思，各位，請你們安靜一下。我要集中精神施展『開門術』。」

在讓大家安靜後，即使上面寫著「再往前是防震臺，請勿攀登」的注意事項，鈴乃依然毫不猶豫地踏上設置門的臺座。

有件事情讓鈴乃感到不安。

雖然這座地獄之門確實是以某個膾炙人口的作品為藍本製作而成，包含了偉大歷史的雕塑。

不過這跟能否做為「開門術」的放大器使用完全是兩回事，真要說的話，地獄之門能當成「門」使用充其量只是真奧和蘆屋的推測。

「……」

聳立在鈴乃面前的巨大門扉，是奧古斯特．羅丹製作的銅像「地獄之門」。

被同樣是羅丹作品的「亞當像」和「夏娃像」守護的這扇門，是在敘事詩《神曲》第三篇地獄篇登場的地獄入口。

在《神曲》中，地獄之門的銘文為「跨越此門者，捨棄一切希望吧」。

「捨棄希望啊。」

「鈴乃小姐，怎麼了嗎？」

「我想起了一些以前的事情。沒想到居然有跟魔王一起玩味這句話的一天呢。」

千穗的問題，讓鈴乃不自覺地笑了起來。

「感覺似乎行得通。」

鈴乃從和服袖子裡拿出保力美達β，一口氣喝下。

「我們打從一開始就沒抱持什麼希望。」

鈴乃緩緩走向門，抬頭仰望。

那裡有座俯視通過地獄之門者的男性坐像，正筆直地承受鈴乃的視線。

羅丹的代表作「沉思者」，就是來自做為門的一部分的這尊坐像，而他正代表了《神曲》的作者兼主角，但丁·阿利吉耶里本人。

鈴乃真摯地朝坐像行了一禮後深吸一口氣，對著門伸出雙手。

「（連接生命與時間的神聖靈魂，在星辰的彼岸找出現世。）」

從鈴乃的嘴巴裡，吐出與日語完全不同的語言。

隨著紡出一個接一個的音節，鈴乃的指尖開始逐漸朝地獄之門放出光的粒子。

「好、好厲害……」

千穗忍不住對鈴乃的身影發出驚嘆。

正因為自己也學會了法術，所以千穗才能感覺得出鈴乃聖法氣的大小，以及這個法術所需要的技術和聖法氣量有多麼地龐大。

即使有一百個千穗，也比不上鈴乃的聖法氣量。

「感、感覺好像真的魔法喔……這、這不是ＣＧ吧？」

難怪就連看過武身鐵光和艾契斯的現身與消失的梨香，都忍不住反覆看向鈴乃的手與門並揉著自己的眼睛。

光的粒子逐漸增加密度化為兩條光帶，然後不再侷限於鈴乃的手，開始在她身體周圍盤旋。

「嗯，真奇怪。」

鈴乃的和服飄了起來，天禰的自言自語和周圍樹木的騷動聲混雜在一起，沒能傳入任何人的耳中。

由於所有人都將視線集中在鈴乃身上，因此沒人發現天禰的腳邊開始冒出薄霧，包圍地獄之門周邊。

就在這段期間內，於鈴乃周圍盤旋的光帶，開始浮現類似文字的圖案。

「（唔……唔唔……還差，一點點……）」

就在光帶浮現出文字的瞬間，鈴乃的臉上明顯流露出痛苦之色。

儘管千穗有股想幫忙的衝動，但若現在干擾了鈴乃的集中，想必術式瞬間便會煙消雲散。

這是「概念收發（idea-link）」完全無法比擬的巨大法術。

「好、好像要開了！」

就在這個時候，真奧看著門發出歡呼。

「地獄之門」本身終究只是雕刻，無法真的像門那樣開關。

不過如今門的邊緣居然發出光芒，空間也跟著開始扭曲。

「不、不要緊吧？」

然而漆原在看見那道光芒後，語帶不安地說道。

那道扭曲看起來要開不開。

空間像是被什麼東西抓住般，每次快打開時又再度被關上。

「（只要一打開……就能穩定下來……唔……）」

鈴乃維持著苦悶的表情，突然抬起頭。

門上的男子靜靜地俯視異界的聖職者。

這表示他不想讓聖職者打開地獄之門嗎？

不對，正因為是克莉絲提亞．貝爾，正因為是這名曾被稱作死神之鐮的女子，才與地獄之門相配。

鈴乃更加用力地吸了一口氣，朝門踏出一步。

「（別抱持，希望……向前，邁進！）」

「（只有開拓者能夠存活下來！）」

隨著這道聲音響起，環繞鈴乃的光帶一口氣收縮，激烈地衝撞上從她嬌小的手中放出的空間扭曲。

「（打、打開了，打開了！我把『門』打開了！）」

鈴乃臉上滿是汗水，訴說著這是多麼壯烈的術式。

即使鈴乃已經連說日語的餘裕都沒有了，還是為「開門術」的成功握緊拳頭吶喊道：

「（要、要走囉，魔王！雖然現在還算安定，但我撐不了太久！你已經確實跟艾契斯融合了吧？）」

「喔、喔！」

鈴乃慌張地跨上機車，真奧也有樣學樣。

戴好安全帽後，兩人握住剎車，啟動引擎。

「真奧哥！鈴乃小姐！還有艾契斯妹妹！」

千穗對跨上GYRO ROOF，準備啟程前往異世界的重要同伴們喊道：

「之後的事情就交給我，請你們路上小心！」

「嗯！」

「我們出發囉！」

鈴乃、真奧，以及看不見身影的艾契斯，都不需要多餘的話語。

因為無論要去哪裡，現在他們的歸處都是位於日本笹塚的那棟三坪大的木造公寓。

兩臺引擎高聲咆哮，真奧與鈴乃騎著機車，筆直地朝被光芒籠罩的空間裂縫前進，然後——

「……消、消失了……」

梨香驚訝地喃喃自語。

就像是在看魔術一樣，真奧與鈴乃一碰到出現在地獄之門前方的空間裂縫，便忽然連同機車無聲地消失了。

最後現場只剩下流洩出神奇光芒的空間裂縫。

「……路上小心。」

千穗再度低喃道。

鑲有「基礎」碎片的戒指，在她手上散發出淡淡的光輝。

「接下來該怎麼辦……？」

或許是對重新目睹的異世界神祕感到困惑，梨香倉皇失措地交互看向「門」與千穗。

「我們只要等待就好了。因為真奧哥和鈴乃小姐，絕對會救遊佐小姐、阿拉斯·拉瑪斯妹妹跟蘆屋先生回來。」

跟梨香不同，千穗的語氣充滿了確信。

千穗那過於堅定的話語，讓梨香頓時啞口無言。

「可、可是……」

「啊，當然不是單純只有等待而已。總之我決定下次打工時，要拜託木崎小姐幫我向有提供外送服務的分店申請事前實習。」

「咦？」

梨香因為剛才發生在眼前的光景與千穗發言之間的落差，發出少根筋的聲音。為什麼這時候會提起打工實習的話題？

「因為真奧哥說他想參加實習。」

千穗若無其事地回答。

「我要參加實習，然後等真奧哥回來後，再把我學到的東西都告訴他。這麼一來，應該多少能減輕真奧哥投入新工作時的負擔。」

「我剛才好像見識到什麼叫真正的『賢內助』了。」

天禰對千穗的決心露出欽佩的笑容。

「有什麼關係。大家各自為了同伴，做自己現在做得到的事情。這才叫做團隊合作啊。」

「我、我……」

雖然千穗那過於大膽的發言，讓比她年長許多的梨香有些驚慌失措——

「畢竟梨香妹妹跟千穗妹妹不同，還只是個初學者呢，現在還是先模擬一下遊佐妹妹回來時的狀況，做好能確實接受她的準備吧。」

但天禰難得像個長輩般，對那樣的梨香提出忠告。

「接受她的，準備。」

「……那麼，我回去睡覺好了。」

就連在這種時候，漆原仍不改自己的風格。

「啊，喂、喂，那個扭曲。」

此時在梨香所指的方向，鈴乃打開的「門」的洞口開始逐漸縮小，過不久便完全消失。

最後那裡只剩下莊嚴肅穆的「地獄之門」雕塑。

門本身並沒有產生什麼變化，真奧與鈴乃留下的痕跡，就只有一開始起跑衝刺時的胎痕。

「那麼，大家回去吧。幸好似乎沒被任何人看見。」

天禰刻意開朗地說道，從她腳邊散發的霧氣如同字面般煙消霧散，上野恩賜公園重新取回了符合深夜時段的寧靜。

「話說回來，佐佐木千穗這時間還待在外面沒關係嗎？」

漆原看了一眼公園的時鐘，現在已經超過凌晨一點三十分。

在這個時間，就算是大人獨自出來散步，也可能會被警察盤查。

「我家沒關係。因為我跟家人說今天要住鈴乃小姐家。」

「咦？妳不回去嗎？貝爾的房間現在不是天禰小姐在住嗎？」

漆原訝異地睜大眼睛，不知道在想什麼的千穗，筆直看向天禰。

「啊，漆原先生可以留在房間裡沒關係喔。請不用在意我們的事情。」

「……被人認定我之後會一直偷懶下去，感覺也一樣很差。」

即使漆原明顯表現出不悅，千穗依然不為所動。

「我不是那個意思，不過這件事就連真奧哥也不行。只能趁真奧哥、遊佐小姐跟鈴乃小姐現在都不在的時候才能做，可以的話，希望漆原先生能像平常那樣足不出戶地窩在真奧哥房間裡當家裡……休養。」

「那是怎樣……還有妳剛才是想說當家裡蹲吧。」

儘管漆原因為聽不懂千穗在說什麼而感到疑惑，但千穗不予理會，直接轉向天禰。

「天禰小姐。」

「怎麼了？千穗妹妹，一臉嚴肅的表情。」

「只要公寓的房東小姐沒說的事情，就不能告訴真奧哥他們對吧？」

天禰從高一顆頭的高度俯視千穗的眼神，然後露出似乎覺得有點有趣的無畏笑容。

「那麼如果只告訴我一個人呢？」

「……雖然我不知道妳想問什麼，不過為什麼妳會覺得我可以告訴妳呢？」

這是天禰對千穗唯一的「考驗」。

然後千穗毫不猶豫地說出了正確答案。

「因為我是地球的人類。」

「……真服了妳。」

雖然天爾搔著頭並皺起眉頭——

「這下可不只是什麼賢內助的問題了。我本來還以為這女孩只是有點膽識的普通人……」

但那副表情看起來卻是衷心感到愉快。

「沒想到居然是遠遠超越真奧老弟跟遊佐妹妹的真正怪物。」

目擊到這場彼岸與此岸的人類們對話的，就只有門上的但丁，以及正好坐在「地獄之門」對面的另一位沉靜的但丁。

魔王，今昔物語

惠美作了一個夢。

她在夢裡慌張地清醒。時鐘顯示為早上八點。她完全睡過頭了。

雖然惠美為了準備上班慌張地跳下床，但卻不小心踢飛了放在床上的鬧鐘，從腳趾前端傳來的沉重疼痛，讓她忍不住痛得蹲下。

『惠美，怎麼了嗎？』

一抬起頭，就發現坐在隔壁的梨香正探頭看向惠美的桌子。

從桌子底下出來的惠美身穿制服，害臊地笑道：

『我的原子筆掉進隔板跟地板之間，一直拿不太到。』

『這樣啊。話說回來，我昨天找到了一間還不錯的拉麵店，中午要不要一起去？』

『好啊。我們很久沒一起吃飯了……啊，抱歉，梨香，我的電話響了……喂，您好。』

『妳好，遊佐小姐！』

電話另一端的對象是千穗。惠美穿著便服坐在家裡的沙發上，傾聽千穗說話。

她每個星期都會像這樣跟千穗通幾次電話，打聽真奧工作的狀況順便閒聊。

雖然是經過戀愛中少女渲染過的印象，但託千穗的福，讓惠美大幅縮短了必須嚴密監視真奧的時間。

千穗在理解惠美狀況的前提上，將她當成朋友來往。

『遊佐小姐，不好意思，我明天無論如何都必須去社團處理事情，所以沒辦法去真奧哥家吃晚餐。』

『這樣啊。雖然遺憾，但既然是學校的事就沒辦法了。不過如果令堂不介意，就算晚一點再過來也沒關係喔？嗯，如果能來再跟我聯絡吧。好、好……貝爾，千穗說她今天或許不能來。』

講完電話的惠美，不知不覺間已經在Villa・Rosa笹塚二〇二號室與站在廚房辛勤工作的鈴乃對話。

『是嗎？真遺憾。我今天挑戰了千穗小姐教的蛋包飯，本來想讓她吃吃看的。』

鈴乃惋惜地回答，打開冰箱。

『……哎呀？』

『怎麼了？』

『太大意了……我居然忘了買番茄醬。』

『如果是這點小事，那我幫妳去買吧？呃，我記得番茄醬……』

惠美一抬起頭轉身，就走在笹塚站前的塞夫超市內，尋找要幫鈴乃買的東西。

『……艾謝爾，路西菲爾，你們拿那麼多蛋幹什麼？』

結果居然偏偏在超市遇見了蘆屋和漆原。

『我想試著做做看佐佐木小姐之前教我的法式鹹派。』

『因為是特賣，所以連我也被抓來了……啊～麻煩死了。話說妳在這裡幹什麼？』

『貝爾託我出來買東西。對了，千穗說她今天或許沒辦法來。』

『真的嗎？唔……那這樣到底該請誰來評分才好……！』

『佐佐木千穗不會來啊～那今天就沒炸雞塊吃了。嘖。』

沒想到連這裡都受到了千穗強烈的影響，看來今天的晚餐似乎會變成蛋類料理全席。

惡魔們在知道千穗將缺席後受到打擊，惠美一面和他們並肩從超市走回去——

『不過沒關係。因為阿拉斯．拉瑪斯也喜歡吃蛋。吶，阿拉斯．拉瑪斯。』

一面向活潑地擺動雙腳的阿拉斯．拉瑪斯搭話。

『媽媽，我想早點見到爸爸！』

『好好好，就快了。』

回過神來時，一行人已經抵達Villa．Rosa笹塚的公共樓梯，惠美抱起阿拉斯．拉瑪斯，爬上即使改建後，走起來依然有些膽顫心驚的公共樓梯，打開公共走廊的門後，馬上就到魔王城的玄關。

用麥克筆寫上「ＭＡＯＵ」、用來代替門牌的木板也已經沾上了不少髒汙，惠美心想，為什麼不乾脆換一個就好了。

『魔王，你在家吧，我進來囉。』

一切都跟平常一樣。

就在惠美跟平常一樣按下門鈴，打開玄關大門後——

『咦？』

她發現房間內空無一人。

不只如此，所有的家電和家具也全都消失無蹤，房間內甚至找不到有人待過的痕跡。

『艾謝爾、路西菲爾，魔王去哪裡了……艾謝爾、路西菲爾？』

直到剛才都還在身邊的兩人不見蹤影。是在回程時走丟了嗎？

惠美連忙跑去敲隔壁房間的門。

『貝爾？喂，貝爾？魔王不見了，妳知道他上哪兒……』

不過鈴乃剛才煮飯的二〇二號室也同樣人去樓空。

『咦，怎、怎麼回事？等、等等……』

惠美慌張地拿出手機，打電話給千穗。

這個時間學校應該已經放學了，然而——

『您撥的號碼是空號，請查明後再撥……』

電話打不通。不只如此，就連打給千穗的電話號碼本身都消失了。

即使改打電話給梨香、鈴乃，或甚至是漆原的電腦，都沒有人接聽。

突然感到急遽不安的惠美再度衝回魔王城，試圖打開大門。

但是門打不開。

明明剛才輕易就開了，然而如今無論惠美推還是拉，都無法開啟二〇一號室的門。

『魔王，你在家吧！快把門打開！』

惠美邊叫邊拚命地敲打二〇一號室的門，不過裡面毫無反應。

『你這是什麼意思！快點乖乖把門打開！喂，到底怎麼了？你沒事吧？』

不安無視惠美的意願持續增長。

這到底是怎麼回事？千穗、梨香、鈴乃、蘆屋和漆原全都消失了。

該不會真奧也發生什麼事了吧？

「大家都不見了，你知道發生什麼事了嗎？拜託你，快開門啊。到底怎麼了？你回來了吧？不得了了，聽我說啊！魔王！」

就在這時，至今一直毫無反應的門把突然迴轉，惠美因為門被人從內側打開而跌進室內。

慌張地抬頭一看後，惠美倒抽了一口氣。

「？」

那裡是魔王城。

位於安特・伊蘇拉中央大陸，惡魔居住的城堡。

亦即惠美與魔王展開決戰，並只差一步就能用聖劍貫穿魔王心臟的決戰大廳。

某個看不清楚外貌的巨大黑影阻擋在前。

巨大黑影提著一把與惠美的聖劍造型完全相同的劍，輕輕地靠近這裡。

惠美不自覺地想以聖劍擺出架式。不過不知為何，直到剛才都還抱在懷裡的阿拉斯・拉瑪斯，居然不見了。

而且「進化聖劍・單翼（better half）」也沒有現形。

惠美開始焦急了起來。

這個黑影，毫無疑問是魔王。

是她必須殺掉的魔王。

即使如此，不知為何，惠美還是打從心底感到鬆了口氣。

「太好了……原來你在這裡。既然在的話……就應一聲啦。」

就算畏懼著黑影深不可測的殺氣，惠美還是繼續說道：

「我打不通千穗的電話……還有貝爾也是，明明託我去幫忙買東西，自己卻不知道跑去哪

裡，另外艾謝爾跟路西菲爾明明回程時還跟我在一起，結果卻不知不覺都不見了……你不覺得他們很失禮嗎？」

黑影默不作聲地拿著聖劍，緩緩靠近惠美。

「阿拉斯・拉瑪斯也在我稍微移開視線的時候失去了蹤影……要是連你都不見了……我真的不曉得該怎麼辦才好，他們到底跑去哪裡了。」

搖曳的黑影走到惠美正面，俯視惠美的表情。

即使來到這麼近的距離，還是看不見對方的臉。

「喂，雖然千穗說她今天不會來……不過貝爾跟艾謝爾好像都莫名地有幹勁，不如大家一起等千穗怎麼樣？我、我怎麼樣都無所謂啦，只是覺得那麼做，阿拉斯・拉瑪斯會比較高興……」

黑影揮下聖劍。

聖劍的刀刃劃出紫色的光之軌跡，並反射從窗戶射進來的紅色光芒，使得影子的臉孔從黑暗中浮現出來。

「所以說……」

真奧貞夫從黑暗中浮現出來的表情，不知為何帶著溫柔的笑容。

「大家……再一起吃飯吧……」

「唔！」

惠美被自己的聲音驚醒，從床上跳了下來。

即使全身是汗，她還是不由得優先撫摸自己的胸口中央。

「……那是……怎麼回事？」

心跳激動不已，呼吸也變得紊亂。

惠美在夢中被有著真奧臉孔的黑影，用發出紫色光芒的聖劍貫穿胸口的瞬間醒了過來。

那場栩栩如生的夢，既恐怖又具備夢境特有的疼痛。

即使如此，那場夢卻也同時為她帶來勝過這一切的安詳。

夢裡有自己、梨香、千穗、鈴乃、蘆屋、漆原、阿拉斯．拉瑪斯，以及……

縱使既吵鬧、炎熱又讓人覺得麻煩，但那段彷彿完全不需要武裝自己內心、如同夢境般的時光，在數星期前確實以惠美「日常」的形式存在。

「……看來我……真的徹底是個笨蛋，而且狀況還挺不錯的呢。」

惠美自嘲地低喃道。

明明在日本時總是夢到和平的安特．伊蘇拉與父親的夢，結果回過神來時才發現，這幾天

一直都在作日本的夢。

「我總是在追求自己沒有的東西。」

被打向斐崗港的海浪聲，以及背叛者放在房間角落的鎧甲與劍束縛內心、無法動彈的自己，就是惠美現在的現實。

「唔噗唶噗……噗呼。」

惠美輕撫在自己身旁說著稚嫩夢話的阿拉斯·拉瑪斯的頭髮後，再度躺到床上。

從明天開始，又要再度持續不愉快的俘虜生活。現在可不能因為被無聊的夢迷惑，削減自己的睡眠時間。

然而不知為何，惠美已經沒心思去擦拭醒來前流下的淚痕。

那是在夢中看見魔王身影的瞬間，因放心而流下的淚痕。

隔天早上。

「……所以說，你們到底有什麼打算啊？」

就只有這次，惠美在憎惡之前先產生了疑問。

隨著奧爾巴一同現身的，是在艾夫薩汗帝國被稱為「八巾騎士團」的騎士團幹部，而且他們全都是高級將校。

以負責掌管防備皇都跟統一蒼帝近衛的正蒼巾騎士團為首，八巾騎士團另外還被分成鑲蒼巾、正翠巾、鑲翠巾、正橙巾、鑲橙巾、正紅巾與鑲紅巾，一共是八個騎士團，而每個騎士團所掌管的政務、地區以及武裝都不盡相同。

雖然並非所有隸屬騎士團的人都是戰鬥要員，當中也有像警吏或文官那樣的職位，不過現在跟奧爾巴一起造訪惠美房間的這些人，全是像副團長或地方司令這種有資格接待外國貴賓的人。

「妳不喜歡那副鎧甲嗎？」

奧爾巴沒有回答惠美的問題，轉而看向依然原封不動的鎧甲與劍。

「我已經有破邪之衣了。雖然不好意思讓你準備了那麼貴的鎧甲，但我可沒笨到穿那種不曉得設了什麼機關的東西。」

「喔，原來如此啊。」

奧爾巴露出看起來不怎麼有趣的笑容，再度說出令人難以理解的話。

「不過不好意思，艾米莉亞，如果現在讓妳消耗太多力量，我們會很困擾。這也算是為了妳自己好，能不能請妳穿上這副鎧甲呢。」

「唔……」

惠美懊悔地咬緊牙關到讓表情扭曲的程度。

換句話說，就是不允許她拒絕。

雖然惠美不明白奧爾巴的意圖，但後者當然也沒有說明的意思。

判斷惠美接受要求的奧爾巴滿意地點頭。

「那麼，就叫侍女過來幫妳穿上裝備吧。接下來我和妳，以及八巾騎士團的精銳將從斐崗往東邊的蒼天蓋前進。走吧，艾米莉亞。至於聖劍……」

奧爾巴突然將視線從惠美身上移開，在環視房間後滿意地點頭說道：

「看來妳保護得很好呢。不錯不錯。」

「唔……」

看不見阿拉斯．拉瑪斯的身影，就表示她現在正跟惠美處於融合狀態。

惠美無法違抗奧爾巴。

即使瞪著奧爾巴的背影，她還是只能在八巾騎士們的催促之下，為了換衣服而離開房間。

『媽媽……』

腦中響起阿拉斯．拉瑪斯不安的聲音。

「……放心，不會有事的。」

惠美以完全沒有說服力的聲音，小聲地嘟囔著。

在那之後過了十分鐘，即使感覺金光閃閃的鎧甲、腰上的劍以及抱在腰際的頭盔帶著危險的重量，惠美羞愧地在奧爾巴與八巾騎士的簇擁下，走在斐崗軍港基地的走廊上。

明明這點程度的重量對惠美來說根本不算什麼，但是感覺上卻連內心的秤砣都增加了相同的重量。

「嗯？」

惠美內心突然產生一股奇妙的異樣感。

「這是……」

雖然微弱，但感覺身體充滿了力量。

當然自從回到安特．伊蘇拉的這幾個星期以來，惠美的聖法氣就可以說是恢復到全盛時期的狀態，不過她覺得除了這些之外，還有另一股溫暖的東西流進了自己身體。

「這、這是什麼？」

「妳發現啦？」

走在前面的奧爾巴頭也不回地說道。

「妳沒聽見那些充滿希望的聲音嗎？」

「……？」

走廊前方有一扇能從基地前庭通往鎮上的門。奧爾巴似乎正往那裡前進。

「再過去就是市區了。」

「沒錯。」

「我聽見，聲音了……」

那是一大群人吵鬧的聲音。

有股不祥預感的惠美皺起眉頭。

一走出前庭，就能發現那裡有大批全副武裝的八巾騎兵與載滿物資的馬車，在等待著他們。

惠美在那當中發現了一匹別具風姿、矯健俊美的白馬，正在等待鞍上的主人。

「艾米莉亞，那是妳的馬。妳應該還記得怎麼騎吧？」

惠美一眼便能看出那是匹受到良好照料的上等駿馬。

至少並非派給一般士兵騎的馬，而是足以當成將軍階級的坐騎，基本上就連在過去討伐魔王的旅程中，惠美都沒騎過如此上等的馬。

「艾米莉亞，抱著頭盔，讓大家看看妳的臉吧。」

雖然比不上惠美的坐騎，但奧爾巴在說完後，也跨上了一匹有著栗色尾巴的駿馬。他先與八巾騎士們交談了兩三句——

「好了，我們走吧。」

然後以不懷好意的笑容說道。

「開始勇者艾米莉亞的第二次蒼天蓋奪回作戰。」

「你、你說奪回……咦？」

在問出奧爾巴的話中含意前，基地的正門已經開啟。

伴隨著開門的信號，外面傳來明顯的歡呼聲。

「這、這是怎麼回事？」

門外那條貫穿城鎮的大道，擠滿了以充滿希望的眼神看向這裡的民眾。

隊伍一在領頭騎兵的指示下展開進軍，現場便不由分說地響起盛大的歡呼聲。

「喔喔，那就是聖劍勇者啊！」

「原來她還活著的事情是真的！」

「沒錯！我曾經在她造訪斐崗時見過她！」

惠美無法抑制自己激烈的心跳。

斐崗的民眾們知道她是勇者艾米莉亞。

在知道的情況下，將希望託付在她身上。

「老天爺果然沒捨棄我們！」

「勇者再度降臨東大陸，為拯救艾夫薩汗挺身而出了！」

此時惠美發現一件奇怪的事情。

按照之前從艾美拉達那裡聽來的情報，雖然不曉得艾夫薩汗是出於自願還是因為抵抗而反過來遭到征服，但總之他們目前不是正受到巴巴力提亞的黨羽支配，並為了「進化聖劍・單翼」向其他四個大陸做出了宣戰布告嗎？

儘管不知道巴巴力提亞勢力的規模有多大，但從西里亞特帶到銚子的士兵人數來看，如果沒有到那規模的數十倍，應該無法構成軍隊吧。

斐崗在艾夫薩汗中也算是大型軍港，是座設有許多外國領事館與商行的重要城市。

然而自從來到這個城市後，惠美不但完全沒見過馬勒布朗契的身影，也沒感覺到任何魔力。

「奧爾巴……我可以問一個問題嗎？」

「什麼事？」

「姑且不論經過如何，但艾夫薩汗不是跟巴巴力提亞……跟馬勒布朗契聯手了嗎？所以他們才會向全世界宣戰吧？」

「……」

「這一切都是你在背後牽線對吧？那麼馬勒布朗契他們……應該說巴巴力提亞也知道這項行動嗎？這麼做到底有什麼意義？」

大法神教會最高位的聖職者——前六大神官奧爾巴．梅亞以慈父般的表情，轉頭回答惠美的問題。

「艾米莉亞。」

他的語氣——

「歷史是會重演的。」

在這充滿希望與聖法氣的斐崗港區中，帶著明顯的黑色惡意。

「那句話真是不錯呢。『別抱持希望，向前邁進，只有開拓者能夠存活下來』。你看，斐崗這些只能依靠希望的無能之徒……」

奧爾巴仰望天空。

在白天的淡藍色天空中，隱約浮現出紅色的月亮。

「簡直就像那天的馬勒布朗契們……像那些深信自己能替魔王撒旦和惡魔大元帥報仇、愚蠢的馬勒布朗契頭目們一樣。」

「……唔！」

「艾米莉亞，妳應該聽得見他們的歡呼聲吧。那些將自己的希望寄託在妳身上，期待自己不用行動就能獲救的可悲民眾。」

「奧爾巴……你……」

惠美的聲音裡充滿了詛咒，其程度強烈到讓她擔心起自己心裡湧出的怒意、悲傷以及憎恨，會不會侵蝕到內在的阿拉斯·拉瑪斯。

「既然妳已經在這些人民面前露臉並一肩挑起了他們的希望，那麼妳就只剩下一條路可走了。勇者艾米莉亞，妳是『拯救再度被魔王軍支配、操縱的艾夫薩汗的旗幟』。放心吧，我不會讓妳去做違反人道的事情。我跟妳接下來……」

這句話所代表的絕望感與空虛，就跟惠美當天在故鄉的村子聽見的聲音一樣，是來自黑暗的話語。

「將去獵殺那些侵蝕艾夫薩汗的恐怖惡魔。」

※

「喂，鈴乃。」

真奧以彷彿看見了什麼難以置信的東西般的眼神，對鈴乃說道。

「什麼事。」

「妳對自己現在的打扮都沒有疑問嗎？」

「你到底想說什麼。」

「……不，算了。不過算我拜託妳，別穿成那樣在我面前走來走去。」

「真失禮，你到底是對哪裡不滿。」

「這不是滿不滿意的問題……不，還是算了。」

真奧坐到草地上，深深嘆了口氣。

這是兩人在安特·伊蘇拉東大陸的艾夫薩汗第一天露宿。

鈴乃、真奧以及艾契斯平安無事地通過「門」，抵達了安特·伊蘇拉東大陸的艾夫薩汗。

從兩個月亮、太陽與地形上來看，他們到達的場所位於皇都·蒼天蓋北邊森林地帶，一條從大陸中央地區經過皇都·蒼天蓋，流進北邊大海的大河沿岸。

出口開在河邊可說是極為幸運。除了不需要擔心飲用水的問題以外，迷路的可能性也會變低。再加上河流沿岸人煙稠密，萬一需要收集情報，也唾手可得。

按照鈴乃的說法，由於「地獄之門」原本就不是被製作成法術的放大器，因此利用它當放大器開啟的「門」似乎無法精密地指定到達地點，這次出現在沒人的場所，可說「完全是運氣」。

不知道是跟地球之間的時差，還是安特·伊蘇拉本身的時差，雖然真奧一行人出發時是深夜，但如今東大陸已經是傍晚了。

鈴乃在等到星星出現後，便開始利用天上的極星與兩個月亮的位置測量我方的位置。

然後她提議在距離「門」出口往南十公里的地點，搭最初的帳篷。

話雖如此……

「喂，果然現在就打扮成那樣還太早了吧？」

雖然之前放棄過一次，但真奧看著用營釘將圓頂型的旅行帳篷固定在地面的鈴乃，再度提出意見。

「這是我的個人自由吧。」

然而鈴乃卻不予理會。

「必須趁還安全的時候，習慣以這身打扮行動。現在算是練習。」

「……就算是這樣……」

「喂～真奧，你看你看！」

「嗯～？怎麼了，艾契噗呼！」

在被一旁的艾契斯呼喚後，原本一臉不悅的真奧一轉向少女便誇張地笑了出來。

「跟鈴乃一樣！」

「所以說，所以說啊……」

真奧陷入了煩惱。

因為鈴乃和艾契斯，居然直接穿著睡袋行動。

雖然這種被稱為「木乃伊型」的睡袋，是能從頭到腳包覆全身保溫的優良睡袋，但這種睡袋的另一個特色，就是只要拉開位於身體側面跟底部的拉鍊，就能在包著睡袋的情況下，只將手腳伸出來。

這似乎是一種為了方便的設計，例如只要打開手的部分，就能在夜晚的帳篷內看書或操作燈光，而腳的部分，則是讓人能在察覺有大型野生動物接近時立刻逃跑。

因為是原本在日本就有販賣的露營用具，所以之前就已經知道那些道具用途的真奧等人，應該沒必要從設置帳篷時就開始積極地使用才對。

從一旁看過去，簡直就像是有兩隻長了手腳、顏色鮮豔的巨大簑衣蟲在蠢蠢欲動，實在非常詭異。

正因為鈴乃與艾契斯都擁有姣好的五官，使得那副打扮看起來顯得更加不搭調。

特別是看在早就把自己的帳篷搭好的真奧眼裡，鈴乃跟艾契斯之所以在搭帳篷上費這麼多工夫，明顯是因為她們用那種巨大簑衣蟲的方式在行動。

「妳們……其實只是想用用看而已吧。」

「嗯！」

「你、你說什麼！絕、絕對不是那樣！」

真奧冷靜地吐槽，雖然艾契斯坦率地回應，但鈴乃卻明顯動搖了起來。

「我說妳啊……」

「不、不是！對、對了，那個，我之後打算換衣服！所、所以為了避免又再被你偷看，才想要在這個睡袋裡……啊！」

鈴乃一面吞吞吐吐地找藉口，一面拚命揮舞從睡袋內短短伸出的手臂，結果卻因為過度興奮而踢飛了地上那刺得不夠扎實的營釘。

「啊～倒掉了。」

「糟、糟了……魔、魔王，這都是你的錯！」

或許是其他營釘也刺得不夠深，一根鬆了之後，整個帳篷就因反作用力傾斜。

「夠了，我來幫妳搭帳篷，想換衣服的話，就快趁現在找個不會被我偷看的地方換吧。」

「～～唔！」

從鈴乃手上搶過營釘後，真奧揮手趕走一隻巨大的簑衣蟲。

儘管鈴乃的表情因屈辱而扭曲，但最後還是抱著裝衣物的包巾，悄悄地走向河邊的樹叢。

「啊，喂，妳忘了帶防蟲噴霧！」

「囉嗦！我知道啦！」

雖然這怎麼看都是在鬧脾氣，但總之鈴乃還是邊顫抖著肩膀（縱然因為睡袋背後是彎的而不明顯），邊躲到了真奧看不見的地方。

「喂，艾契斯，幫我把那邊的營釘重新刺好。」

「好好好。」

另一隻色彩鮮豔的簑衣蟲以詭異的動作小跑步到真奧右側。

「話說回來，艾契斯。」

「嗯？」

艾契斯一面以危險的動作將營釘重新插進土裡，一面回答。

「妳跟諾爾德是什麼時候到地球……到日本的啊？」

「什麼時候啊……嗯～我印象中是很久以前的事情了。」

「很久？大概半年前左右嗎？」

那時剛好是真奧與惠美和漆原再會，身邊開始騷動起來的時期。

「半年，是指一年的一半嗎？」

然而艾契斯的答案卻出乎真奧的意料。

「因為我出生還不到一年，所以太久以前的事情就不清楚了。」

「真的假的？」

無視驚訝的真奧，維持簑衣蟲外貌的艾契斯將繩子綁在營釘上。

「嗯。我從出生的時候開始，就已經跟爸爸一起住在日本了，再更之前的事情我也不太清楚。」

這對真奧而言是出乎意料的事實。

如果相信她本人的說法，那麼艾契斯就是阿拉斯．拉瑪斯的妹妹。

即使如此，由於兩人身體的成長幅度有所落差，因此真奧原本以為艾契斯比阿拉斯．拉瑪斯還要早變成人類的樣子。

艾契斯所說的「出生」，應該是指像阿拉斯．拉瑪斯那樣從果實狀的「基礎」碎片，獲得現在的姿態吧。

儘管阿拉斯．拉瑪斯「出生」後還未滿三個月，但明明兩人獲得人類形態的時期相差不到一年，成長幅度居然會有如此差異。

「話說回來，為什麼先獲得人類形態的艾契斯是『妹妹』啊？這是什麼規則？」

「嗯？」

「不……這件事還是等阿拉斯．拉瑪斯回來後再說吧……不過這就表示，諾爾德比想像中還要早就來到日本了。」

「大概吧～」

艾契斯恐怕就是因為這樣，才只會說日文吧。

「唉，真是麻煩。」

「感覺啊……」

「嗯？」

真奧看向在說話期間漂亮固定完成的帳篷，滿意地點頭。

「等這場騷動結束後，必須開場盛大的家庭會議才行呢。」

「家庭會議？」

「唉，等到時候再說吧。話說鈴乃那傢伙也太慢了吧。該不會是被熊之類的襲擊……」

「我才不會輸給區區的熊！」

「唔喔！」

真奧因為突然從背後傳來的聲音嚇了一跳。

「什、什麼嘛！既然回來了就說一聲啊……」

真奧邊抗議邊回頭——

「這都要怪背後露出破綻的你不好。雖然我偶爾會這麼覺得，但你未免也太看扁我的實力了吧……幹什麼？」

然而他一看見一臉不悅的鈴乃，就突然變得啞口無言。

鈴乃見狀，又再度以嚴厲的語氣說道：

「幹什麼，你又想抱怨我的打扮嗎？」

真奧慌張地搖頭。

「原來妳也會打扮成這樣啊。」

「什麼？」

某方面來說，也難怪真奧會感到驚訝。

剛才外表還像隻色彩鮮豔簑衣蟲的鈴乃，在「換過衣服」回來後，並未穿上平常的和服。

鈴乃的皮靴上是一件持續蓋到腳踝、大法神教會聖職者特有的法衣，以及一件看起來穿了很久、附頭巾的胭脂色外套。

將外套固定在肩膀上的金屬零件，鑲著看似法術放大器的寶石裝飾。

披上法衣的鈴乃不再是三坪大公寓的囉嗦鄰居，並具備了與大法神教會訂教審議會首席審問官克莉絲提亞．貝爾之名相應的威嚴與神祕。

「這是外交．傳教部的法衣。大法神教會也有派遣大批修道士跟傳教士到艾夫薩汗，雖然因為我過去的職業性質，並沒有跟多少人接觸過。不過在路上經過村落時，只要有這件法衣就不會被人懷疑……所以說你那是什麼眼神。」

雖然鈴乃講的話非常有道理，但如果她拿在手上的是聖典之類的東西也就算了，抱著直到剛才都還套在身上的木乃伊型睡袋，看起來實在沒什麼說服力。

「啊，我知道了，是蛻皮吧。」

「真奧，蛻皮是什麼意思？」

「魔王……你這傢伙居然把人講得好像是蛇或螯蝦那樣……」

「不、不對不對！為什麼偏偏要想那些特別誇張的生物啊！既然是女孩子，應該有類似蝴蝶之類的比喻！」

「……蝴蝶？」

鈴乃表情險惡地歪了一下脖子——

但在開始咀嚼這個例子的意義後，表情便轉為驚訝。

「你、你說蝴蝶？魔、魔王，你這傢伙到底在講什麼……」

「喂，真奧，蛻皮是什麼意思？」

雖然鈴乃開始慌了起來，但在她逼問出真奧的真意之前，依然維持簑衣蟲形態的艾契斯已經先打斷鈴乃，纏著真奧問問題。

「嗯，艾契斯，所謂的蛻皮，在蛇、蝦子跟螃蟹的狀況，是指將至今披在身上的皮給脫掉丟棄，讓身體長大。另外在蝴蝶跟蟬的狀況，則是指從幼蟲變成蛹，再為了從蛹變成成蟲，將皮脫掉成長為完全不同的外形。那樣的過程就叫做蛻皮。」

「……算了，蛻皮什麼的怎樣都好啦。」

真奧進行完徹底的生物學講解後，鈴乃不知為何露出有些受傷的表情，抱著睡袋縮成一團。

「喔～蝴蝶啊。那麼鈴乃就是漂亮的蛻皮囉！」

「嗯？嗯～算是那樣吧？」

「鈴乃！真奧說妳很漂亮耶！」

「這樣啊，這樣啊。真是個愛開玩笑的魔王呢。」

雖然艾契斯開心地跑向鈴乃，但後者卻像是看開般的面無表情。

「給我等一下，愛開玩笑是什麼意思。我一直都是很認真的。」

另一方面，真奧則是一臉意外地說道：

「一開始的時候，惠美跟小千不是也有提過嗎？雖然和服沒什麼不好，但偶爾也穿穿看洋裝吧。那件法衣妳穿起來也滿適合的喔？」

「你……你說什麼？」

真奧突然認真地說了起來，讓鈴乃手足無措地睜大眼睛。

「嗯？呃，因為平常我只看過妳穿和服，所以只是覺得新鮮跟有點嚇到而已。不過實際上絕對是穿洋裝比較輕鬆和便宜，而且也滿適合妳的。」

「是、是是、是這樣嗎……？」

「嗯？鈴乃，妳怎麼了？」

鈴乃的語氣突然變得怪異，讓艾契斯．簑衣蟲驚訝不已。

「坦、坦白講，我……一直都從事聖職，所以已經習慣了這種沉重的長版法衣，對艾米莉亞或千穗小姐穿的那些衣襬和袖子都很短的衣服，有、有點抗拒……明、明知道和服並非一般衣物，卻依然愛穿的理由，主要還是因為它的重量、身長和袖子都類似法衣，穿起來比較自在，那個……」

「咦？」

真奧疑惑地看著鈴乃對好不容易摺好的睡袋，重複攤開後再摺回去的動作。

「你……」

「你？」

「鈴乃的臉好紅噗喔！」

無意識地單手將從旁邊探頭看過來的艾契斯下巴按住，並摀住她的嘴巴後，鈴乃不安地抓著法衣的衣襬，以細微的聲音問道：

「你……覺得……適合我嗎？」

「妳、妳那麼煩惱這件事嗎？」

站在真奧的立場，他實在沒想到鈴乃對洋裝的抗拒，居然會強烈到讓她表現出這樣的態度，讓自知失言的他直冒冷汗。

「不是那樣啦！只不過，這、這是第一次有人，對我說……這種話……」

鈴乃的眼神開始游移不定，一點也不符合她平常堅毅的風格。

「我是覺得大家，一開始就想讓妳穿洋裝了……嗯，我覺得應該會很適合。」

「魔……魔王，你這傢伙到底怎麼了，為什麼要突然說出這種話，就、就算稱讚我……也不會有什麼好處喔……？」

「泥乃，偶的臉好痛痛痛痛啊！」

一直被人抓著臉的艾契斯，因為鈴乃按住她下巴的握力逐漸增強而發出痛苦的慘叫，但鈴乃本人卻完全沒意識到。

「呃，不過，我說的是真的喔。而且蘆屋也說過在洗衣服時，一般的便服就算直接丟進洗衣機裡面也沒關係。」

「……嗯？」

「而且雖然我很常買UNI×LO，但商店街上也有其他便宜的服飾店，遇到喜歡的衣服，還能買大量同花樣跟尺寸的回去。」

「……嗯嗯？」

「噗噗啵啵吥吧嗶噗喔噗喔。」

「雖然我沒穿過和服，但考慮到像我們這種生活型態，買洋裝的效益絕對會比較高，我是

說真的。」

「……」

「還有我之前聽說和服這種東西視季節和場合而定，針對花樣會有一些特殊的規定喔？洋裝在這部分就不用那麼麻煩，只要選布料就好。因為真的很方便，所以我建議妳穿一次看看。」

「……嗯，說的也是，我想應該也是這樣。」

「嗯？怎麼了？」

「……不，沒什麼。只是我居然愚蠢到讓內心有一瞬間被惡魔給迷惑了。我接下來想稍微冥想一下，除去內心的邪念。」

「噗哈！」

感覺表情有些憂鬱的鈴乃，總算放開了艾契斯。

「喔、喔？我、我說了什麼不好的話嗎？」

「沒錯。那迷惑人心並引誘人墮落的言論，簡直就是惡魔的耳語。」

就在鈴乃無力地說完，準備進入帳篷的時候。

「啊，那、那個，不過我剛才說或許會很適合妳，是認真的喔？」

雖然不曉得理由，但發現自己明顯惹鈴乃心情不好的真奧，還是不自然地對鈴乃無力的背影補上了一句。

然而——

「……」

這句話宛如楔子般，讓鈴乃停下了動作。然後——

「我、我不會再被迷惑了！」

鈴乃瞬間紅著臉回過頭怒罵真奧，再以猛烈的氣勢躲進真奧幫她搭好的帳篷。

順帶一提，在這次的旅程中，他們已經講好要男女分別睡不同的帳篷。

「嗯～我說了什麼不妙的話嗎？」

感覺到鈴乃似乎在帳篷裡嘎吱嘎吱地大鬧後，真奧煩惱地嘟囔道。

「啊嗚……好痛喔……」

另一方面，淚眼婆娑的艾契斯則是搓著自己變紅的雙頰對帳篷大喊：

「鈴乃！妳幹什麼啦！」

所謂的天不怕，地不怕，大概就是這個意思，只見艾契斯居然維持著色彩鮮豔簑衣蟲的模樣，就這樣直接鑽進了正處於風暴之中的帳篷。

「……我、我也差不多該準備睡覺了。」

雖然他們一開始講好要在晚餐後討論守夜的順序，但目前看來實在無法期待能冷靜地對

話。

「總覺得……真是前途多難呢。」

真奧嘆著氣，仰望安特·伊蘇拉的星空。

※

「汽油耗得比想像中還凶呢……這樣有辦法撐到蒼天蓋嗎？」

在艾夫薩汗到處遊蕩的第三天中午，一行人在路上經過的村子餐廳吃飯時，真奧向坐在對面的鈴乃問道。

「今天早上繞路實在太虧了。沒想到居然會碰上正紅巾外出巡邏。過程中不但有加速，還經過了不少路況差的地方。」

兩人的機車油表，如今都指向距離「E」符號只差一格的地方。

雖然有帶備用的汽油，但考慮到艾夫薩汗那不可能有鋪柏油的路面狀況，這些量絕對稱不上充足。

考慮到日程，糧食跟水只要在這個村子補充就能過得去，但在理所當然不會有加油站的安特·伊蘇拉，就只有燃料的問題難以解決。

「接下來必須慎選道路才行。」

鈴乃將蘆屋手繪留下來的艾夫薩汗地圖攤在桌上。

「不過看來能比當初預期的還要早抵達蒼天蓋。我希望能趁今天……到這個村子附近。只要離蒼天蓋愈近，就愈有可能碰上八巾騎士團，我希望盡可能靠機車移動到附近。」

「說的也是。」

在交換完意見後，兩人決定持續騎到連備用汽油都耗光的地步。

「雖然這種話由我來講也很奇怪，但復興進行得還真順利呢。我本來以為狀況會再更亂一點。」

「雖然這種話的確不應該由你來講，但其實我也很在意。魔王，我問你一件事，馬勒布朗契在魔界的勢力究竟到什麼程度？」

「馬勒布朗契的勢力？如果妳是問人數，那我也只能回答還滿多的。雖然我的魔王軍在進攻四個大陸時，無論北、東、西軍都是由各個種族組成的混合軍隊，但就只有南方的馬納果達軍，有八成都是由馬勒布朗契組成。唉，不過該怎麼說才好，他們應該幾乎都被惠美和人類消滅了吧……」

「嗯，換句話說，還留在卡米歐麾下的兵力並不多囉？」

「因為我們並沒有像日本那麼嚴密的管理戶籍，所以我也不曉得正確的數目。」

似乎是對真奧的話感到認同，鈴乃頻頻點頭說道：

「其實我也跟你有同樣的感想。復興進行得太順利了。不過我的意思並不是說你率領的魔王軍所留下的傷害已經完全消失，而是即便馬勒布朗契滲入了艾夫薩汗的中樞並向全世界宣戰，這裡還是感覺不到戰爭時的氣氛或惡魔的氣息。就算從地圖上來看，我們已經進入了艾夫薩汗的首都圈也一樣。」

「……這麼說也有道理。從西里亞特、法爾法雷洛和利比科古之前說得那麼囂張來看，我本來還以為這裡會到處有惡魔橫行呢。」

真奧也能理解鈴乃感覺到的異狀。

「真令人不爽。打從那些天使……特別是加百列現身之後，他們所有的行為都讓我看不順眼。」

「……的確。」

基本上要不是蘆屋跟諾爾德被加百列綁架，即使惠美行蹤不明，應該也不脫安特·伊蘇拉政情不安的一環。

不過那樣的政情不安，是由被奧爾巴教唆的巴巴力提亞他們這些第二次魔王軍，透過將東大陸的艾夫薩汗當成傀儡對全世界宣戰所引起的，若光是這樣，也不過表示有接替魔王撒旦的新人類世界侵略者出現罷了。

然而這件事情的背後卻看得見好幾個天使的影子，天使與惡魔利用艾夫薩汗的士兵綁架了蘆屋與諾爾德，這麼一來，就會讓人不禁猜想這次發生的一連串事件除了眼前的狀況之外，還隱藏了不為人知的一面。

「為了釐清真實的狀況，還是多跟這裡的居民打聽一點消息吧。」

「這裡雖然看起來沒什麼人潮與活力，但至少不像是正遭到侵略的樣子。」

真奧與鈴乃從窗戶眺望村子裡的大道。

這個村莊按照蘆屋的地圖，是一個叫宏發的農村。他們在把機車藏進村外的樹叢後來到這裡。

儘管這座村落看起來不大，但人口還算滿多的，而且村民們似乎還委託鑲紅巾騎士團負責村子裡的警備，到處都能看見帶著鑲白框的紅色手巾的士兵。

「真奧，我可以再吃一碗嗎？這個好好吃喔。」

「……妳還真是悠哉呢。」

在真奧與鈴乃認真討論的期間，艾契斯一直默默地在吃東西，等回過神來後，才發現她已經把裝在籃子裡的大量麵包通通吃光，並將原本裝著加入大量蔬菜與雞肉的燉菜，以及據說是地方菜的淡水魚焗烤派的空盤子交還給店員。

或許是由於東大陸的水資源豐富，且水質也接近日本，因此這裡發展出就連已經習慣日本

食物的真奧，都不禁食指大動的飲食文化。

「鈴乃，可以嗎？」

然而真奧沒辦法擅自答應艾契斯加點料理。

這是因為現在的真奧和艾契斯，在經濟方面全都必須仰賴鈴乃。

雖然至今仍未出現讓魔王陷入恐懼深淵的「借款」或「利息」等字眼，但如果過度依靠鈴乃的資助，感覺之後會很可怕。

更重要的是這對至今一直都在賺錢扶養兩名部下的真奧而言，簡直就像成了小白臉般悲慘。

「沒關係。既然如此，那就再點一份那個派如何？我正好也想再吃一點剛才那個類似烏龍麵的麵料理呢。（老闆娘！）」

鈴乃意外乾脆地答應了艾契斯的要求，並自己主動叫老闆娘過來。

「（可以再給我一份剛才那個淡水魚的派，還有幫這位女孩再添一碗燉菜嗎？另外我還要這個米粉湯，如果貴店有什麼自豪的名酒，麻煩也請讓我看一下。）」

鈴乃用被其他大陸稱做亞煌語的艾夫薩汗官方語言點菜。

「（雖然生意興隆對我們來說是件好事，但可惜本店並沒有高級到能夠端給大法神教會的祭司大人的酒。）」

這裡的經營者是一位身材魁梧的老闆娘，她邊笑邊接受點菜。

「喂、喂，鈴乃，妳剛才是不是在點酒啊？酒醉駕駛可是犯罪喔！」

曾經是征服者所以懂一點亞煌語的真奧指責鈴乃點菜的內容。

「好啦，你閉嘴。我又不是真的想喝酒。」

鈴乃似乎早就料到真奧會這麼吐槽，只隨口應付了他一下。

「（距離派烤好還要一段時間，要趁這時候喝嗎？不過我們店裡只有這種酒。）」

說著說著，老闆娘拿來了兩瓶水果酒。

鈴乃看著瓶子上的標籤，思考了一下後輕輕點頭說道：

「（看來這裡的流通都還正常呢。）」

「（咦？）」

「（妳知道我是西大陸出身的人，所以才推薦我這種酒吧？這兩瓶都是西大陸釀造的水果酒。）」

鈴乃仰望困惑的老闆娘，切入正題。

「（我想請教一件事。請問皇都蒼天蓋至今仍被惡魔支配的傳言是真的嗎？）」

老闆娘露出複雜的表情。

「（真要說的話，應該算是真的。）」

然後乾脆地肯定鈴乃的疑問。

但不可思議的是，她的語氣與其說是恐懼，不如說更接近疑惑。

「（不過……如果被問到有什麼變化，倒是沒什麼特別的改變呢。雖然在知道惡魔大元帥艾謝爾回來後，確實曾掀起一陣大騷動。）」

說到這裡，老闆娘在確認店內沒有其他客人後，將臉湊向鈴乃說道：

「（因為您是西邊的人，所以我才告訴您，其實對我們這些平民百姓而言，無論統治者是惡魔大元帥還是統一蒼帝都沒什麼差別。）」

「（喔？）」

「她們好像在講什麼複雜的事情呢？我想快點吃派啦！」

「馬上就送來了啦，妳稍微安靜一下。」

真奧壓制住等不及店員上菜的艾契斯。

「（雖然艾謝爾的支配確實很恐怖，而且也死了很多騎士團的人，不過在那之前，艾夫薩汗這個國家的東部原本就內亂不斷，再加上每隔幾年，都一定會為了提高統一蒼帝或蒼天蓋的威信進行大規模的公共工程，到處徵用人民，所以原本就會有很多人死於事故。）」

「（……像那種事情……）」

「（當然考慮到語言不通的問題，或許支配者還是人類會比較好，雖然希望可怕的惡魔們能快點消失……但在勇者艾米莉亞擊退艾謝爾後，大家都發現了。無論支配者是惡魔還是統一蒼帝，到頭來我們都只是被榨取的一方……討厭啦，對不起，感覺愈講愈陰沉了。）」

「（不，我才不好意思。居然提起這種難過的話題……）」

「（嗯，不過說的也是。難得祭司大人願意陪我聊天，我就坦白告訴您好了。在新的惡魔軍隊進駐蒼天蓋後，真正改變的其實只有一件事。那就是艾夫薩汗全境的八巾騎士團都獲得了強化，並突然開始向其他大陸宣戰。）」

「喂～真奧～我的燉菜跟派～」

「……晚點我的分也給妳，先閉嘴啦。」

「（八巾騎士團獲得了強化？）」

「（嗯，很奇怪對吧？明明艾謝爾當初第一件做的事情就是削減八巾騎士團的力量。雖然這真的只是傳聞，但甚至有人懷疑或許是統一蒼帝受到征服欲的驅使，為了掀起戰爭而自己主動與惡魔聯手呢。雖然當初艾謝爾為了弱化人類，進行了不少處置，但這次的惡魔們來了以後，我們的流通、生產跟武力反而增強了呢。這麼一來，當然會有人產生懷疑啊。）」

鈴乃一面聽著老闆娘的話，一面表情凝重地看向蘆屋的地圖。

「（原來如此……呃，謝謝妳告訴我這麼寶貴的情報。最後我可以再請教一個問題嗎？）」

「（什麼事？）」

鈴乃以嚴肅的眼神詢問老闆娘：

「（妳有聽說過天使出現在蒼天蓋嗎？）」

老闆娘疑惑地睜大眼睛回答：

「（天使？您說的天使，是指記載在大法神教會聖典裡的那個天使嗎？）」

老闆娘接著困擾似的笑道：

「（既然都有惡魔了，那麼或許這世界上的某處真的會有天使也不一定，不過我沒聽說過類似的傳聞呢。）」

「（……這、這樣啊。）」

鈴乃與真奧困擾似的交換了一下視線。

雖然知道惡魔的存在，但天使們私底下的行動，果然還沒傳到一般民眾的耳裡。

「（那麼，那位小姐似乎也快忍不住了，我差不多該去拿烤好的派了，還有其他想問的事情嗎？）」

「（不，沒了，謝謝妳。非常值得參考。）」

「（那真是太好了……啊啊，還有……）」

老闆娘突然有些尷尬地支吾了起來，鈴乃表情嚴肅地點頭：

「（放心吧。賭上我的名譽，絕對不會將從老闆娘這兒聽來的事情告訴其他人。）」

「（那真是幫了大忙。）」

即使露出鬆了口氣的表情，老闆娘還是不安地看向真奧的方向。察覺到那個視線的意義後，鈴乃補充道：

「（放心吧。這個人雖然是我的隨從，但同時也是大法神教會虔誠的信徒，所以非常清楚告解祕密的重要性。）」

「……喂。」

即使無法在老闆娘面前吐槽，真奧還是確實地露出三白眼，主張自己聽得懂鈴乃在說什麼。

「妳說誰是隨從啊，嗯？」

在一個距離宏發村十幾公里的森林沼澤附近，真奧為中午的事情提出抗議。

「怎麼，你還在記恨啊？」

不過鈴乃一臉若無其事地回答：

「你自己應該也知道那樣講比較方便吧。基本上這次遠征的費用幾乎都是我出的，讓我說

一下又不會怎樣。」

「唔。」

被這麼一說，真奧頓時啞口無言。

看見真奧悔恨地閉上嘴巴，鈴乃微笑地說道：

「不過這可不是在開玩笑，如果艾謝爾的地圖正確，接下來想前往蒼天蓋勢必得經過其他城鎮。若盤查變得嚴密，到時候說你跟艾契斯是我這個傳教祭司用錢請來的隨從，應該是最穩便的。」

「……問題在於這傢伙有沒有辦法演戲呢。如果有什麼萬一，就讓她待在我體內吧。雖然這樣好像把艾契斯當東西一樣，感覺有點不太好。」

在那之後，他們又外帶了一大堆淡水魚的焗烤派當晚餐，真奧看向吃飽後幸福地化為簑衣蟲躺在營火旁睡覺的艾契斯，露出苦笑。

「唉，實際遇到時該怎麼辦，就先等明天趕個半天路後再考慮吧。」

鈴乃看著蘆屋的地圖說道。

「雖然希望能盡可能靠機車移動到蒼天蓋附近，但在最壞的情況下，或許得先將機車丟棄到某個地方。」

「咦？我才不要！」

真奧起身對鈴乃的話表達抗議。

「就算你這麼說也沒辦法。愈是接近皇都，我們被發現的機率就愈高。必須避免做出太過顯眼的舉動……」

「我好不容易才掌握了『機動杜拉罕二號』騎起來的感覺！怎麼可能有辦法把它丟在這種地方！」

「……那機動什麼來著的是什麼鬼東西？」

當然考慮到真奧至今的性格，想必這一定是他不知道在什麼時候替機車取的名字。

「雖然對車子產生感情是沒什麼關係，但這件事或許關係到艾米莉亞的性命。基於所有者權限，機車的處置由我來決定。」

「唔唔唔……」

鈴乃毅然地說完後，像是想起什麼似的向真奧問道：

「話說回來，我之前就有點在意，為什麼你每次都要把交通工具取名為『杜拉罕』啊？」

「啊？」

「『杜拉罕』是在地球的神話還是什麼故事裡出場的惡魔吧？我記得是一個無頭騎士騎著由無頭馬拉的馬車的惡魔。」

「喔喔，妳居然知道啊。」

「不過我從來沒聽說在侵略安特．伊蘇拉各地的惡魔中，有像那樣的存在。雖然也可能只是我不知道而已……」

「嗯，魔界確實是沒有像地球流傳的『杜拉罕』那樣的惡魔。基本上從生物的角度來看，抱著自己的頭到處跑也太詭異了吧。」

「你最沒資格說這種話……算了，所以呢，為什麼是杜拉罕？」

「呃，其實沒什麼特別的意義啦。」

真奧聳肩。

「在麥丹勞定下來之前，我跟蘆屋曾經幾度在打工時被開除。」

「喔？」

鈴乃像是感到意外似的睜大眼睛。

由於鈴乃來到日本時，真奧、蘆屋、惠美以及漆原都已經過著不輸當地日本人的生活，因此她原本以為他們的生活從一開始就非常順遂。

「唉，雖然有些是因為打工地點倒閉，所以也不全都是我們的問題，但光是我跟蘆屋決定各自負責工作與家事、調查之前，就至少有兩次是被開除的。」

儘管真奧是在吐露自己痛苦的回憶，但魔王撒旦的痛苦回憶是被職場解雇這點本身，對安特．伊蘇拉的人類而言就已經是夠聽不下去的事實了。

「之後我開始在麥丹勞工作，並從還是新人的小千那裡得知哪裡有賣便宜的自行車，當時包含自行車在內，我買了許多昂貴的東西，讓存款陷入危機。哎呀，那時蘆屋真的超生氣的呢～」

即使鈴乃根本就不可能知道當時的事情，但依然能輕易想像那樣的場景。

「然後啊，如果在得意地買完東西又花完存款後被開除，那不就太糟糕了嗎？」

「嗯，確實如此……等等，該不會！」

鈴乃因為想到某個差勁透頂的推測而倒抽了一口氣。

「所以為了不要再被開除，我就對通勤的自行車許了一個願望。吶，杜拉罕不是『無頭的惡魔』嗎？因此只要把『頭』換成『開除（註：日文中「頭」與「開除」的發音相同）』，就變成『不會被開除的惡魔』了。」

真奧有些害臊似的露出戲謔的笑容，看不下去的鈴乃將手抵在額頭上。

「……真的是遜斃了。」

「怎樣啦！是妳自己要問的耶！喂，妳在笑什麼啊！」

鈴乃雖然一開始露出受不了的表情，但之後也漸漸覺得可笑，從喉嚨裡發出輕微的笑聲。

「嘻嘻嘻……與其這樣，還不如說是因為忘不了當魔王時的感覺，所以才想至少把坐騎取名為杜拉罕這個說法要好多了，哈哈哈！」

「那樣不就單純只是個沒常識的傢伙嗎？」

「啊啊，笑死人了。這件事之後可得好好跟艾米莉亞和千穗小姐分享才行。」

「喂，不要啊，笨蛋！姑且不論小千，惠美那傢伙一定用這個取笑我一輩子，所以別告訴她啦！」

「我還真想目睹一下那樣的場景呢。因為跟日用品有關的起因，取笑魔王一輩子的勇者。」

「隨妳高興啦，可惡！」

真奧面紅耳赤地偏過頭。

因此漏聽了鈴乃小聲補充的一句話。

「可以的話……真希望能一直待在旁邊，目睹那樣的場景呢。」

「啊啊？怎樣啦？」

「不，沒什麼。別放在心上。只不過是因為那樣太像人類，讓我覺得有點好笑罷了。」

「吵死了吵死了！居然敢瞧不起我！」

徹底鬧起彆扭的真奧轉身背對營火，洩憤般的將營火用的樹枝扔到遠方的暗處。

鈴乃不知為何以慈祥的表情看著那道背影，接著突然拿起蘆屋留下來的手繪地圖。

「喂，魔王。」

「幹什麼啦！」

「……你們為什麼要來安特．伊蘇拉？」

「嗯啊？」

即使因為營火的陰影而看不清真奧的表情，但鈴乃還是清楚地知道他的表情有些扭曲。

「我不是指這次的事情。而是在漂流到日本之前，你跟艾謝爾和路西菲爾打算支配這五塊大陸時的事情。」

「事到如今問這個幹什麼？而且我之前不是說過了嗎？是為了支配安特．伊蘇拉……」

「所以我才要問，為什麼是支配？你們難道不是為了毀滅人類世界而來的嗎？」

鈴乃想起千穗在出發前說過的話，接著問道：

「支配跟毀滅是完全不同的事情。實際上艾謝爾甚至特地將人類社會的資訊背了起來，漂亮地支配了艾夫薩汗。這到底是怎麼回事？」

「……」

「你之前曾經對我說過。若真的為了千穗小姐的安全著想，為何不直接消除她的記憶。我現在把那句話原封不動地還給你。為什麼你要讓千穗小姐待在你身邊？」

「妳用這種講法，感覺好像我是纏著小千不放的壞男人似的。」

「一直不肯回應千穗小姐的勇氣，利用千穗小姐的善良保留回答折磨她的你，的確是個壞

男人沒錯。」

「唔……折、折磨她……那個，可是……」

過去千穗向真奧告白自己的心意時，曾被當時在場的鈴乃撞見，一回想起這件事，真奧就發出苦悶的呻吟聲。

「我最近也開始有點搞不懂你了。不過並非真奧貞夫，而是魔王撒旦的事情。」

鈴乃眺望著營火的火焰，輕聲嘟囔道。

「一開始時，我對『真奧貞夫』在日本的生活方式，只是為了向世人掩飾魔王撒旦的真面目這點深信不疑。我一直懷疑你其實在內心藐視人類，只要一找到空隙就會背叛、傷害別人。」

「說得還真過分呢。雖然對惡魔而言，陰險算是一種稱讚。」

「不過，實際上又是如何？秉持守法精神、做事光明正大、與社區居民建立良好的關係，甚至還對自己打算支配的人類抱持敬意。而且還不只你這樣，就連艾謝爾跟路西菲爾也是如此。」

「漆原跟社區居民有交流嗎？」

「我看他跟佐助快遞的送貨員們倒是混得滿熟的。」

「漆原那傢伙……」

鈴乃所指的，大概是漆原趁真奧和蘆屋外出時擅自網購東西的時候吧。這讓真奧頓時垂下了肩膀。

「然而另一方面，你們也總是肆無忌憚地宣言總有一天要支配人類與安特．伊蘇拉。話雖如此，卻也不會極端地敵視對你們而言只會構成妨礙的艾米莉亞，在知道我的真面目後，對我也不怎麼抱持警戒。」

鈴乃誇張地起身，俯視至今依然背對這裡的真奧問道：

「讓千穗小姐、艾米莉亞跟我留在你們的身邊，對你們到底有什麼好處？」

「節省家計開支，還有餐桌在各方面來說都變得豪華，根本就是只有好處啊。」

「明明好幾次取回強大的魔王姿態，為什麼既不回去，也不打算除掉艾米莉亞或我，還持續在日本規規矩矩地當『真奧貞夫』呢？」

「……」

「這次的歸還，對你來說應該也是大好機會不是嗎？現在的你，已經得到了超越大天使的強大力量，艾謝爾跟惡魔的部下們也都在伸手可及之處。只要忘了日本跟地球的事情，把開『門』的我給殺了，就算想回魔界都不是問題。人類世界的情勢，也不像過去那麼團結，艾米莉亞也陷入了困境，這不正是征服世界的大好機會嗎？」

「……妳到底想要我怎樣啊？」

「若是安特．伊蘇拉人所想像的魔王撒旦，應該那麼做才比較自然吧？」

鈴乃乾脆地斷言。

「不過你卻像現在這樣跟我在一起。擔心艾米莉亞的安危，安慰梨香小姐的內心，跟千穗小姐約好會回到日本，並拜託天禰小姐守護日本的安全。」

「擔心惠美……應該是沒到那麼誇張的程度。」

看來真奧直到現在，都對自己在出發前於公寓房間說溜嘴的那句話沒有自覺。

「照這樣來看，打算支配安特．伊蘇拉的你，行動簡直就不具備一致性。不過我這次想到了一個假設。只要按照那個假設，你所有看似不具一致性的行動，就全都獲得了解釋。」

「……別鬧了。在流行的電視劇裡面，在假設的階段就發表意見似乎不太妙喔。」

真奧試著蒙混過去，但鈴乃依然不肯退讓。

「魔王撒旦。」

「別說了。」

鈴乃平靜的聲音傳入真奧耳裡。

「你應該一點都沒變吧？」

「我叫妳別說了……」

「千穗小姐的慧眼有時候真的很恐怖。不對，或許正因為千穗小姐什麼都不知情，所以才有辦法得到這樣的結論。魔王，你……」

「啊～我不想聽！我～不～想～聽！啊～啊～啊～～～～！」

真奧摀住耳朵大聲嚷嚷，但鈴乃凜然的聲音輕易地便突破了那層障礙。

「其實是個既認真又溫柔到讓人納悶為何會誕生為惡魔的男人。」

營火爆開的聲音，像是在打拍子般的於夜晚的森林響起。

「……妳說這種話，都不會覺得難為情嗎？」

「因為這全都是從千穗小姐那裡現學現賣來的。千穗小姐即使知道你是異世界的魔王，還是從來不曾懷疑過這點。雖然人家經常說戀愛會讓人變得盲目，但在千穗小姐的情況，反倒是讓她的慧眼變得更加敏銳呢。」

鈴乃若無其事地乾脆說道，讓真奧再度啞口無言。

「然後這件事同樣也只有千穗小姐看穿了，包含艾米莉亞和我在內，安特．伊蘇拉的所有人都並未意識到這點。」

在新宿電器行的那場爭執，重新浮現在鈴乃的腦海裡。

真奧當時曾經明確地說過。

「你確實是率領魔界之『民』的『王者』。」

「……嗯，畢竟我是『魔王』啊，所以那又怎樣？」

真奧還是一樣不悅地背對鈴乃。

「話說以前的事情跟現在又有什麼關係？如今我要跟妳一起去救出惠美跟蘆屋，然後所有人一起回日本，這樣不行嗎？」

「不行。」

「為什麼啊！」

「很簡單，因為我會不安。也許我睡到一半就會被突襲，而且現在也還不能完全斷定你到了蒼天蓋後，不會跟艾謝爾一起背叛我，開始新魔王軍的活動。」

「我、我說啊，妳才是從剛才到現在，說的話都不具一致性。」

「畢竟我長期都在做懷疑別人的工作啊。」

「聖職者怎麼可以懷疑別人呢。」

真奧依然背對著鈴乃皺起眉頭，後者則是對他露出溫柔的微笑，然後——

「的確，雖說是前異端審問官，但再怎麼墮落都還是名聖職者，我……嘿咻。」

「唔哇！」

背上傳來小小的衝擊，讓真奧驚訝地回頭望去。

真奧在比自己低一顆頭的地方，看見鈴乃被營火照亮的後腦杓，並進而發現她正與自己背靠背坐在一起。

「妳、妳幹嘛突然這樣啊！」

鈴乃突然踏入最接近的領域，讓真奧難掩困惑。

「聖職者絕對不會洩漏透過告解得知的祕密。」

反倒是鈴乃較為從容地越過緊貼的背，平靜地說道：

「這樣你就不會看見我的臉啦。惡魔之王啊，不介意的話就告訴我吧。為什麼你要率眾侵略安特・伊蘇拉。」

「真是的，這是在演哪齣啊……」

真奧雙手摀著臉，深深嘆了口氣。

「話先說在前頭，我之所以至今都沒告訴過別人，並不是因為背後隱藏了什麼天大的祕密。只是因為都沒有人特別提出來問，所以我才沒說出來而已。」

真奧先小聲地做了個開場白。

「這對你們(人類)來說真的是非常無聊，又隨處可見的事情，就算妳聽完一切後無法接受，我也不管喔。我是不覺得這有到告解那麼誇張啦。」

「我知道了，我會謹記在心。」

一面感覺鈴乃從背上傳來的體溫——

「唉……真是的，這到底是什麼狀況……」

真奧再度對著夜晚的森林輕輕嘆氣。

「該從哪裡開始說起好呢。」

接著他以宛如在回首昨天的事情般自然的語氣，開口說道：

「雖然我不記得有沒有跟妳提過這件事，但總之我出生時的魔界，真的是個無藥可救、完全被暴力支配的世界。強大的惡魔會隨意折磨、殺害弱小的惡魔，只顧著讓自己活下來，當時的魔界就是個那樣的地方。我為了改變那個世界而舉兵，並在卡米歐與艾謝爾的協助之下，順利地完成征服大業，一個前所未有的文明國家，就這樣在我的主導下誕生了。到這裡為止都還算好。」

「嗯。」

「拜此之賜，弱小的惡魔幾乎不再因為毫無道理的暴力死去。魔術在體系化後變得愈來愈有效率，威力也跟著逐漸提升。即使如此，一直到那個時候，我、卡米歐跟艾謝爾都還是沒發現到那件事情。」

鈴乃透過背部感覺到真奧的呼吸稍微加快了。

「如妳所知，惡魔能夠透過恐懼與絕望的感情獲得魔力，得到自己生存所需的能量。儘管我的統一事業為魔界帶來了『治安』與『和平』，但相對地『恐懼』與『絕望』便逐漸消失了。而結果就是魔界的魔力總量以極快的速度開始減少。然而託統一事業的福，人口卻持續增加。妳應該也猜到了吧，魔界至今為何會充滿魔力。而我把那個原因消除掉了。這樣下去累積的魔力將會以不得了的速度開始消耗。在知道這樣下去撐不過五百年時，我真的感到很頭痛呢。」

「……所以，你們才會侵略安特．伊蘇拉嗎？真的是普通到令人驚訝的理由呢。」

真奧看不見鈴乃的表情。不過由於從聲音便能知道對方在認真聽，因此他又接著說道：

「在侵略他國後，透過搶奪與殖民解決資源枯竭的問題。以戰爭的動機來說，真的是普通到讓人想笑吧？不過我可沒有笑的餘裕。我怎能讓那些相信並跟隨我的子民，讓那些好不容易再也不必擔心死於同族暴力的魔界之民，因為我的計算錯誤而餓死呢。所以我才會來到這裡。」

「為了『支配』安特．伊蘇拉嗎？」

鈴乃刻意強調了「支配」這個詞。

「雖然我們只因為你們是異形並擁有壓倒性力量的存在，就認定你們打算將人類趕盡殺絕，但其實你並沒有那樣的打算吧？」

「如果我說是的話，人類們就會原諒我嗎？」

「誰知道。不過，現在的我是傾聽告解的聖職者。所以不會懷疑你所說的話。」

感覺鈴乃似乎微笑了一下。

「若讓人類滅亡，只會再次發生相同的事情。畢竟我聽說人類的壽命跟我們相比非常短暫。在讓人類滅亡的那天，也只是將人口持續增加的惡魔放到空無一物的地方罷了。所以我才想要在讓人類產生適當恐懼的情況下，支配他們。也正因為如此，我才會嚴命四天王對反抗者格殺勿論，但必須接受人類的投降。唉，雖然執行程度似乎有個人差異的問題。」

「原來如此。所以各國的王侯現在也都還平安無事地活著啊。」

鈴乃在去日本之前，某種程度上便已經掌握惡魔大元帥們做出的暴行，在東西南北大陸間存在著極大的差距。

當時已經有明確的統計指出扣掉魔王城出現的中央大陸，人類世界的犧牲者主要集中在南大陸與西大陸，而北大陸和東大陸的被害狀況則相對算少。

「再來就跟妳知道的一樣。惠美那傢伙依序解放了各個大陸，最後我成了逃跑的敗軍之將，漂流到日本。吶，真的是無趣到讓人嚇一跳對吧？」

覺得透過不斷強調無聊拉起防線的真奧很有趣的鈴乃，小心在不被發現的情況下輕輕微笑。

「倒也沒那麼無聊。光是知道你跟人類的『王』沒什麼兩樣這點，對我來說就算是有收穫了，不過，我還有一個地方不懂。」

「啊？」

真奧一回頭，就發現鈴乃也做出了一樣的動作，使得兩人的視線略微相會。

「你本人在來到安特・伊蘇拉後，究竟都在做些什麼？」

「……我嗎？」

真奧意外地反問。

簡直就像是從來沒預想到這個問題。

從來沒預想到這個問題，換句話說，就是真奧周圍的人至今都從來沒對這點抱持疑問過。

「嗯，沒錯。在中央大陸事實上的首都伊蘇拉・聖特洛毀滅後，直到與艾米莉亞的最終決戰為止，都沒人聽過『魔王撒旦』的名號。負責進攻東西南北大陸的，是惡魔大元帥的侵略軍吧？我想知道將侵略的工作通通交給『魔王軍』後，『魔王』本人到底都在幹什麼？」

鈴乃的眼中，反射出搖曳的營火光芒。

真奧這才發現自己已經跟她對上眼好一陣子，慌張地移開視線。

「要是妳稍微笑一下，我馬上就不講囉。」

「還真是意外地膽小呢。你對自己做過的事情就那麼沒自信嗎？」

「既然是在講自己過去的大失敗，那怎麼可能會有自信呢。」

真奧先是不悅地丟下這句話——

「我在研究『人類』。」

然後以細若蚊聲的聲音說道。

「雖然不至於像惡魔那麼誇張，但這些無論人種、語言還是外表全部都不一樣的人們，居然在競爭之後建立了社會，並展開互助合作的生活，這讓我覺得人類這種生物非常不可思議。」

「……」

「若遇見受傷倒在路邊的人，會踩下去的就是我們魔界的惡魔，會替那個人治療並提供幫助的則是人類。這樣的差距到底是從哪裡產生出來的呢？」

「人類也不是每個人都是聖人君子。」

「話雖如此，但也並非每個人都是像惡魔那樣的人渣吧。」

真奧輕輕嘆口氣，仰望天空。

「我做了很多沒度量的事情。像是把我在魔王城的房間，改造成人類支配者的風格。畢竟是即將支配人類世界的絕對王者的房間，總有一天全世界的王公貴族都會來這裡向我宣示效忠，我甚至還曾漫不經心地想過這些無聊的事情呢。」

「喔，我突然覺得有點想看看呢。」

「拜託饒了我吧，我才不想對認識的人公開自己的房間。另外像是人類的語言、人類的社會等等，我從被摧毀的城鎮收集了無數資料進行研究。當然其中一部分的理由，也是為了調查

該怎麼做才能順利地支配你們（人類）。」

「結果你的研究有獲得什麼成果嗎？」

「就是因為沒有，所以才會淪落到得在日本打工啊。」

真奧聳聳肩。

「不過真的是船到橋頭自然直呢。從下定決心要征服安特·伊蘇拉，到被惠美打敗並漂流到日本的這段期間，我一直都想不透我們跟人類究竟有什麼差異，想不到漂流到日本三天後，我就想通了。」

「是什麼？」

「其實真的是非常簡單的事情。現在回想起來，反而會覺得理所當然到讓人想笑的地步。」

真奧說完後，看向在一旁以幸福的表情呼呼大睡的艾契斯。

「那就是需不需要吃飯，僅此而已。」

這個答案，讓鈴乃抬起頭轉向真奧。

「你是指用餐嗎？」

「嗯。」

真奧真摯地點頭。

漂流到日本後，真奧曾經因為「脫水症狀」和「營養失調」被救護車送到醫院，他永遠忘不了在睡了三天三夜後，醒來時看見的醫院天花板。

「我們惡魔不需要特別做什麼，就能獲得獨自生存所需的魔力。雖然也有人會基於興趣吃掉自己殺害的對象，但那真的就只是興趣，絕對不是因為有什麼不吃東西就會死掉之類的理由。不過人類就不同了。無論是再怎麼有錢的人，人類都絕對無法一個人存活下去。」

真奧堅定地說完後，刻意轉頭面向鈴乃。

「這不是什麼精神論的問題。畢竟就算是有錢人，也無法靠吃錢過活。必須先用錢換食物，再吃掉那些食物。只要有錢，就能吃到某人做的美味料理或是對身體好的東西，就是因為能吃並想吃自己喜歡的東西，人才會想要工作賺錢。人類的社會就是這樣形成的。從社會的構成要素開始，就跟我們這些惡魔不同……而我當初居然連這麼簡單的事情都不知道。」

「……魔王？」

「就是因為不知道……所以才害死了許多相信我的子民。並膚淺地認為只要靠力量跟魔力就能支配人類。」

真奧靠在鈴乃背上的部分傳來顫抖。

「喂，你該不會……」

鈴乃忍不住想要回頭，但卻被真奧以身體輕輕壓了回去。

「我沒哭喔。真正想哭的應該是那些追隨我這個笨蛋的魔王軍，或是被我這個笨蛋殺害，以及像惠美那樣經歷了悲慘遭遇的人們。我錯了。明明是王，卻還是犯錯了。」

彎下腰的真奧看起來十分渺小。

之前在笹幡北高中的戰鬥中，真奧曾為了拯救鈴乃、千穗以及漆原灕灑現身，並展現出足以壓倒天使與惡魔的力量和身為王的威嚴，但在此刻的他身上完全感覺不到那些東西。

「……即使如此，你還是必須行動對吧？因為你是王啊。」

鈴乃對著那道背影輕聲低喃，真奧的後背隨之一震。

「你必須將人類的世界，跟自己國民的性命放在天秤上比較對吧？魔王……」

鈴乃抬起頭，向背後看不見表情的魔王撒旦問道：

「讓你的內心感到痛苦的罪，是什麼？」

「我的罪……」

「是殺害人類，侵略安特・伊蘇拉的事情嗎？」

「不對。」

真奧明確地否定。

即使如此，鈴乃還是不動聲色，繼續以平靜的語氣問道：

「那麼是什麼？」

「是背叛了民眾的信任，將他們逼上死路……以及作為一個王，卻選錯了道路的事情……」

「如果為此感到後悔，那你該做的事情是什麼？」

「……」

真奧讓鈴乃的話語一句一句地沉入心底，同時開口說道：

「就算是這樣，無論發生什麼事，直到我不再是王的那個瞬間，都要以王的身分活下去。」

「沒錯。」

鈴乃露出微笑，緩緩起身離開真奧的背，她並未看向那位告白罪孽的男子表情，直接仰望滿天的星空。

「你自己不是也說過嗎？為了帶領那些跟隨自己的人前往好的方向，就必須持續看著自己覺得好的方向活下去。直到新的王把自己推下來之前，都必須持續拉著後面的人前進。你想成為能同時支配惡魔與人類的王對吧？」

「……話說，這算是告解嗎？」

真奧以像是在哭又像是在笑、幾乎快要崩潰的表情回答。

「妳那邊的神明，會願意原諒惡魔的罪孽嗎？」

「唉，正常來講應該是不會吧，畢竟這可是惡魔之王的罪呢。」

「喂，都讓我說到這個地步了，那樣也太誇張了吧。」

真奧全力對鈴乃乾脆的回答吐槽，但後者卻以平靜的笑容搖頭說道：

「不過，我原諒你。」

「鈴乃？」

真奧忍不住回頭。

首先映入眼簾的是聖職者穿著法衣的背影，而鈴乃緩緩轉過來的臉上，正掛著真奧至今從未見過的溫柔笑容。

「惡魔之王撒旦。你身為王的『孤獨』與『罪孽』，我確實聽見了。我判斷你所說的全是實話，並以吾之名，克莉絲提亞·貝爾的名號原諒你的罪孽。即使神，或是這個世界的其他人都不原諒你也一樣……你做得很好。」

真奧傻眼地看著鈴乃的臉，等過不久回過神後才皺起眉頭說道：

「妳、妳是怎麼了？該不會白天的派裡加了什麼奇怪的東西吧？」

「或許吧，我自己也覺得自己瘋了。」

鈴乃的臉色在營火的照耀下，似乎微微泛紅。

「這是很單純的事情。我之前曾經被你救過好幾次。即使你本人沒那個打算，我還是認為自己應該要報答你，還有，我恐怕……」

「怎、怎樣啦。」

「……不，還是算了吧。」

鈴乃輕輕搖頭，像是解除緊張似的從真奧面前離開，坐到營火的對面苦笑道：

「要是再繼續說下去，真的就會變成是單純在發牢騷。要是讓告解者感到困惑就本末倒置了，此外若真的明確地表態，可是會觸碰到千穗小姐的逆鱗呢。」

「為、為什麼要在這時候提起小千啊？」

「……這下我總算能夠體會千穗小姐有多辛苦了。」

即使講起話來一副受不了的樣子，但鈴乃被營火照亮的臉龐上，依然掛著微笑。

「最近的我是千穗小姐的信徒。唉，就當成是那樣吧。我……既沒有像千穗小姐那樣的確信，也沒有像她那樣的勇氣。」

「唉……」

儘管真奧完全被避重就輕地敷衍過去，無法繼續吐槽下去的他，還是只能保持沉默。

「……魔王。」

「這次又怎麼了？」

不曉得是不是真奧的錯覺，此時鈴乃的表情不知為何似乎顯得有些悲傷。

「無論你是怎麼想的，我都會賭上聖職者的驕傲接納剛才那些話，所以我也不會告訴任何人。不過……如果哪天你有那個意思，就告訴艾米莉亞……」

「我拒絕。」

「剛才那些事……咦？」

「就只有惠美，我絕對不會告訴她。」

真奧那過於果斷的語氣，讓鈴乃驚訝得目瞪口呆。

「因為那樣不是很不公平嗎？」

真奧以和語氣同樣嚴肅的表情搖頭。

「不公平？」

「在這幾個月跟她的來往中，我已經知道那傢伙雖然總是勇者勇者地吵個不停，但精神方面的強度就跟豆腐差不多。難得她最近好不容易才重新振作起來，要是又像之前那樣陷入煩惱，那感覺不是會很煩嗎？」

快速說完這段話後，真奧低下頭啐道：

「對惠美而言，我是把她的人生搞得一團亂的侵略者之王。這樣就可以了。」

「不過，那是……」

「就算那傢伙的父親還活著，我做的事情奪走了她人生的一部分依然是不爭的事情。不過我是將包含她在內的大批人類的人生，跟自己的國家與子民的性命放在天秤上比較，最後選擇了自己的國家與子民。」

真奧像是在咀嚼自己說的話般，緩緩說道。

「我根本就不在意自己對那傢伙做的事情，此外我既不期待她的原諒，也沒立場接受她的原諒。如果我把這些事情告訴她，也只會害她失去立場。更何況光是這次，她就已經給我們添了很大的麻煩。」

「……魔王，你……」

「這次還有蘆屋、阿拉斯．拉瑪斯、艾契斯跟諾爾德的事情要處理，因為指名惠美擔任惡魔大元帥的人是我，既然讓她背負了這個責任，那這次我就有義務要幫助她。這跟勇者還是魔王什麼的完全是兩回事，所以……」

真奧輕輕瞪向鈴乃。

「即使順利救出惠美，也別對她說些多餘的話。這次是因為身為聖職者的妳說是告解，我才特例告訴妳的。惠美那傢伙光是現在就因為覺得自己有責任而變得軟弱不堪，妳再把我的事情告訴她讓她煩惱看看。絕對會煩到讓人受不了。那傢伙……」

真奧緩緩起身，背對鈴乃走向自己的帳篷。

「還是每次看見我時就先諷刺個一兩句比較剛好。不然的話，連我的步調都會跟著亂

掉。」

「魔王……」

「……啊，喂，剛才那些話也包含在告解的一部分，絕對不可以告訴其他人喔。」

真奧彎著腰回頭指向鈴乃，說完後連回答都沒聽就直接走進帳篷。

「……」

鈴乃忍不住抱緊自己到剛才都還能感受到真奧體溫的身體。

「你真是個徹底溫柔……又殘酷的男人呢。」

露出自嘲的笑容後，鈴乃仰望浮在夜空上那兩枚紅色與藍色的月亮，輕聲嘟囔道：

「艾米莉亞……妳『接下來』到底打算怎麼活下去？」

「呼嗚……密瓜火腿……唔嗯。」

唯一掌握到這場足以改變世界的大戰其中部分真相的人類——克莉絲提亞．貝爾，感覺自己完全看不見那個真相究竟顯示了什麼樣的未來。

「乾燒蝦仁包，荷包蛋夾土司……」

「這不是連沒吃過的東西都混在一起了嗎？」

於是就連化為巨大簑衣蟲的純真少女忠於欲望的夢話，對現在得整理心中複雜思緒的鈴乃而言，都是一劑很棒的清涼劑。

「而我的『接下來』……又會變得怎麼樣呢。」

鈴乃抱緊自己的身體，一回想起體內加速的心跳，她就再度嘆了口氣。

※

商都魁凡市即將被攻陷。

在勇者艾米莉亞再臨的旗幟下，從斐崗出發的八巾騎士團自稱「斐崗義勇軍」，開始在皇都·蒼天蓋以西的地區展開戰鬥，打算解放那些被馬勒布朗契頭目率領的軍隊占據的各個都市。

義勇軍接連攻下由新生魔王軍的幹部——馬勒布朗契頭目控制的城市，最後終於抵達接在蒼天蓋之後的大都市魁凡。

攻城戰以義勇軍壓倒性的優勢開始展開。

由於魁凡是座商業都市，因此沒有堅固的城牆或防衛機構，寬廣的道路輕易就被大軍侵入，義勇軍轉眼間便驅除了阻擋在前的馬勒布朗契。

占據魁凡的馬勒布朗契頭目，斯加勒繆內被逼到了絕境。

「報告！前線的鑲紅巾隊已經與敵方頭目接觸！正開始戰鬥！」

在傳令兵衝進義勇軍營帳的作戰參謀室報告消息時，惠美緩緩起身。

「讓我去吧。那些頭目的強悍程度，跟普通的馬勒布朗契完全不能相提並論。光靠不充分的戰力，是無法戰勝他們的。」

惠美並非使用聖劍，而是拿起奧爾巴準備的劍打算走出營帳，但卻被一道聲音制止。

「不，沒有那個必要。」

惠美轉身瞪向以義勇軍參謀的身分、留在營帳裡待命的奧爾巴。

「奧爾巴，你想讓八巾的騎兵白白送死嗎？讓我去的話，一瞬間就能結束。」

「雖然妳說的沒錯，但就算是這樣，大將也不應該隨隨便便地就上戰場。若是陷入苦戰也就算了，如果大將在軍隊處於優勢時現身，反而會有損我軍的士氣。」

「……可是！」

惠美握著劍柄的手顫抖不已。

「艾米莉亞，妳是這個義勇軍的大將兼象徵。請妳別採取太過輕率的行動。光是妳的那分勇氣，就足以替現場的人們帶來勇氣了。」

「唔……」

惠美瞥了一眼那些自從離開斐崗，就一直在營帳裡待命的八巾將校們。

他們每個人都完全不了解惠美真正的心意，臉上洋溢著希望與勇氣。

「那麼，我至少能夠提議吧。既然我們的勝利已經無可動搖，那就沒必要再製造更多的犧牲。對馬勒布朗契軍發出投降勸告吧。我們的目的是解放魁凡，不是單方面的殺戮……」

惠美以幾乎可說是哀求的心情提出建言，但奧爾巴卻發自內心感到意外似的說道：

「艾米莉亞，妳該不會是要我們放惡魔一條生路吧？」

「那是……」

營帳內所有人的視線都集中在惠美身上。

惠美無法立刻回答奧爾巴的問題。

惠美還來不及整理自己不知為何無法回答的內心，另一名傳令兵就衝進了營帳。

「是來自前線部隊的概念收發！緊急通報！是緊急通報！」

明明距離剛才的傳令還不到五分鐘，那位士兵的臉上卻充滿了喜色，惠美見狀，便絕望地倒抽了一口氣。

「來自前線部隊的緊急通報！與敵方馬勒布朗契頭目接觸，在激戰後擊敗對方！敵方頭目已確認死亡！我軍成功解放魁凡市了！」

「唔唔唔！」

營帳內頓時歡聲雷動，即使惠美明顯板起了臉，現場也沒有任何一位將校發現。

傳令兵充滿喜悅帶來的消息，正是惠美最害怕的事情。

「只不過……是惡魔，是人類的敵人消失了而已……」

當所有人都沉浸在魁凡市解放的勝利中時，義勇軍裡就只有惠美一個人抱著大腿，蹲在空無一人的參謀本部裡。

「沒錯，這是因果報應。他們原本就想接在魔王軍後面支配安特．伊蘇拉，魔界的餘黨……只不過是人類應該要打倒的恐怖惡魔……又少了一個而已。」

惠美獨自低喃的聲音裡毫無任何感情，就像單純將事實條列出來般，不具任何色彩。

「惡魔，是敵人。是我跟安特．伊蘇拉的敵人，只要將他們趕盡殺絕，世界就會恢復和平…………」

『「惡魔」……到底是什麼？』

「唔。」

害怕著從心底深處傳來的聲音，惠美像是要被什麼壓扁似的緊緊抱住自己的身體，將自己縮得更小。

「敵、敵人。惡魔是，人類的敵人。是威脅人類的，恐怖敵人……」

『簡直就像那天的馬勒布朗契們……像那些深信自己能替魔王撒旦和惡魔大元帥報仇、愚蠢的馬勒布朗契頭目們一樣。』

「唔唔！」

惠美抱著頭，發出呻吟。

自己應該知道才對。

在這一年多一點的期間內，自己應該已經看過這個世界、人類、以及惡魔的完全不同的另一面才對。

「為什麼……為什麼明明死的是惡魔，我卻還這麼……」

她沒打算說什麼敵人也有敵人的苦衷。

雖然心裡確實存在迷惘，但即使現在面對真奧與惡魔們，她還是有自信將其視為敵人。

然而明明只是死了一個未曾謀面的馬勒布朗契頭目，為什麼自己會如此受到罪惡感苛責呢。

如果不在這裡打倒馬勒布朗契，魁凡就會一直受到惡魔的支配。

為了解放魁凡的人們，戰鬥應該是正確的才對。

『……媽媽。』

如今惠美已經心力交瘁到就連阿拉斯・拉瑪斯來自內側的呼喊，都聽不見的程度了。

惠美無力地起身，在未能整理好擾亂自己內心激烈感情的情況下，走回自己專用的帳篷，

連武裝都沒卸就直接倒在床上。

無力地躺在床上的惠美，宛如死去般的陷入夢鄉。

「……唔。」

惠美表情苦悶地睡著，阿拉斯·拉瑪斯出現在她的身邊，用嬌小的手輕撫已經精疲力竭的「媽媽」的臉頰。

就在這個時候。

「嗚？」

阿拉斯·拉瑪斯像是發現了什麼似的仰望天花板。

「是誰？」

雖然瞬間感應到一股懷念的氣息，然而那就像是沙漠中的小石子般，馬上就混在世界的氣息裡消失無蹤。

即使如此，阿拉斯·拉瑪斯還是將手抵在自己的額頭，在黑夜中四處張望了好一段時間。

※

「啊～啊，亂七八糟。」

「……」

「你也有聽見吧？我可是有阻止過他們喔。」

「……」

「喂～稍微溝通一下嘛，我們又不是完全不認識。」

「……你到底有什麼企圖。」

「喔，你總算願意說話了。」

這裡是位於蒼天蓋城頂端的王座。原本是統治大艾夫薩汗帝國的統一蒼帝所在的王座之間，趴了一群人在地上。

倒在地上的全都是八巾騎士團的強者。

讓他們躺在王座之間地板上的——

「怎麼樣，蘆屋老弟，不對，惡魔大元帥艾謝爾。久違的蒼天蓋城王座感覺怎麼樣？」

「……令人噁心。」

呈節肢狀的兩條尾巴不耐地晃動，艾謝爾從王座上方瞪向靠在入口附近的梁柱上，正愉快地仰望這裡的加百列。

即使無法承受肉體大小的UNI×LO破布還黏在身上，但其威嚴是貨真價實的。

「大天使加百列，你到底有什麼企圖。」

「我沒有什麼企圖喔。我們天使並不會特別幫助人類，還有這裡並非日本，這些你都很清楚吧？喂，高興一點啦。你好不容易才回到掛念的安特．伊蘇拉耶。魔力也完全恢復了，以後到超市再也不用拿梯子，也不用瞪著清潔劑的價格標籤囉。」

加百列攤開雙手，擺出可疑的姿勢。

「唉，我知道這很像是在騙人的。抱歉抱歉。」

由於艾謝爾毫無反應，因此加百列只好自己收場。

「……這裡真的是蒼天蓋嗎？」

「對啊。要看嗎？」

「哼。」

艾謝爾哼了一聲後走下王座，穿過加百列身邊。

「唔……唔唔……」

像是在追著惡魔的背影般，倒在地上的騎士們發出呻吟。

「真難看～這樣也叫艾夫薩汗的精銳．八巾騎士團啊，怎麼每個傢伙都這麼讓人受不了。

我明明告訴過他們絕對贏不了你，所以別輕舉妄動，結果大家都被你的變身嚇到，害我完全來

エラヴ LA

不及阻止。謝謝你沒有殺了他們啊。」

「……沒有殺的價值，殺了也沒有意義。」

走出城堡頂端的陽臺後，艾謝爾啐道。

在蘆屋取回艾謝爾的姿態時，負責監視的八巾騎士們頓時陷入了恐慌。

他們本來想將看起來沒打算亂來的艾謝爾綁在王座上，但最後換來的就是這個結果。

即使看見在眼前展開的艾夫薩汗皇都景觀，艾謝爾的表情依然動也不動，回頭看向在背後露出輕浮笑容的加百列。

「你們打算把什麼工作推給我。」

「喔，你知道啊？」

「艾米莉亞的父親會到那間公寓是出於偶然。若佐佐木千穗的學校發生騷動，貝爾理所當然地會出動。所以說，你們的目的應該就只有我一個人。」

「也有可能是路西菲爾或撒旦啊？」

「如果是那樣，你應該會趁他們在家時過來才對。你不是那種連目標都沒確認，就會直接發動襲擊的人。」

「哈哈，好吧好吧，的確是這樣沒錯。你的工作非常簡單。只要囂張地坐在那張王座上就行了。接下來事情就會自己發展下去。」

「……」

艾謝爾回頭看向加百列輕浮的眼神後，稍微閉上眼睛想了一下。

「真奇怪。」

「咦？」

「既然如此，為什麼你要讓我看外面？」

「呃？有什麼問題嗎？」

「如果你們真的只打算要我坐在那張王座上，那麼加百列，你應該絕對不會讓我確認外面的狀況才對。確認這個幾乎看不見任何馬勒布朗契身影的皇都・蒼天蓋的狀況。」

「……喔喔。」

加百列的語氣雖然輕浮，但表情卻意外地是真心感到佩服。

「真要說的話，你本人甚至不應該出現在我面前。綁架我的工作，原本應該只由馬勒布朗契和人類進行對吧？」

「我可以姑且問一下，為什麼你會這麼想嗎？」

「這很簡單。因為即使馬勒布朗契的頭目全部一起上，也不是你的對手。然後你們又不是像人類透過聖典崇拜的那樣高潔的存在。既然如此，還是認為這一切全都是你們天界搞的鬼比較單純。奧爾巴・梅亞跟巴巴力提亞，全都是被你們花言巧語所矇騙，所以現在才會在這裡對

吧。」

「……」

「只要一被人看見天使的身影，就能推測出無論是馬勒布朗契打算興建新魔王軍，還是艾夫薩汗在馬勒布朗契的引導下對其他大陸宣戰，都只是表面上的事情。這背後隱藏了你們的目的。所以照理說，你本來不應該在我面前現身的。」

「嗯……這下麻煩了。」

加百列邋遢地搔著腹部，擺出投降的姿勢。

「都跟你推測的一樣。本來我不應該出現在你的面前。出現在覺醒的你身邊的，必須要是巴巴力提亞才對。這都是為了……」

「為了打造出『艾謝爾回來了』的印象吧。」

艾謝爾打斷加百列說道。

「感覺好像某個巨大宇宙英雄一樣呢。」

「因為在四名大元帥中，就只剩下我沒有被艾米莉亞討伐過的記錄。」

「你真的完全不吐槽呢……嗯？現在的狀況是我要負責吐槽嗎？」

「我聽說有人針對那場發生在中央大陸魔王城的戰鬥散播不實的傳聞。如果事情變成惡魔大元帥艾謝爾回到被馬勒布朗契支配的艾夫薩汗，應該所有人都會以為魔王軍又要打過來了吧。」

「嗯嗯嗯，所以呢？」

「然後……安特・伊蘇拉的人民們，都期待著勇者能夠回來驅除再度出現的魔王軍。你們就是為了這個目的，利用了某種手段將艾米莉亞留在這裡吧？」

「既然都說到這裡了，我就聽到最後吧。」

「……魔王軍的復活與勇者的復活。人民期望勇者勝利，而實際上你們應該也打算讓我跟巴巴力提亞一起被艾米莉亞打倒吧。復活的勇者艾米莉亞，驅逐了企圖再度支配艾夫薩汗的邪惡魔王軍，再次為安特・伊蘇拉帶來光芒。實在是淺顯易懂的劇本。」

「我是覺得實際上沒那麼好懂啦……唉，畢竟你是當事人之一，所以推測起來比較容易。」

「不過這時候就會產生兩個疑問。為什麼事到如今才要把艾米莉亞拱出來。為什麼你們這些天使要在背後操作這一切。關於將原本打算抹殺掉的艾米莉亞拱出來的理由，可以推測是為了要讓大法神教會承認奧爾巴・梅亞的奸計，進而發揮自淨作用。不過關於你們暗中行動的理由，我目前還看不出來。」

「嗯，因為都沒讓你看呢。」

在艾謝爾無視始終輕浮以對的加百列持續推測後，大天使接著說道：

「不過該怎麼說才好，我們好歹也是天使。或許是想削弱魔界的惡魔們的力量，並為了守護安特・伊蘇拉之後的和平，特地引誘惡魔們出來，帶給人們希望……」

「就連我等魔王軍將安特・伊蘇拉的八成領土納入掌中時，都毫無任何行動的你們，居然敢講這種話。」

「……說的也是。」

「你們不可能只為了抹殺區區的馬勒布朗契頭目就暗中行動。否則只要趁在日本時，偷偷埋葬掉我跟魔王大人就行了……加百列，你到底有什麼目的？」

「嗯？什麼意思？」

「要是再這樣繼續浪費時間，艾米莉亞很快就會出現在這裡，跟我和馬勒布朗契戰鬥，這麼一來，至少能夠達成讓擁有力量的惡魔大量減少，以及讓安特・伊蘇拉的人類們重拾希望的目的。不過……你並不打算讓事情發展成那樣。」

「為什麼你會這麼認為？」

「有很多理由。例如讓我看外面，以及給我掌握狀況的時間與材料等等。光從這些資訊來看，就能推測出你想利用我跟艾米莉亞替你做某件事。而且是為了『天界原本的目的』以外的其他目的。」

「……原來，你真的不只是個會在超市煩惱雞蛋尺寸的男人啊。」

「……你這傢伙……到底是躲在哪裡偷看，骯髒的鼠輩。」

至今都以毅然的態度說話的艾謝爾，首次為這件事感到動搖。

加百列露出苦笑，坐在陽臺邊緣眺望位於蒼天蓋城底下的遠方城鎮。

「不好意思，我對艾米莉亞跟你都沒什麼期待。如同你所想的一樣，這場鬧劇表面上的目的是讓你跟馬勒布朗契一起被艾米莉亞打倒。能連諾爾德·尤斯提納一併找到真的是僥倖。你試著讓勇者艾米莉亞再次打倒宿敵惡魔大元帥，再度拯救安特·伊蘇拉，並安排她與失散多年的父親進行命運的重逢看看。絕對能夠感動全美，並一舉拿下奧斯卡獎啊。」

「……」

「然後啊，我也差不多厭倦這種鬧劇了。」

「……？」

「我很害怕啊。『基礎』也好，『嚴峻』也好，原本應該都不是我們能夠干涉的存在。我在把你從日本綁來這裡時，遇到了已經完成的『黑』之血。她超恐怖的～我難得認真以為自己會死呢。」

「已經完成的黑……？」

「我啊，想要拯救天界。」

「你在說什麼？」

艾謝爾以低沉的聲音反問道：

「天界又沒受到什麼人的侵略？」

「說的也是。」

加百列苦笑道。

「天界現在正打算重蹈覆轍。將過去遇到的唯一一次機會稱做『大災厄』，並當成什麼都沒發生過。就只是為了享受現在這種怠惰的和平。不過令人難過的是，光靠我一個人的力量根本就不能怎麼樣。即使我是個超強的帥哥，面對多數暴力還是無計可施。」

「……」

「剛才那裡是吐槽點喔。不過啊，即使是那麼無可救藥的傢伙們，對我而言依舊是無法捨棄的夥伴。無論再怎麼愚蠢、怠惰、傲慢，終究是共同生活了一萬年時光的夥伴啊。」

「說一萬年也太誇張了吧。就算是惡魔，也沒有人能活超過四千年以上。」

「……你真的是完全不會配合搞笑呢。」

加百列發自內心地笑道，接著他跳下陽臺邊緣活動筋骨。

「我只想拜託你一件事情。等艾米莉亞來到這裡後，希望你盡可能拉長跟她戰鬥的時間。考慮到緩衝時間，希望你能持續跟她戰鬥到兩天以上。」

「……」

加百列拍了一下艾謝爾的肩膀後，便緩緩離開。

艾謝爾僅以視線追著他的背影。

「第一次見面時，我原本對他完全沒有任何期待。因為他輕易地就打算犧牲自己的性命。不過……在『那個世界』生活的那段期間，他應該也以自己的方式思考了很多吧。」

「什麼意思？」

「等了兩千年，才終於有新的『大魔王』誕生。這次或許是最後的機會了。」

加百列一如往常悠哉的聲音，就這樣在吹過頂樓的風中消散，未能傳到艾謝爾的耳中。

※

「可惡，為什麼！為什麼事情會變成這樣？」

一道尖銳的叫喊聲撼動著蒼天蓋。

「奧爾巴跑哪兒去了！為什麼還不回來！」

儘管身高只比普通的成年男性略高一些，但說話者披在身上的披風，還是完全藏不住他身為馬勒布朗契的證明——亦即那如鐮刀般細長、左右各一根的利爪。

那位擁有長度遠勝一般的馬勒布朗契、宛如洗練的鐮刀般強大、美麗的利爪者，正是馬勒

布朗契一族的現任首席頭目，巴巴力提亞。

「冷靜點，巴巴力提亞大人，就算大吵大鬧，狀況也不會改變。」

「閉嘴，法雷！你叫我怎麼冷靜得下來！」

名叫巴巴力提亞的馬勒布朗契以翻倒坐椅的氣勢起身，並為了宣洩焦躁而揮下利爪。

而另一位馬勒布朗契，則是過去曾率領「嚴峻」的化身伊洛恩，在日本與真奧等人對峙的年輕頭目，法爾法雷洛。

他一面勸諫著一族之長的巴巴力提亞，一面俯視被殘忍地破壞的會議桌，輕輕嘆了口氣。

「拉貴爾！你不是跟他一起行動嗎？奧爾巴．梅亞消失到哪兒去了！」

巴巴力提亞無視法爾法雷洛那明顯的態度，轉而瞪向另一位以邋遢的姿勢坐在桌子對面的爆炸頭男子。

「……我也不知道啊。」

「別開玩笑了！你怎麼可能不知道！」

「就算你這麼說，不知道就是不知道。話說回來，現在這狀況不是很糟糕嗎？無論奧爾巴在不在，都無法改變你們不利的狀況吧？」

「唔唔唔唔。」

在惡魔大元帥馬納果達去世後就任馬勒布朗契總頭目的巴巴力提亞，瞪向從自己打壞的會議桌上滑了下來的艾夫薩汗全國地圖。

「在斐崗跟魁凡到底發生什麼事了？」

巴巴力提亞咬牙切齒地踩爛那張全國地圖。

「唉，至少確定應該是非常不妙的事情。」

拉貴爾維持翹腳的姿勢，動也不動地俯視被巴巴力提亞踩著的全國地圖。

「那麼，你打算怎麼辦？根據留在皇都的八巾騎士的報告，馬勒布朗契的頭目扣掉在異世界日本身受重傷、留在蒼天蓋城靜養的利比科古後，就只剩下你們兩位囉？」

拉貴爾的聲音聽起來毫無緊張感。

但這句話還是為巴巴力提亞和法爾法雷洛的表情蒙上了一層陰影。

「在這種緊急狀況時輔佐我們，不就是你們的工作嗎？」

這下就連法爾法雷洛的語氣也開始變得粗暴，不過爆炸頭天使當然還是冷淡地回答：

「我們對緊急狀況的解釋不太一樣。第一，我們不是一開始就講好關於侵略安特・伊蘇拉的工作，都全權交給你們處理嗎？不然對魔王撒旦實在太不好意思了。另外，雖然我們的確說過會幫忙安排你們再度侵略，但可從來沒說過會辛勤地照顧你們到這個地步。」

「你、你這傢伙……」

「而且我們該做的都已經做了。不但讓能充當你們總帥的惡魔大元帥艾謝爾回到這裡，就連你們想要的另一把聖劍的持有者，勇者艾米莉亞的父親都帶回來了。難不成都做到這個地步了，你們還想說光靠自己什麼都做不到嗎？」

雖然艾謝爾的名字讓巴巴力提亞露出略微放心的表情，但法爾法雷洛卻反而面露消沉之色。

「果然當初還是應該遵照魔王大人的指示……」

「法雷，你說什麼！」

「……沒事。」

「總而言之，當務之急就是確認德拉基亞索跟斯加勒繆內的安否，以及調查從斐崗出師，朝蒼天蓋進攻的軍隊真面目！法雷，你先飛到現場確認狀況……」

就在巴巴力提亞下達稱不上經過深思熟慮的指示的瞬間。

會議室沉重的大門開啟，在一名男子現身的同時，巴巴力提亞和法爾法雷洛都不自覺地端正姿勢。

雖然拉貴爾還是一樣動也不動，但也以略顯緊張的表情看向打開的大門。

「艾……」

「艾謝爾……大人……」

「簡潔地跟我說明一下狀況。」

艾謝爾以低沉的聲音簡短說完後，僅稍微動了一下手指，剛才被巴巴力提亞破壞的會議桌跟變得皺巴巴的全國地圖，就馬上恢復成原來的樣子。

「艾、艾謝爾大人，我已經從法雷那裡聽說了異世界日本的詳情，雖然我想您現在應該很生氣，但我等馬勒布朗契一族絕對沒有背叛魔王撒旦大人的……」

「我說過要你們簡潔地說明狀況。」

受到惡魔大元帥威嚴的震懾，新生魔王軍首領巴巴力提亞連忙畢恭畢敬地想向艾謝爾辯解，但馬上就被艾謝爾短短的一句話給打斷。

「艾謝爾大人，由我來說明吧。」

代替說不出話的巴巴力提亞，年輕的法爾法雷洛站到復原的會議桌前。

在瞥了一眼法爾法雷洛疲憊不堪的表情後，艾謝爾點點頭說道：

「……你就是那個使喚伊洛恩的……」

「是的，在異世界對魔王撒旦大人與新元帥麥丹勞（王佐）·咖啡師（主教）·千穗（弓）無禮的就是小人。小人之後願任憑艾謝爾大人處置，但請先允許小人回答艾謝爾大人的問題。」

法爾法雷洛行了一禮後，便開始將細長的爪子伸向全國地圖。

「我等馬勒布朗契，與奧爾巴·梅亞和來自天界的使者拉貴爾大人一同侵略艾夫薩汗，占據此地，並在後來壓制了艾夫薩汗的主要都市。之後為了將來能夠恭迎魔王撒旦大人，我們決

定奪回位於中央大陸、撒旦大人的魔王城。為了讓策劃中央大陸復興的五大陸騎士團解體，我們特地增強艾夫薩汗八巾騎士團的兵力，讓他們向全世界宣戰。」

「嗯。」

「之後這個策略生效，人類們的騎士團都各自回到原本的大陸進行戒備，中央大陸因此變得防禦空虛。透過指責西大陸的大法神教會隱藏了勇者艾米莉亞的聖劍，我們成功地動搖了各大陸的軍事平衡，並努力進行離間工作，讓人類間的勢力無法像過去那樣團結一致。」

「那為什麼現在你們會面臨困境呢？」

艾謝爾在迅速瞪了一眼笑嘻嘻地看向這裡的拉貴爾後，馬上再度提出問題。

法爾法雷洛以爪子指示地圖上的幾個地點，同時流利地說道：

「由各頭目與其麾下的馬勒布朗契部隊，加上受到我等壓制的八巾騎士團共同防守的各城市，在這幾天內接連陷落。」

「喔。」

艾謝爾雖然認真地點頭，但視線早已不在地圖上，轉而明顯地瞪向旁觀事情發展的拉貴爾。

「我們在蒼天蓋與斐崗間的兩處據點，分別派駐了頭目德拉基亞索與頭目斯加勒繆內，但隨著那兩位接連失聯，恐怕由在異世界日本負傷、正於蒼天蓋接受治療的利比科古負責壓制的地區，也已經是時間的問題……」

「原來如此。」

艾謝爾毫無感慨地點頭，看著拉貴爾交叉雙臂。

「總而言之，就是你們笨到被奧爾巴與天界鼠輩的花言巧語所騙，並荒廢了我過去的征服地，最後別說是奪回魔王城了，還反而白白犧牲了魔王撒旦大人的子民。」

「……小人無話可說。」

「那、那個，不過，艾謝爾大人……！」

雖然法爾法雷洛表情順從地點頭，但巴巴力提亞卻似乎還想反駁——

「閉嘴，巴巴力提亞！你這個愚蠢之徒！」

結果換來了艾謝爾的大聲怒斥。

「事到如今，我不打算責備你們擅自出兵的事情。畢竟真要說起來，這都要怪我們之前太過沒用才讓你們如此義憤。不過！為什麼你們不忠實地執行魔王撒旦大人要法爾法雷洛轉達的命令！魔王大人應該有命令你們返回魔界才對！」

「……」

「小人實在……愧對魔王大人。」

「別那麼生氣啦。他們也是騎虎難下。而且有一陣子事情的確進行得很順利。」

「那樣才是正中你們的下懷吧，你這在暗地裡鬼鬼祟祟行動的天界鼠輩。」

即使是對看似在擁護馬勒布朗契的拉貴爾，艾謝爾依然毫不留情。

「說別人是鼠輩也太過分了吧。真要說的話，我們這次可是站在你們這邊耶。而且真的替你們做了很多準備喔？」

「我已經厭倦你們這些天使的演技了。雖然我不知道你們想利用我們做什麼，但可別以為我艾謝爾會乖乖任你們擺布！」

說時遲，那時快，艾謝爾彷彿霧一般消失，下一個瞬間就出現在拉貴爾背後，以擊碎頭顱的氣勢將爪子揮向那大到非常好瞄準的頭部。

「嗯？」

不過他的手臂卻被人從後方制止。

而且還不只如此。

以強大的力道握住號稱擁有魔界最硬肉體的艾謝爾手腕的，居然是一隻小孩子的手臂。

「你、你是……」

艾謝爾在回頭看見從後方按住自己的手臂、有著淺黑色肌膚的少年後驚訝地大喊。

在黑色的前髮上面，是一撮紅髮。

「你就是，伊洛恩……嗎……我還以為你是聽從法爾法雷洛的命令……」

艾謝爾不自覺地懷疑年輕的馬勒布朗契頭目謀反。

「喔，他啊，只是之前從我們這邊借出去而已，這並不表示那位年輕人背叛你，所以放心吧。」

「借出去……？唔嗯？」

從「嚴峻」質點誕生的少年，伊洛恩之前不但彈開跟阿拉斯・拉瑪斯融合後的「進化聖劍・單翼（better half）」劍刃，還輕易地將使出全力的鈴乃給打飛，現在看來就連取回魔力的惡魔大元帥艾謝爾，都無法反抗他驚人的臂力。

伊洛恩面無表情地以恐怖的力量放倒艾謝爾，然後就直接將他扔向後面的牆壁。

「唔嗯！」

儘管勉強避開了激烈衝突，艾謝爾依然對少年深不可測的臂力感到愕然。

「唉，或許就是因為把這種孩子借出去，才害他們誤會了不少事情也不一定，別太責備他們啊。」

拉貴爾側眼看向驚訝的艾謝爾，悠然地起身。

摸了一下伊洛恩的頭髮後，他悠然地走到艾謝爾面前，然後那留著龐克風的爆炸頭的黑影邪惡地笑道：

「反正無論如何，魔界都不會有未來。」

「什麼……？」

「哎呀，如果你在之後發生的戰爭中表現得夠好，或許結果就不一定了。不過……」

對艾謝爾耳語完後的下一個瞬間，拉貴爾和伊洛恩的身體被淡淡的光芒包圍，忽然消失了蹤影。

「惡魔必須滅亡才行。這都是為了我們的未來。唉，你就好好加油吧。」

艾謝爾、法爾法雷洛以及巴巴力提亞三人，都只能在原地眺望著邪惡的天使消失。

「這、這到底是怎麼回事，拉貴爾那傢伙！這樣下去別說是奪回魔王城，或許我們連艾夫薩汗都得放棄也不一定！」

「……打從一開始你們這些馬勒布朗契，就只有這點程度的器量。」

艾謝爾活動了一下被伊洛恩甩動的手腕，同時嘆了口氣。

「雖然不知道除了拉貴爾以外還有幾個天使，但最糟的狀況，就是或許即使我跟你們聯手，也打不贏他們之中的任何一個人。這下真的是完全任他們擺布了。」

從加百列的語氣來看，天界確實是想利用艾謝爾與巴巴力提亞做些什麼，基本上就連巴巴力提亞他們組織新生魔王軍，也都是為了被導向那個目的。

倖存下來的每個馬勒布朗契頭目，實力都遠遠不及去世的馬納果達，可以說打從被擁有壓倒性力量的天使們從背後操作開始，巴巴力提亞他們的命運就已經確定了。

「可、可是艾謝爾大人，我們也很清楚天使們的力量！只要得到聖劍，只要得到聖劍，我們就絕對不用再受到他們擺布了，可惡的拉貴爾，居然隨便帶個來路不明的男人過來，就說他是持有聖劍的勇者艾米莉亞的父親……」

巴巴力提亞似乎仍不明白自己的愚昧，激動地對艾謝爾說道。

不過看在艾謝爾眼裡，基本上惡魔光是要獲得聖劍本身就是件不可能的事情。

「愚蠢之徒。艾米莉亞持有的『進化聖劍・單翼（better half）』並非單純的武器。那是以誕生自生命之樹，構成世界的寶珠『基礎』質點為核心創造出來的神聖存在。我們這些沒有聖法氣的惡魔，即使得到聖劍，也無法發揮任何力……」

「咦？不、不對，艾謝爾大人，並非如此。」

「……什麼？」

巴巴力提亞慌張地將手伸進懷裡。

「我還以為在法雷使喚那個伊洛恩時，您就已經知道了……」

艾謝爾一看見巴巴力提亞拿出的「那個」後，便驚訝得瞪大眼睛。

「質點的力量，絕對不是只有天使跟人類能夠使用。」

一顆紫色的小石子，被放在巨大爪子的前端。

那毫無疑問是艾謝爾——蘆屋四郎至今曾看過無數次的「基礎」質點的碎片。

「如您所見，這對我等的魔力也會產生強烈的反應。」

巴巴力提亞微微集中精神，從爪子將魔力注入碎片。

「怎、怎麼可能……這、這是……」

艾謝爾已經看習慣的淡紫色光芒，居然開始包覆碎片。

巴巴力提亞對看傻了眼的艾謝爾快速說明道：

「我等一開始派西里亞特率兵前往異世界日本時，也曾嘗試用這塊碎片跟念話晶球（link-crystal）尋找艾米莉亞聖劍的行蹤。雖然結果計畫因為西里亞特沒有回來而失敗了，但灌注了魔力後的這塊碎片，曾經有一次跟其他的碎片互相吸引。」

雖然艾謝爾並沒有實際現場看過，但他知道在日本千葉縣銚子的海面上現身的西里亞特，曾經持有會對惠美的聖劍產生反應的念話晶球（link-crystal）。

艾謝爾至今只看過惠美使用「基礎」碎片，所以自然地深信無論聖劍還是質點，都是只有具備聖法氣的人才能使用的東西。

不過巴巴力提亞剛才揭發的這項事實，卻完全否定了那個大前提。

「聖劍……質點，並非神聖的東西？」

艾謝爾像是在說給自己聽般，試圖接受這個事實——

「……唔！」

接著他突然想起某件事情。

然後就在這個瞬間，他總算抵達了加百列在蒼天蓋陽臺提到的「加百列個人目的」的其中一端。

「巴巴力提亞、法爾法雷洛！」

「「是！」」

「諾爾德．尤斯提納……跟我一起被帶來的艾米莉亞的父親，現在人在哪裡！」

「是，那個，他被監禁在蒼天蓋城的其中一個房間……那個人，果然真的是艾米莉亞的父親嗎？」

「連持有『基礎』碎片的你都懷疑到這種地步，這表示……」

艾謝爾的腦中突然閃過某個光景。

大雨中的Villa·Rosa笹塚。

看在當時的艾謝爾眼裡，被真奧踢進房間的諾爾德怎麼看都只是普通的人類。

然後真奧便跟一位銀髮少女，一同消失在天空裡。

「諾爾德並未持有聖劍嗎？」

「您、您說的沒錯……」

猜不透艾謝爾心思的巴巴力提亞跟法爾法雷洛只能面面相覷。

不過包含剛才得到的重要資訊在內，至今獲得的所有情報都正在艾謝爾腦中複雜地交錯。

在沉默地思考了一段時間後。

「雖然還是猜不透他們的目的，但我知道加百列想在這裡幹什麼了。」

「咦？」

艾謝爾重新在腦中整理情報，然後不悅地咋了一下舌。

「真是太沒用了，難道除了任由他擺布以外，就沒有其他能解決這個狀況的對策了嗎？」

「怎、怎麼了嗎……」

艾謝爾走向會議桌，沿著地圖指示。

「簡單的說，目前正在殺害你們的頭目，往蒼天蓋前進的，就是勇者艾米莉亞。」

「艾、艾米莉亞？」

「艾米莉亞不是在異世界日本嗎？」

「艾米莉亞回安特．伊蘇拉已經是幾個星期前的事情了。天使們跟奧爾巴．梅亞用了某種方法逼艾米莉亞就範，舉兵向這個皇都進軍。而他們的目的，就是讓艾米莉亞在這裡殺了我們。」

「您說什麼？」

「到、到底是為了什麼……？」

「根據我的推測，拉貴爾跟天界原本的目的應該是讓魔界更加弱化，以及藉著討伐惡魔提升安特．伊蘇拉居民的信仰跟希望。」

艾謝爾看著標示在艾夫薩汗全國地圖上，那接連擊倒控制艾夫薩汗的馬勒布朗契頭目的「神祕勢力」進攻狀況。

「可惡的艾米莉亞……虧她之前還在那裡大放厥詞，結果還不是被捲入麻煩事了……」

「艾謝爾大人？」

「巴巴力提亞。我回來這裡後，已經過了幾天？」

「是？呃，那、那個，以這個地方的時間來說，是七天。」

「七天啊……嗯。」

艾謝爾快速地在腦中整理狀況。

先將加百列的事情放在一旁，既然拉貴爾跟奧爾巴的目的是讓惠美打倒艾謝爾，那麼他們在艾謝爾取回魔力，恢復惡魔形態之前，應該是不會進攻蒼天蓋。

反過來說，既然艾謝爾現在已經清醒，不難想像拉貴爾應該會跟奧爾巴取得聯繫，要他將進軍路線改成前往蒼天蓋。

既然不知道除了加百列跟拉貴爾以外還有多少天使，那麼即使艾謝爾已經取回了惡魔形態，依然不能輕舉妄動。

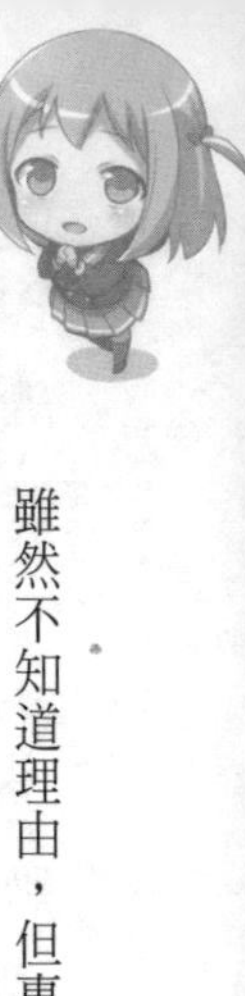

雖然不知道理由，但惠美之所以乖乖加入奧爾巴的軍隊，應該是跟艾謝爾一樣碰上了光靠力量無法解決的狀況。

即使完全沒有自覺，但不可思議的是，艾謝爾正在認真檢討有沒有能搶先天界一步，和惠美共同突破困境的方法。

「……艾謝爾大人……」

法爾法雷洛擔心地看著沉默不語的大元帥，過不久艾謝爾開口說道：

「（魔王大人這星期的排班是星期一早班加早退、星期二晚班、星期三整天、星期四午班兼店長代理到下午班、星期五午班到打烊、星期六休息、星期天整天，然後下星期一又是休息，星期二早班……）」

「咦？」

艾謝爾不斷吐出對兩位馬勒布朗契而言十分陌生的奇妙話語。

「法雷，艾謝爾大人怎麼了……？」

「不、不知道……我只知道那好像是異世界的語言……」

無視兩位竊竊私語的馬勒布朗契，艾謝爾持續思考。

「（能否找到人代星期天整天的班和星期四的店長代理日是關鍵。那天其他員工的出勤狀況應該也不密集。還是認為魔王大人最快星期四下午以後能夠採取行動比較妥當。）」

艾謝爾在Villa・Rosa笹塚的那場騷動之前，就在進行能讓真奧去追惠美跟阿拉斯・拉瑪斯的準備。

若大黑天禰有將艾謝爾的話正確轉達給真奧，那麼真奧一定會採取行動。

「（再來即使多一秒也好，只要我們能持續活下來……）巴巴力提亞。」

「……是、是！」

突然被人呼喚的巴巴力提亞，慌張地端正姿勢。

「統一蒼帝怎麼了？你們該不會殺了他吧？」

艾謝爾直到現在都還沒看見位居東大陸，亦即大帝國艾夫薩汗頂點的絕對權力持有者——統一蒼帝的身影。

「是，因為那個老人作為艾夫薩汗的象徵，在向全世界宣戰時非常重要，所以為了避免他受到我等惡魔的魔力影響而死掉，我們派了能夠行使法術結界的正蒼巾騎兵隨侍在側，將他軟禁在蒼天蓋城的小天守『雲之離宮』。」

「嗯，以你來說算是不錯的判斷。」

艾謝爾點頭。

「我有話要跟統一蒼帝說，幫我帶路。」

「是？可、可是……」

「不用擔心那些天使的事情。」

艾謝爾抱持著確信。

「我就暫時任由他們擺布，稍微以演員的身分工作一下吧。」

即使感到疑惑，兩名馬勒布朗契頭目還是順從地帶艾謝爾前往小天守，屋頂上的加百列一面看著他們的樣子，一面露出苦笑。

「以演員的身分工作啊。好吧，我知道了。不過相對地，你可要好好跳支舞喔。」

然後在輕輕拍了一下手後，他的身影便忽然當場消失。

# 續章 魔王，嘔吐

隔天早上，鈴乃因為一道拍打自己臉頰的衝擊而清醒。

最初以為是自己又被艾契斯的睡相弄醒的她，放棄似的睜開眼睛——

「！！！！！——？」

所以在陰暗的帳篷內發現真奧的臉時，差點以為自己的心臟會從嘴巴裡蹦出來的鈴乃整個人跳了起來。

「魔唔嗯！」

雖然鈴乃差點忍不住大喊出聲，但她的嘴巴馬上就被真奧用手摀住。

「？？？」

無法理解真奧的行動，驚訝的鈴乃臉色一下紅一下白地快速切換。

儘管鈴乃也覺得昨晚的行動不符合自己平常的風格，但沒想到居然有奇怪到讓真奧也跟著做出這種奇妙的舉動，害她陷入了恐慌。

再加上真奧還將臉湊到她的耳邊，更是讓她差點完全窒息。

「別出聲，有人正靠近這裡。」

這句話讓鈴乃瞬間冷靜了下來，並以眼神表示自己已經了解狀況。

或許是因為沒睡好，真奧的眼睛周圍冒出了一圈淡淡的黑眼圈，不過現在這種事根本無關緊要。

「……肉巧克力的簡易醃菜用微波爐的油解凍的生魚片…………唔嗯咕。」

真奧摀住艾契斯的嘴，打斷她那不知是在作什麼夢的夢話，用眼神與手指示意鈴乃方向。

原本整個人在睡袋裡的鈴乃趁這個機會伸出手腳，拔下髮簪進入警戒態勢。

鈴乃的長髮從睡袋開口散了出來，搭配色彩鮮豔的設計，比起簑衣蟲更像是食蟲植物，但總之確認鈴乃已經進入備戰狀態後，真奧從帳篷的空隙向外窺探。

「是敵人嗎？」

「要是在這種狀況下還能有同伴來，我是非常歡迎啦。」

鈴乃與真奧低聲交談。

「不過我心裡沒什麼底，要是單純路過的旅人就好了。」

「……看來不太可能呢。」

鈴乃緊緊握住髮簪，以便隨時能將它化為巨槌。

已經不會再聽漏的腳步聲，正從朝霧瀰漫的森林中朝這裡靠近。

雖然從腳步聲聽起來只有一個人，但難以想像會有個性古怪到沒事遠離街道、跑進森林的旅人。

「艾契斯就算睡著，也能發揮功能嗎？」

「除了被吵醒後會一直抱怨以外，我想是沒問題。」

真奧看來也不太樂觀。

看來腳步聲的主人完全沒有隱藏聲音的意思，筆直地踏過樹下的草木，朝真奧等人的帳篷前進。

是外出巡邏的八巾騎士團，還是在發現真奧等人的行蹤後現身的天使或惡魔呢？

無論如何，想必都無法避免來場戰鬥，而機車跟大部分的露營用具，恐怕也只能丟棄在這裡了。

明明距離皇都已經不遠，運氣實在是太背了，就在真奧與鈴乃半放棄的時候。

「（……這個是……）機車（是這樣叫的吧）？」

真奧與鈴乃都沒漏聽這低沉的男聲所講出的奇特字眼，而且真奧還對這個聲音有印象。

雖然使用的是安特．伊蘇拉的語言，但他中間是不是有提到「機車」呢？

「（……啊……嗯），在那裡的人是誰？」

在做了一下發聲練習後，從男子嘴巴裡講出來的明顯是日語。

「是魔王、艾謝爾、路西菲爾、佐佐木小姐，還是那個叫克莉絲提亞．貝爾的傢伙？」

「什……」

鈴乃此時比剛才一起床就在近距離看見真奧的臉還要驚訝。

能用日語同時講出那五個名字的人，無論是在安特．伊蘇拉還是日本應該都不多才對。

「雖然不曉得是怎麼回事……」

看來真奧似乎也有相同的想法，他將手抽離艾契斯的嘴，放鬆了警戒。

「令人驚訝的是，他好像不是敵人。」

像是在回應對方的呼叫般，真奧將身體探出帳篷，鈴乃也慌張地緊跟在後。

這名早晨的不速之客，是一位擁有宛如森林樹木般強健的體魄與飽經日曬的肌膚，需要讓人抬頭仰望的高大男子，然而不知為何，男子一看見鈴乃就皺起眉頭擺出架式。

「喂、喂，那傢伙是誰，是新種的惡魔嗎？」

「誰、誰是新種的惡魔啊！」

雖然鈴乃出聲抗議——

「嗯，我能體會你的心情，這樣果然很怪。」

真奧看向站在背後那名情緒激動、擁有一張鈴乃的臉的食蟲植物後，重新轉向男子說道：

「話說回來，會在這種地方碰上應該不會是偶然吧。就讓我們彼此紳士地交換情報吧。艾伯特．安迪。」

「喔、喔……不、不過那傢伙真的不是惡魔嗎？」

「你還在說啊！」

惠美討伐魔王的夥伴、北大陸出身的仙術道士艾伯特．安迪點頭回應，不過比起身為魔王的真奧，他似乎更加警戒打扮奇特的鈴乃。

「話說回來，為什麼你有辦法像瞄準目標一般的來到這裡啊？」

在真奧叫醒說夢話說到自己都快變食物的艾契斯，鈴乃脫掉睡袋後，一行人重新與艾伯特對峙。

「呃，我不是瞄準好了才來的。」

艾伯特困擾地看著剛起床的簑衣蟲艾契斯，指著樹蔭底下的機車說道：

「我是聽說有一行人穿著大法神教會的法衣，開著奇妙的貨車，所以才循著那個傳聞過來的，結果剛好昨天才追到了這裡。」

「有、有引人注目到會變成傳聞的地步嗎？」

真奧與鈴乃忍不住互望了一眼。

雖然兩人在旅途中極力迴避村落與別人的眼光，但看來果然還是無法完全不被看到。

「不，我只是單純從目前在艾夫薩汗流行的各個傳聞中，靠直覺挑一個而已。我想你們應該沒那麼引人注目。」

艾伯特揮著手讓兩人冷靜。

「艾夫薩汗的人民現在比被魔王，也就是被你侵略時還要感到不安。明明要是一口氣就被惡魔征服，至少還能先想好未來要怎麼辦，然而目前卻只有皇都・蒼天蓋傳出被惡魔控制的消息，國內情勢本身倒是沒什麼太大的變化，到處都散播著無關緊要的傳聞。」

這倒是跟昨天餐廳的老闆娘講的話大致符合。

「雖然最多的傳聞是在哪裡看見了惡魔，不過基本上都只是把野生動物看錯，或是犯罪者之間在互相吹牛。在那些傳聞中聽見那個貨車時，我就想到曾在你們的世界……這樣講好像也有點奇怪，曾在日本見過一模一樣的東西。反正我也有事要去蒼天蓋，所以就想說順便調查看看好了。」

坐在傾倒樹木上的艾伯特將上半身稍微往前傾，以銳利的眼光看向三人。

「你們是來救艾米莉亞的嗎？」

「沒錯，不過在那之前，我想先問一件事，艾美拉達小姐到底怎麼了？」

鈴乃一面對艾伯特的話表示肯定，一面提出質問。

「在無法跟艾米莉亞取得聯絡後，我馬上就透過概念收發（idea-link）聯絡艾美拉達小姐。不過艾美拉達小姐一直沒有回訊，一直到最近於日本獲得某個情報後，我們才知道艾米莉亞在這裡有可能遭人囚禁。」

「啊……關於這部分有點複雜呢……」

艾伯特搔著頭說明：

「簡單來說，在跟艾米莉亞約好會合的那天，艾美收到了從聖・埃雷帝都送來的召喚令。」

「從帝都來的召喚？」

「嗯，原本艾美是打算以視察艾米莉亞村莊附近的復興計畫是否有不正當情事的名義，來迎接艾米莉亞的……」

「結果被發現了嗎？」

「不，某方面來說，比那樣還糟。」

艾伯特指向鈴乃身上的法衣。

「是你們那裡（大法神教會）行動了。艾美總算被蓋上了反抗教會意志的背教者烙印，他們好像勉強隱瞞了奧爾巴的不正當行為。所以她必須去帝都的大教堂接受宗教審判。」

「……居然在這種時候？」

鈴乃對這個說明無法接受。

艾美拉達與艾伯特早在鈴乃前往日本之前，就開始反抗教會了。

在那之後不曉得過了幾個月，為什麼教會現在才要急著拘束艾美拉達的自由呢？

「我跟艾米莉亞表面上的安全之所以受到權力保障，全都是託艾美現在的立場的福。無論要對戰還是要服從，好像她都得先回去一趟。所以我才想既然如此，就由方便自由行動的我代替她去和艾米莉亞會合……」

艾伯特露出陰暗的表情，將臉朝向西南方的天空，也就是蒼天蓋的方向。

「在抵達距離艾米莉亞的村子還有半天路程的地方時，我感應到有數量眾多的『門』在艾米莉亞村子的方向開啟。就在我急急忙忙趕過去時，發現有些奇妙的傢伙似乎想對艾米莉亞故鄉的村子跟田地下手。」

「是惡魔或天使嗎？」

既然艾伯特會用奇妙來形容，想必應該是真的非常奇怪吧，艾伯特搖頭回答真奧的問題。

「不，那群人是附近卡希亞斯城塞市派過來的教會騎士。」

「我記得卡希亞斯城塞市那裡設有直屬於教區主教的大教堂……那裡的教會騎士為何會出現在艾米莉亞的故鄉？」

鈴乃搜索著記憶問道，艾伯特搖頭回答：

「這我才想知道呢。不過既然對手是教會騎士，那我也不能輕舉妄動。於是我開始調查那個開了那麼多『門』、聖法氣被活性化的場所到底在幹什麼，結果居然是為了推動那一帶的復興計畫在進行檢地。真是太奇怪了。因為艾美明明就是因為復興計畫延遲才去視察，結果她一回帝都就出現異常的『門』反應，然後那裡現在又開始進行不自然的檢地。當然——雖然這樣講就結束了——我也完全找不到艾米莉亞的蹤影。我好歹也花了兩天在那周圍尋找呢。」

艾伯特攤開雙手嘆口氣後，接著說道：

「既然無法跟艾米莉亞接觸，我想還是先聽從艾美的指示會比較好，不過我一回到帝都，就發現艾美管轄的法術監理院已經在近衛將軍丕平的命令下被封鎖了。表面上的理由似乎是為了防止艾美在審判期間內不當處分證據，但就結果而言，能開啟『門』的天使羽毛筆也連同建築物一起被扣押了，害我在移動上花了不少時間。」

「……所以她才無法跟我聯絡啊……」

艾伯特點頭回答鈴乃。

「嗯，妳原本是在教會的祕密命令下待在日本吧？要是跟妳聯絡時一個不小心被發現，或許會替你們添麻煩也不一定。雖然艾米莉亞也有叫我帶著這個……」

說著說著，艾伯特從上衣口袋拿出一隻造型和惠美的極為相似的薄型手機。

「我從來沒像當時那麼後悔，居然沒事先跟艾美要妳的電話號碼呢。不過要是隨便對日本

放出聲納，才真的不曉得會被誰聽見。」

「好，那麼為了之後的方便，我們趁現在交換手機號碼吧。」

明明是在這種時候，真奧跟鈴乃還是各自拿出手機，打算問出艾伯特的手機號碼。

不過該說是理所當然嗎？不用說真奧和鈴乃的手機，艾伯特的更是在好久以前就沒電了。

雖然這樣還是能做為概念收發的放大器使用，不過若一直無法登錄號碼，或許會對法術的安定性造成影響。

雖然即使沒電還是能充當概念收發的放大器，不過如果裡面有登錄號碼，將有助於提升放大的效果。

真奧與鈴乃見機不可失，便拿出之前在爭執不休後買下的收音機、太陽能電池，以及連真奧的老舊手機都能充電、附手搖式充電器的ＬＥＤ燈，替艾伯特的薄型手機充電。

明顯不習慣操作的艾伯特、對機器生疏的鈴乃，以及摸不習慣最新機種的真奧在吵吵鬧鬧地試了好一段時間後，總算順利交換了所有人的電話號碼。

「大家好好喔～我也想要手機。」

「……妳看起來就是會不小心到處登錄付費網站的類型，就算要買也只能買兒童用的。」

「唔唔唔……不過如果只要這樣就願意買給我，那就沒辦法了。」

即使如此，艾契斯還是羨慕地看著三人的手機，特別是真奧明明沒說到要買給她，艾契斯卻覺得他已經答應了。

「那麼艾伯特，為什麼你要前往艾夫薩汗啊？」

「理由很單純。因為只有蒼天蓋周邊像是在打戰般，充滿了巨大的聖法氣反應。當然我也有派個人的部下到北大陸跟南大陸，不過考慮到艾米莉亞不見時的事情，我覺得這裡還是該由我親自直接調查比較好……既然你們會在這裡，就表示我的直覺是正確的吧。」

「嗯，沒錯，惠美人在皇都．蒼天蓋。不對，正確來說，似乎是接下來會出現在那裡。」

「我姑且問一下，你們的根據是？」

「雖然被靠直覺行動的你問根據何在感覺有點不愉快，不過我們是直接從在背後牽線的混帳那邊問來的。」

真奧用右手的大拇指與小指比出了話筒的形狀。

「艾伯特，雖然我晚點也有很多事想問你，不過你還是先跟我們合作吧。我想你應該也知道，事情恐怕不是光救出惠美就能解決。說來慚愧，其實我這邊的蘆屋……就是艾謝爾也被抓走惠美那群人同一派的勢力綁架了。」

「啊嗯？艾謝爾被綁架了？」

艾伯特一副難以置信的樣子挑起眉毛。

「我再告訴你一件更令人難以置信的事情好了。惠美的爸爸諾爾德．尤斯提納，也跟艾謝

爾一起被綁走了。」

「嗯啊？艾、艾米莉亞的爸爸？那、那是……」

「順便告訴你，這位從剛才開始就一直羨慕地直看著手機、甚至還想搶走我手機的這個孩子……」

「咿？真、真奧，對不起，我道歉！」

真奧揪住想擅自操作自己手機的艾契斯的脖子，將她整個人提了起來。

雖然原以為會挨罵的艾契斯縮起了身子，但真奧卻將艾契斯推到艾伯特面前並堂堂地宣告：

「這孩子……就是另一把聖劍的化身。」

「哈啊啊啊啊？」

「咿欸欸欸欸欸。」

「……明明應該是在討論正經的話題……」

艾伯特凝視著被真奧像小貓般拎起來、外表看起來色彩鮮豔的艾契斯．簑衣蟲。

這副光景就是奇妙到連身為當事人之一的鈴乃，都忍不住感到疑惑的程度。

「如果我的想法正確，計畫這場鬧劇的人應該是想利用惠美跟蘆屋，將世界引導到對自己有利的方向。我最討厭那種從一開始就不想弄髒自己手的傢伙了。」

「真、真奧，請你先放我下來……」

「雖然光靠我們可能會有點嚴苛，但如果艾伯特你願意協助我們，這趟旅程應該會輕鬆許多。那些傢伙擅自擺弄我們的夥伴，就讓我們一起搗亂他們的鬧劇吧。」

「要搗亂是可以啦，不過那女孩莫非就是之前提到過，跟惠美的聖劍融合的……」

「不、不對。她跟阿拉斯·拉瑪斯是個別的存在。要說這女孩本身就是另一把聖劍的核心也不為過。」

「雖然我不是很懂人類怎麼會變成聖劍的核心，但姑且先不論詳細的構造，我大概理解有另一把『進化聖劍·單翼（better half）』了。不過應該不可能是由魔王使用吧。貝爾，另一把是妳在用嗎？」

「咦？不，我……嗯？」

雖然艾伯特會這樣問也是理所當然，但這出乎鈴乃意料的問題，讓她聞言不自覺地看向真奧的臉。

真奧是行使魔力的惡魔之王，一般聽說是跟惠美的「進化聖劍·單翼」相同的東西，當然都會認為是以聖法氣為媒介發動。

不過鈴乃曾經親眼目睹真奧使用既非魔力，也非聖法氣的力量揮舞聖劍的姿態，就像惠美與阿拉斯·拉瑪斯那樣，真奧與艾契斯·阿拉無疑也以「基礎」碎片為媒介融合了才對。

「嗯？嗯嗯？等等，好像，好像有點怪怪的。」

「怎麼了，鈴乃？」

「呃，感覺我好像遺漏了什麼重要的事情……」

雖然真奧疑惑地看著將手抵在額頭上、陷入沉思的鈴乃——

「總之看過包你嚇一跳。艾契斯，變成劍的形態吧。」

「啊，嗯，不過感覺身體狀況不太好，或許會失敗也不一定。」

「身體狀況？妳該不會是吃太多，吃壞肚子了吧？」

「才不是那樣！真失禮！哎呀，自從來到這個國家後，感覺肚子就很容易餓，一直無法進入狀況。」

艾契斯在被真奧拎著的狀況下，一會兒轉轉脖子，一會兒活動肩膀，最後點頭說道：

「總之不撞撞看，怎麼知道會不會扭傷呢！我先回去一下喔。」

「不，別扭傷啦……」

艾契斯以不吉利的方式引用錯誤的成語，就在真奧吐槽的這段期間，少女的輪廓已經開始放出朦朧的光芒，並在下一個瞬間化為紫色的光點返回真奧的身體。

「喔？剛才那的確是艾米莉亞的……」

艾伯特驚訝地探出身子。

真奧一面想像艾伯特在下一個瞬間吃驚的表情，一面伸出右手。

「出來吧！艾契斯！」

一鼓作氣將意識集中在手掌後，剛才的光點便在右手凝結，然後……

「…………咦？」

一開始發出疑惑之聲的，是先前誇下海口的真奧本人。

「那是什麼？雖說是聖劍，但感覺還滿……」

艾伯特在看見出現於真奧右手的東西後，也跟著皺起眉頭。

「喂、喂，艾契斯，這是什麼，為什麼會變成這樣？」

『……哎呀～為什麼呢？』

面對真奧的問題，在腦中響起的艾契斯聲音也難得認真地感到困惑。

『我明明就有使出全力……』

「不、不可能吧。應該會再更誇張一點才對啊。」

「怎麼了，魔王？」

尚未解決內心疑問的鈴乃抬起頭問道，但真奧也只能以沒用的表情回視。

這也無可奈何。

因為出現在真奧手上的「聖劍」，看起來就像水果刀般窮酸。

劍柄的部分姑且還鑲有像是「基礎」碎片的寶石，但劍身看起來就跟笹塚百圓商店賣的刀子沒什麼兩樣，握柄也窮酸到真奧握上去後，手還會有點剩的程度。

在笹幡北高中展現出的那讓人覺得是「另一把『進化聖劍．單翼(better half)』」的神聖與力量，如今全都不見蹤影，除此之外——

「唔！」

真奧突然皺起眉頭，摀住嘴巴。

「怎、怎麼了，魔王？」

不只如此，他還瞬間變得臉色蒼白，腳步不穩地往後倒，鈴乃連忙上前撐住他的背。

但即使有鈴乃的攙扶，真奧還是原地跪了下來。

「啊，糟了。」

說完這句話後，真奧突然揮開鈴乃的手，走向森林深處。

「魔王？」

「喂喂喂，那傢伙怎麼啦？」

鈴乃和艾伯特看著真奧快速衝進森林的樹蔭處，過不久——

「唔嘔嘔嘔嘔嘔嘔嘔嘔嘔嘔喔喔…………」

一陣與早晨清爽的森林樹蔭極不相稱的呻吟聲，以及好像連什麼不該出來的東西都跑出來、令人不忍聽聞的濕潤聲音響起。

「──…………」」

這個誇下海口、聖劍顯現失敗，以及消化器官突然出現逆流現象的連鎖，讓鈴乃跟艾伯特都只能束手無策、驚訝地說不出話來。

最後在傳出一陣連不該出來的東西都倒得一乾二淨的氣息後，臉色蒼白的真奧總算在實體化的艾契斯攙扶之下，從森林深處走了出來。

「你、你沒事吧……？」

「我看起來……像沒事嗎……唔嗯！」

邊嘔吐邊眼眶泛淚地回來的真奧將手抽離艾契斯的肩膀，直接當場坐倒在地。

「艾契斯，這到底是怎麼回事？」

看見真奧陷入人事不省的狀態，鈴乃擔心地向俯視真奧的艾契斯問道。

「嗯～我也不是很清楚，有種只要一出力就會被打槍的感覺。」

「被打槍……是指被拒絕的意思嗎？」

正確地解讀了艾契斯的年輕人用語後，鈴乃交互看向艾契斯與真奧。

「是誰在拒絕妳？」

艾契斯不經意地垂下視線。

「那個，當然是真奧啊。」

「啊啊？是我嗎？」

真奧以一副好像隨時會斷氣似的樣子仰望艾契斯。

「我明明就叫妳出來，為什麼會變成是我在拒絕妳啊……」

「我不知道。不過感覺就是那樣。我有點受到打擊呢。明明我們之前就那麼投緣。」

「妳這傢……唔！」

真奧原本想怒罵看起來一點都不覺得事態嚴重的艾契斯，但似乎無法壓抑胸口的反胃感，馬上又開始摀住嘴巴嘔了起來。

「雖然搞不太清楚，但總之就是無法使用聖劍對吧？」

目睹了整個過程的艾伯特困擾似的問道。

「好像是……這麼一來，事情就有點麻煩了。」

根據鈴乃的印象，真奧在獲得艾契斯的力量後變得壓倒性地強悍，從他能單方面擊敗大天使來看應該是擁有幾乎與惠美同等，視情況而定或許更甚惠美的力量。

一旦無法使用那股力量，若碰上必須與在艾夫薩汗暗中活動的天使們戰鬥的情況，或許會有戰力不足的風險。

不過另一方面，真奧在笹幡北高中初次獲得那股力量時明明就能夠運用自如，在那之後一直到今天，身體也沒出現過什麼異狀或不適，就連艾契斯的實體化與融合也進行得十分順利。

「嗯？」

鈴乃腦內那真面目不明的警鐘再度響起。

感覺自己現在又漏掉了某件重要的事情。

在依序看向臉色蒼白的真奧、悠哉的艾契斯，以及不好意思插嘴的艾伯特後，鈴乃拚命地、拚命地思考。

「啊……可惡，怎麼會變成這樣。明明到今天為止都沒什麼變化……」

就在臉色稍微恢復的真奧如此抱怨的瞬間。

「嗯？」

鈴乃抓到了重大疑問的線索。

沒錯，打從一開始就應該要覺得奇怪才對。然而自己卻沒有發現那個異狀。

這是為什麼？

因為鈴乃與眼前這位名叫「真奧貞夫」的「人類」實在是相處得太久了。

「魔王，你明明回到了安特．伊蘇拉……為什麼沒變回惡魔形態？」

「……啊？」

「就算沒變身……魔力的狀況又是如何？你的魔力有恢復一點嗎？」

「……啊。」

鈴乃以顫抖的聲音提出的問題，讓真奧倒抽了一口氣。

「咦、咦？沒錯，我……魔力……咦？真奇怪？」

兩人似乎總算發現這件事情的嚴重性，原本好不容易恢復的臉色再度變得蒼白。

魔力並未回到真奧的肉體。

雖然安特·伊蘇拉確實是人類的世界，但即使如此，魔王撒旦在這個世界應該還是能經常獲得足以維持惡魔形態的魔力才對。

而魔力恢復後，只要本人沒有特別去意識身體的狀態，應該就會自動地「變身」成「魔王撒旦」才對。

真奧慌張地摸著自己的腳跟頭，在確認肉體構造完全沒發生任何變化後大感愕然。

「是因為艾契斯的力量嗎……？」

「不曉得呢。」

雖然艾契斯徹底地不負責任，但就算繼續逼問下去，真奧也不覺得她會知道魔力沒回到自己身體的理由。

然後在看著真奧驚慌失措的同時，鈴乃又因為再度發現一件重大的事情而看向艾契斯。

「魔王，你是在日本跟艾契斯融合的吧？」

「嗯、嗯……」

這個問題，是個會替所有與上一次魔王軍的安特·伊蘇拉入侵有關的人類與惡魔，帶來衝擊的問題。

「為什麼擁有魔力的魔王能夠與聖劍……與『基礎的碎片』融合呢？」

——待續——

# 作者，後記 ── AND YOU ──

「如果只能帶一樣東西到無人島，你會想帶什麼？」請問各位有問過，或是被人問過這樣的問題嗎？

和ヶ原以前曾經對這個「無人島」的條件在意得不得了。

雖然只是我個人擅自的想像，不過從「無人島」這個詞的發音來看，一定很多人會先想像一個位於海中央、上面只有一棵椰子樹的小島，然後再另外多想像一些叢林或是動物存在吧。

不過請稍等一下。

若是火山型的無人島，那能夠在上面生長的動植物應該會極為有限。

若是岩礁型的無人島，那想確保飲用水就會非常困難。

有些無人島是位於寒帶。北極圈或南極圈的無人島，跟赤道上的無人島，除了「都沒有人」以外，兩邊的土地幾乎所有條件都不一樣。

明明有那麼多模糊的條件，卻還只能「帶一樣東西」，這樣未免也太亂來了吧。

雖然應該有些人會認為沒必要對這種日常對話的遊戲問答太過認真，不過如果針對這點認真地考慮「無人島問答」，那麼我想這個問題最後該思考的，就是「當被丟到未知的土地時，應該要優先做哪些事情」。

我想表達的是若各位被丟到了「異世界」，那麼為了活下去，最重要的東西是什麼呢？在執筆本書時，和ヶ原曾經認真地思考過。

若是大氣成分、人類以外的有機生命體、地質，以及土壤的成分等各項條件不適合地球人生存的異世界，那人一到應該馬上就會死亡，所以在「對地球人進行生命活動不會造成妨礙的環境」這個條件成立的前提下，我想跟大家一起驗證被丟到「異世界」時的行動。

最應該優先進行的，是蒐集跟位置有關的情報。

人是一種在沒有任何標的物的情況下，就很難沿特定方向移動的生物。若在純白的雪山上毫無目標地走動，就會變成在同一個地方繞圈圈這件事非常有名。只要透過掌握方位與氣候，就能確保在未知的土地上朝特定方向移動。

在掌握東西南北與氣候的概況後，接下來要做的就是確保飲用水。由於像湖泊與池塘這些死水並不適合飲用，所以最好是能有泉水或清流，最差也要找到有水在流動的河川。

然後除了確保水以外，河川不但能當成前進時的指標，由於河川沿岸往往村落較多，因此也能提升獲得救助的機率。

再加上河邊會聚集動植物，食材取得也較容易。（當然也有可能遭遇危險的野生動物）。

像這樣勉強維繫生命後，若成功獲得別人或村落的救援，那麼您的冒險將以那裡為起點開始展開。

當然就像一開始提到的「無人島」條件並不固定一樣，無法否定被丟到的「異世界」起點，也有可能是寒帶、乾燥帶、或高山帶的可能性。即使用剛才描述的方式摸索道路，生存機率應該也會非常低吧？

異世界人類的文明程度也很重要，即使運氣好漂流到人口密集區，若當地人類的祖先並非類人猿，那前途應該會變得非常黑暗。

因此平常就感覺會被送到異世界的人，別說是只帶一樣，請各位經常穿長袖長褲，披著外套、攜帶確認方向用的指南針、驅蟲噴霧，以及礦泉水。

光是這樣就能大幅地提升生存率。至於長袖長褲，在寒帶的功用自不待言，即使是在受到強烈陽光持續照射的乾燥帶，也能從重度的日曬中保護皮膚。

攜帶指南針跟礦泉水的理由應該也不用特別提。

由於在異鄉光是被蟲子叮咬就可能會有生命危險，因此驅蟲噴霧也是必須的道具。

只要擁有這些道具，那麼即使是從類人猿以外的生物進化的人類，也會將您視為擁有一定文明背景的生物吧。

不過若因為平常就隨身攜帶這些東西，而被現代世界的人們當成可疑人物，和ヶ原也概不負責。請各位在進行前往異世界旅行的準備時，要對自己負責任。

由於和ヶ原每天都在想這種事情，因此隨著《打工吧！魔王大人》的故事逐漸進展，出現將惠美與鈴乃的故鄉「聖十字大陸安特・伊蘇拉」當成故事主要舞臺的劇情，可以說是必然。或是說無法避免比較好也不一定。

本書位於兩個世界中間的縫隙，雖然今天也努力地過生活，但還是有許多事情無法盡如人意的人類、惡魔與天使們，為了完成自己的本分，而拚命掙扎的故事。

由於《打工吧！魔王大人》這個故事即將進入新的階段，因此讓期待看見真奧貞夫、遊佐惠美以及佐佐木千穗後續發展的各位讀者，必須再次以這樣的形式等待，真是非常抱歉。

本書還只是個經過點，下一集是值得紀念的第十集，而為了讓在《打工吧！魔王大人》的世界裡生活的他們前往新的世界，故事也將抵達一個重要的里程碑。

希望各位能再陪伴魔王與勇者們的旅程一段時間。

期待下一集能再度與各位見面。

再會囉！

《打工吧！魔王大人9》

特別企劃附錄

# 履歷表集

履歷表

| | |
|---|---|
| 拼　音 | |
| 姓　名 | 艾契斯・阿拉（佐藤翼）代筆：真奧 |
| 外表 ~~年　月　日~~ 生（滿14歲） 性別 | 差不多吧 ← 得調查她的生日才行呢。by千穗 |
| 地　址 | 東京都澀谷區笹塚X-X-X<br>Villa・Rosa笹塚201號室<br>↑ 真奧的體內！　艾契斯<br>艾契斯妹妹！不可以亂寫啦！by千穗 |
| 電　話 | 想要　←喂！by真奧 |

| 年 | 月 | 學歷・工作經歷 |
|---|---|---|
| | | 無　←跟我一樣呢。by漆原 |
| | | ↑ 被拿來和漆原先生相提並論實在太可憐了。by千穗 |
| | | ↑ 身為惡魔大元帥，居然跟未成年的少女比較，你不覺得羞恥嗎？by鈴乃 |
| | | |
| | | |
| | | |
| | | |

| | | | | | |
|---|---|---|---|---|---|
| 執照 | 我想要駕照　←我說啊！by真奧 | | | | |
| 特殊技能・嗜好 | 看星星跟天空、散步 | | | | |
| 面試動機 | 找姊姊 | | | | |
| 本人希望欄 | 跟姊姊會合，和大家一起生活　↙反了吧！by真奧 | | | | |
| 通勤時間 | 無論何時何地都能趕到喔。←別鬧了！by真奧 | 有無撫養親屬 | 真奧 | 監護人姓名 | 佐藤廣志 |

# Character File 11

## 履歷表

| 拼音 | |
|---|---|
| 姓名 | 艾美拉達・愛德華　代筆：遊佐 |
| 伊古諾拉曆 1213 年 夏 月　日　生（滿[塗掉]歲）性別 | ↑這是艾美塗掉的嗎？By惠美 |
| 地址 | 聖・埃雷帝都歐雷亞斯區 1-1-1 法術監理院長官官房室 |
| | ↖這樣翻譯對嗎……By惠美 |
| | 為什麼蘆屋沒有，艾美拉達卻有啊！by真奧　這都要怪貧窮不好 by漆原 |
| 電話 | 080-×▽■×-△○○△ |

| 年 | 月 | 學歷・工作經歷 |
|---|---|---|
| 伊曆1223年 | 翼之月 | 聖・埃雷帝國宮廷法術學院入學 |
| 伊曆1225年 | 大樹之月 | 聖・埃雷帝國宮廷法術學院畢業　首席 |
| 伊曆1233年 | 翼之月 | 聖・埃雷法術監理院入廳　↖是菁英呢……by千穗 |
| 伊曆[塗掉]年 | 鐵之月 | 法術監理院長官就任　現職 |
| ↖所以說為什麼要塗掉啊！By惠美 | | |
| | | |
| | | |
| | | |

| 執照 | 宮廷法術士、法術博士、中央交易語言通事職 | |
|---|---|---|
| 特殊技能・嗜好 | 吃東西 | |
| 面試動機 | 不知不覺就當上了。 | |
| 本人希望欄 | 希望艾米莉亞能度過幸福的人生。←真是個好朋友呢。by真奧　↓囉、囉嗦！By惠美 | |
| 通勤時間 0分～半天 | 有無撫養親屬 無 | 監護人姓名 |

↑這是什麼意思？by鈴乃　←好像是一回家就會睡不好，所以直接住在工作的地方。By惠美

履歷表

| 拼　音 | SARIERU |
|---|---|
| 姓　名 | 猿江三月 |
| 在愛的年面前月年紀什麼的日　生（滿沒有歲）性別 意義 | |
| 地　址 | 東京都澀谷區幡之谷X-X-X<br>Heaven's Chateau幡之谷302<br>未來的愛之宮殿 |
| 電　話 | 080-♡♡♡-XXX |

| 年 | 月 | 學歷・工作經歷 |
|---|---|---|
| | | 天界時代隨便怎樣都好 |
| 平成XX年 | | 肯特基炸雞店潛入　現職 |
| 未來1 | | 與我的女神兩情相悅 |
| 未來2 | | 統一麥丹勞與肯特基，消除我與女神之間的障礙 |
| 未來3 | | 充滿愛的生活在等待著我 |
| 未來4 | | 充滿愛的生活將持續下去 |
| | | |

| | |
|---|---|
| 執照 | 販賣士二級、簿記三級、食品衛生負責人、防災管理人、硬筆技能檢定準一級、愛的傳教士、女神未來的伴侶 |
| 特殊技能・嗜好 | 女神的審美眼、花道、察覺木崎真弓的存在 |
| 面試動機 | 虜獲木崎真弓的心 |
| 本人希望欄 | 與木崎真弓度過充滿愛的生活 |

| 通勤時間 | 有無撫養親屬 | 監護人姓名 |
|---|---|---|
| 徒步10分 | 將來預定會有 | |

Kadokawa Light Novels

SHIDEN KANZAKI
神崎紫電
Illustration
鵜飼沙樹

黑色子彈
BLACK BULLET 5
逃犯 里見蓮太郎

Kadokawa Fantastic Novels

# 黑色子彈 1~5 待續

作者：神崎紫電　插畫：鵜飼沙樹

**蓮太郎莫名被當成殺人嫌犯，拚死展開逃亡！**
**「新世界創造計畫」的強敵陸續襲來——**

不久的未來，人類敗給病毒性寄生生物「原腸動物」，被驅逐至狹窄的領土，帶著恐懼與絕望苟且偷生。居住於東京地區的少年里見蓮太郎是對抗原腸動物的專家「民警」成員，專門從事危險的工作。某天接獲政府的高度機密任務，內容是避免東京毀滅……

各 **NT$180~220/HK$50~60**

台灣角川

國家圖書館出版品預行編目資料

打工吧!魔王大人 / 和ヶ原聡司作 ; 李文軒譯. --
初版. -- 臺北市 : 臺灣角川, 2014.02-
冊 ; 公分
譯自 : はたらく魔王さま!
ISBN 978-986-325-788-2(第9冊 : 平裝)

861.57 102026291

Kadokawa
Fantastic
Novels

# 打工吧！魔王大人 9

（原著名：はたらく魔王さま！9）

2014年2月4日　初版第1刷發行

作　者：和ヶ原聡司
插　畫：029
日版設計：木村デザイン・ラボ
譯　者：李文軒

發行人：塚本進
總　監：施性吉
副總編輯：蔡佩芬
主　編：吳欣怡
文字編輯：黎夢萍
美術副總編：黃珮君
美術主編：許景舜
美術編輯：蕭毓潔
印　務：李明修（主任）、張加恩、黎宇凡、張則蝶

發行所：台灣角川股份有限公司
地　址：105台北市光復北路11巷44號5樓
電　話：（02）2747-2433
傳　真：（02）2747-2558
網　址：http://www.kadokawa.com.tw
劃撥帳戶：台灣角川股份有限公司
劃撥帳號：19487412
法律顧問：寰瀛法律事務所
製　版：尚騰製版印刷有限公司
ISBN：978-986-325-788-2
香港代理：香港角川有限公司
地　址：香港新界葵涌興芳路223號
新都會廣場第2座17樓 1701-02A室
電　話：（852）3653-2804